영원을 사는 너와
죽는 나의 10가지 규칙

TOWA NO ANATA TO, SHINU WATASHI NO 10 NO OKITE
© Rokudo Ningen 2022
First published in Japan in 2022 by KADOKAWA CORPORATION, Tokyo.
Korean translation rights arranged with KADOKAWA CORPORATION, Tokyo
through Danny Hong Agency.

영원을 사는 너와
죽는 나의 10가지 규칙

닌겐 로쿠도 지음
김현화 옮김

마시멜로

**영원을 사는 너와
죽는 나의 10가지 규칙**

|

차례

2084년 4월 7일 10시 42분
암·감염증센터 완화의료병동

　회광반조(回光返照). 해가 지기 직전에 일시적으로 햇살이 강하게 비추어 하늘이 밝아지는 현상으로, 여생이 얼마 남지 않은 말기 환자가 죽기 일주일쯤 전부터 그때까지 초췌했던 상태에서 몰라볼 정도로 건강해진다는, 현대의학으로도 해명하지 못한 현상을 이에 빗대어 말한다. 해외에서는 라스트 랠리(last rally)라고 불리는 모양이다. 가혹한 사막 레이스에서 험한 길을 힘차게 달리는 늠름한 자동차의 모습을 보고 생명의 불길을 지피는 사람의 모습을 연상했을지도 모른다.

　오늘 아침에는 컨디션이 좋아져서 한 달 만에 식사다운

식사로 쌀밥과 구운 고등어를 먹었다. 스마트 안경을 끼고 마음에 드는 전자책을 읽을 수도 있었다.

간호사가 체온을 재러 온 정오가 조금 지난 평온한 시간, 나는 지금 분명 회광반조 현상에 있는 거라고 멍하니 생각했다.

"도코나시 씨, 오늘은 컨디션이 좋으시네요."

하얀 항균복으로 몸을 감싼 몸집이 아담한 남자 간호사가 명랑한 미소를 지었다. 침대에 드러누운 나는 고개를 끄덕이고 병실과 겹치듯 표시된 문자 나열을 눈으로 좇았다. 한 페이지를 다 읽고 나면 시선의 움직임을 감지한 안경이 저절로 다음 페이지로 넘겨줘서 편리하다. 스마트 안경이 보급되어 독서의 즐거움을 재발견한 고령자도 의외로 많지 않을까.

갑자기 옆구리 깊숙한 곳에서 통증이 서서히 일었다.

"아프세요?"

내 안색을 살피던 간호사가 다정하게 물었다. 이 정도 통증이라면 아직 참을 수 있지만, 의사는 아프면 망설이지 말고 진통제를 맞으라는 소리를 거듭해서 했다.

"약 용량 늘릴게요."

간호사는 링거 거치대의 인퓨전 펌프를 조작해서 진통제를 내 몸 안에 흘려보냈다. 왼팔 주삿바늘에서 몸속으로 차가운 액체가 녹아 들어가 못된 짓을 골라서 하는 통증의 원인을 보이지 않는 곳까지 데리고 가 주었다. 편안한 내 얼굴을 보고 간호사가 미소 지었다.

"도코나시 씨는 아프다는 말씀을 잘 안 하시네요. 저희에게 좀 더 의지하셔도 돼요."

"남편이랑 약속했어요."

나는 마른입을 천천히 움직여 몇 시간 만에 겨우 목소리를 냈다.

"무슨 약속이요?"

간호사가 흥미진진하게 물었다. 나는 말을 천천히 끊어가며 했다.

"병에 걸려도 나약한 소리를 하지 않는 거요."

실제로 약속은 10개 있었다. 하지만 전부를 말하는 건 지금의 내 컨디션으로는 역시 버거울 듯하다.

이미 말기 췌장암이 온몸에 전이되었다. 고령이라 외과 수술을 받기 어렵고, 화학요법의 효과도 떨어졌다. 결국 고통이 연장될 뿐이라는 사실을 깨닫고 나는 완화의료병동으로 옮기기로 결정했다.

간호사가 나간 후 스마트 안경으로 다이어리를 펼쳐 시선을 움직여 글자를 쳤다. 일기에 쓰는 건 대수롭지 않은 일들이다. 아침으로 먹은 고등어가 싱거웠던 것. 창밖에 지는 벚꽃이 예쁘다는 것. 오늘 담당 간호사의 눈매가 당신을 조금 닮았다는 것.

그를 만난 뒤 나는 지금까지 쉬지 않고 일기를 써 왔다. 그건 두 사람의 공동 작업이자 약속 중 하나이기도 했다.

하지만 이 일기를 당신은 내가 죽은 후에 어떻게 할까.

100년 후에 다시 읽고 나를 떠올려 줄까.

…… 안 된다.

흔들리는 마음을 부여잡으려 입술을 깨물었다. 그런 생각을 해서는 안 된다.

"도코나시 씨."

개인 병실을 청소하러 온 간호조무사가 출입구 부근에 멈춰 서서 복도를 내다보고 있었다.

"손자분이 오셨어요."

나는 흠칫하고서 스마트 안경의 대화 화면을 검색했다. 연락은 와 있지 않았다.

당신은 옛날부터 그랬지. 요즘 신경을 덜 쓴다 싶으면 갑자기 찾아왔어. 역시 이렇게 나이가 다르면 시간 감각이 어긋나는 걸까.

그가 들어올 때 나는 손거울을 매섭게 쏘아보며 가발의

흰머리를 손으로 빗고 있었다. 좀처럼 단정해지지 않는 앞머리가 유감스러웠지만 하는 수 없다.

"할머니, 늦어서 미안해."

그는 바닥을 빗자루로 쓸고 있던 간호조무사에게 들리도록 일부러 그리 말했다. 둘만 남게 된 우리는 잠시 서로를 바라보고서 침묵했고…… 먼저 웃기 시작한 건 그였다.

"미안, 조금 전에 있던 사람이 너무 선뜻 믿어서 나도 모르게 그만."

"어차피 할머니 맞잖아."

뾰로통한 표정을 지은 채 나는 고개를 옆으로 휙 돌렸다.

"삐지지 마."

그의 초조한 얼굴과 목소리가 나를 만족시켰다.

괜찮다. 화 따위 나지 않으니까.

서로의 관계를 오해하게 만들고, 그렇게 완전히 오해한 사람이 간 후에 마주 보고 웃는 소소한 놀이. 나이를 먹지 않는 당신과, 나이를 먹는 내가 긴 세월에 걸쳐 그 차이를 받아들인 결과 발생한 조금 별난 소통법이었다.

"기리히토, 보고 싶었어."

내가 말했다.

갈라진 목소리가 당신에게 어떻게 들릴지 생각하기 시작한 건 언제쯤이었을까. 그리고 그런 걸 신경 쓰지 않게 된

건 언제쯤이었을까.

"나도야, 마히루."

나를 부른 그의 손이 내 오른 손등에 살포시 내려왔다.

완전히 다른 생명체 같은 감촉을 주는 20대 후반으로 보이는 그 손이 뼈와 가죽만 남은 내 오른손에 포개어졌다.

따뜻하다.

옛날에는 반대였다. 그의 손바닥이 훨씬 더 차가워서 닿으면 기분이 좋았다. 하지만 최근에는 온도가 같거나 내 쪽이 더 낮을지도 모른다.

내가 사랑하는 남자는, 그는 불사신이다. 늙지도 죽지도 않는 불로불사라는 생명을 가진 영원한 여행자다.

"일기 보냈어."

내가 말하자 그도 스마트 안경을 쓰고 공유 폴더 내용을 확인했다. 그리고 누워 있는 내 안색을 번갈아 보더니 그의 뺨에 눈물이 미끄러졌다.

"그렇구나. 이제 시간이 다 됐구나."

그가 지켜봐 온 몇백의 죽음과 인생……. 그들과 공유한 기억에서 무언가 짐작한 구절이 있는 게 틀림없다. 내가 회광반조 현상으로 '슬슬 때가 온 건가' 하고 알아차린 것처럼 그도 내 세부적인 행동에서 끝이 아주 가까워졌다는 걸 깨달은 모양이었다.

"저기, 기리히토. 나 내내 생각했어."

"뭘 말이야?" 하고 애써 꺼낸 냉정한 말이 떨리는 목소리로 나왔다.

그는 마치 눈물의 저장량이 줄어 가는 것을 두려워하듯이 눈가를 파르르 떨면서 한 방울도 흘리지 않겠다는 양 미소를 지었다.

"규칙 말이야."

나와 그가 연인이 되었던 그날, 10가지 규칙을 제시받았다. 그 무렵에는 이렇게나 누군가를 사랑할 수 있을 줄 상상도 하지 못했다.

규칙은 우리의 시작이었고, 너무나도 다른 두 사람을 붙들어 주는 끈이었다. 무엇과도 대신할 수 없는 질긴 끈이자 내가 마지막 숨을 거둘 때까지 지켜내야 하는 것이라고 그렇게 믿었다.

하지만……

"10개나 있잖아. 내내 생각했어. 왜 그런 규칙을 당신이 정했는지."

그가 고개를 깊이 끄덕였다. 마치 이날이 오리라는 것을 먼 옛날부터 알고 있었던 것처럼 말이다. 그랬기에 정답을 맞혀 보고 싶었다.

불사신인 당신과 어떻게 만나서 어떻게 알게 되었고 어

떻게 난제에 맞서왔는지.

아무것도 몰랐던 소녀의 이름은 다키 마히루였다.

죽지 않는 그를, 죽는 나는 사랑했다.

"알겠어. 네가 바라는 대로 할게."

그의 경직된 미소에 여전히 나는 기뻐했다. 나의 죽음이 그를 계속 괴롭히도록 나는 남몰래 빌었다. 하지만 정답을 맞히면 분명 그 마음은 다음 단계로 나아갈 수 있겠지.

왜냐하면 오늘 나는 알아차렸기 때문이다.

이건 내가 약속을 계속 지켜나가는 이야기가 아니다.

약속을 깰 때까지의 이야기다.

2017년

사랑과 어울리지 않아

10가지 규칙

1. _____
2. _____
3. _____
4. _____
5. _____
6. _____
7. _____
8. _____
9. _____
10. 절대 '안녕'이라 말하지 않을 것

1

추억은 마치 보석처럼 찬란히 빛나고 있다.

우리는 2017년 겨울에 처음 만났다. 내가 이제 갓 스물이 되었을 무렵이었다.

나는 미용사와 대화를 나누는 데 서툴다.

흥미가 없는 주제는 흥미가 없어서 말하기 힘들고, 흥미가 있는 주제는 어느 선까지 나를 드러내도 되는지 모르겠다. 그렇다고 해서 대화가 없는 것도 어색하다. 무언가 이야기를 나누긴 해야겠으니 말이다. 그래서 나는 그런 잔걱정이 필요 없는 니시이와를 마음에 들어 했다.

"니시이와는 지난달부터 가와사키 지점으로 연수를 가서요."

직원이 죄송하다는 듯한 표정을 얼굴에 여실히 드러내며 고개를 꾸벅 숙였다.

나는 머플러를 두르고 낙담을 감추고서 가게 밖으로 나갔다. 종 모양 도어벨의 무미건조한 음색이 허무하게 머리 위에 남았고, 한숨이 하얀 연기가 되어 12월의 흐린 날씨에 피어올랐다.

이제 어쩌지.

익숙하지 않은 하이힐을 신은 채 아사쿠사 거리를 정처 없이 걷기 시작했다. 그때 스마트폰의 진동이 울렸다. 절친인 오가와 사야로부터 온 전화였다.

"마히루, 다나카 케이(일본의 배우-옮긴이)랑 베네딕트 컴버배치 중 누가 더 좋아?"

칠판을 긁는 듯한 카랑카랑한 목소리로 그녀는 영문을 알 수 없는 두 가지 선택지를 들이밀었다.

나는 두 사람의 얼굴을 머릿속으로 그리고 혼자 고민을 시작했다.

"사토 타케루(일본의 배우-옮긴이)랑 베네딕트 컴버배치 말이야."

이번엔 선택지가 달라졌다.

"베네딕트 컴버배치."

"그렇지? 그럴 줄 알았어. 다행이네. 요 군, 마히루도 요 군 같은 스타일이 좋대."

경쾌한 사야의 목소리에 쑥스러워하는 듯한 남자 웃음소리가 섞여 들었다.

그렇구나. 그런 거네.

"미팅이 7시부터였지? 벌써 한잔하고 있어?"

해가 중천에 떠 있었다. 아직 오후 2시밖에 지나지 않았다.

순간 침묵한 사야는 잠시 시간을 두고 "아, 조금……"이라고 대답했다. 그러고 보니 요스케라는 영국 혼혈이 오늘의 최고 인기남이라고 사야가 말한 것 같기도 했다. 요컨대 사야는 나나 다른 참가자를 제쳐 두고 먼저 커플로 성사된 모양이다.

그럼 가기 엄청 곤란하잖아. 나는 납덩이같은 한숨을 쉬었다.

실은 가고 싶지 않았다. 처음 대면하는 사람과 이야기를 술술 풀어나갈 자신도 없고 술도 세지 않았다. 사야는 나를 위해 자리를 마련했다고 했지만 실은 자신이 즐기고 싶었을 뿐이었던 게 아닐까?

"그게 말이야, 역시 나는 안 가는 편이 나을 것 같아."

헤어스타일을 바꾸면 기분도 달라질 줄 알았는데 머리도 하지 못했고, 역시 무리다.

"왜?"

사야의 목소리에 먹구름이 꼈다.

이유는 정해져 있다. 나는 사랑과 어울리지 않는다.

어린 남자아이가 침대 위에서 보여 준 어색하고 작위적인 미소가 떠올랐다.

초등학교 시절, 소꿉친구인 미나가미 리쿠토라는 남자아이와 가족끼리 사이가 좋았다. 여름에는 리쿠토의 가족이 우리 집으로 차를 몰고 와서 용품을 챙겨 에베쓰시에 있는 모리하야시 캠핑장으로 향하곤 했다. 그리고 겨울이 되면 덴구야마산에서 같이 스키를 탔다. 스키보다도 스노보드를 더 잘 타던 그는, 지금 생각해 보면 내 첫사랑이었다.

어느 날 나는 리쿠토의 목 언저리에서 엄지손가락 크기만 한 멍울을 발견했다. 동네 병원 의사는 "단순한 림프종일 겁니다"라고 진단했지만, 만약을 위해서 큰 병원 소개장을 써 주었다. 큰 병원에서 검사를 받고 난 후 그게 꽤 진행된 악성 림프종이라는 사실을 알았을 때 의사는 "소아암은 치유될 확률이 높아요"라며 격려했다고 한다.

항암제를 사용한 화학요법을 받은 지 6회차가 지났다. 구역질과 고통을 견디던 그는 정말로 대단했다. 하지만 병에 걸린 사실을 알게 되고 약 반년 후, 나는 그에게 좋아한다고 말할 기회를 결국 잃었다.

리쿠토는 죽기 사흘 전에 "난 이겨내고야 말 거야"라며 미소 지었다. 그때부터 나의 연애에는 그의 허세스러운 미소가 늘 따라다녔다.

중학교 시절, 한 남학생에게 고백을 받았는데 그가 마른 나뭇가지처럼 약해져 가는 모습이 상상되어 거절했다. 고등학교에서도 친해진 관현악부 선배와 결국 친구의 경계를 넘지 못했다.

누군가를 좋아하게 되는 일은 반드시 잃는 괴로움을 동반하기 때문이다.

난 역시 사랑과 어울리지 않아.

정신을 차리고 보니 나는 용수로 가장자리에 있는 좁다란 길에 있었다. 놀이기구 없는 공원과 까마귀가 앉아 있는 굴뚝이 보였고, 언덕 좌우에는 주택이 늘어서 있었다.

여긴 어디지?

문득 이발소 표시등이 시야에 들어와 발걸음을 멈췄다.

비구름의 흔적을 남긴 칙칙한 아케이드. 그 위에는 가게 이름인지 '가미유이(머리를 손질하는 가게라는 뜻-옮긴이)'라는 글자가 있었다. 옛날 영화 세트장 같은 아담한 살롱이었다.

일단 역 쪽으로 돌아가 머리를 식히자고 생각했던 내가 뭔가에 이끌리다시피 문손잡이에 손을 갖다 대기까지 어떤 심경의 변화가 있었는지는 솔직히 지금도 잘 모르겠다. 억지로 이유를 찾자면 누군가가 '부르고 있는' 느낌이 들었다. 어떻게든 발견해 달라는 고요한 외침이었다.

"저기……."

세련된 가게 안은 촬영 스튜디오처럼 밝았다. 두 자리 있는 미용실 의자 중 하나에 고령의 남성 고객이 앉아 있었고, 흰 셔츠에 검은 모자를 쓴 붉은 머리의 청년이 면도날을 날렵하게 대고 있었다.

"앉아서 기다리세요."

젊디젊은 목소리는 20대 후반 정도 되었을까. 대기용 소파에 앉아 습관적으로 게임 앱을 켰다. 로딩 시간이 조금 긴 편이었다. 가게 안을 헤매던 내 시선은 이윽고 벽에 직접 단 진열용 선반으로 향했다.

큰 칼 세 자루와 작은 칼 두 자루, 그리고 매장에 놓인 갑옷과 투구 한 벌……

멀리서 봐도 알 수 있는 장엄함에 숨을 삼켰다. 갑옷과 투구는 붉은색으로 칠해져 색다른 광채를 발산하고 있었다. 큰 칼은 칼집의 장식으로 저마다의 시대가 다르다는 걸 알 수 있었는데, 대략 메이지 시대(1867~1912년)의 군용 칼과 전국 시대(1467~1573년)의 무사가 찼던 칼인 듯했다.

노인이 지팡이를 짚고 가게를 나서자 청년은 내 앞까지 와서 말했다.

"난 히라마쓰 기리히토라고 해요. 잘 부탁해요."

흠칫했다. 오싹할 만치 이목구비가 단정한 청년이었다. 큰 키에 호리호리한 몸과 작은 얼굴. 울프컷을 한 빨간 머리에 아이돌이라고 해도 위화감이 없을 만큼 턱이 갸름하고 속눈썹이 길었다. 무심코 넋을 놓고 보게 되는, 빨려 들어갈 것 같은 눈동자가 몹시 까맸다. 그런 그가 단정한 미소로 나를 의자로 안내했다. 멋쩍어서 똑바로 볼 수 없었다.

미용 가운을 두르고 원하는 헤어스타일을 물어본 뒤 커트가 시작되었다. 스마트폰에 준비해 놓은 헤어모델 사진도 꺼내 놓지 못한 채 "짧게, 알아서 해 주세요"라고 더듬더듬 말했다.

외모만으로 누군가를 좋아하게 되는 일은 나에게는 없을 일이라고 생각했다. 그런 건 노는 남자가 여자와 사귀기 위해 대는 핑계라고만 여겼다.

하지만 실제로 내 심장은 고동치고 있었다. 그리고 고동치고 있다는 사실에 뭐라 할 수 없는 위화감이 들었다.

가벼운 가위질에 잘린 머리카락이 스르륵 미용 가운으로 미끄러져 내려갔다. 나는 더 이상 의식하지 않으려고 골동품에 집중했지만, 그게 화근이 된 모양이다.

"마음에 드세요?"

청년의 부드러운 목소리가 귓가에 내려앉았다. 나는 행동이 어색하다는 사실을 들키지 않도록 붉은 갑옷을 지그시 바라보면서 "저거, 혹시 '다케다의 붉은 갑옷'인가요?"라고 조심스럽게 말해보았다. 그러자 청년은 까만 눈을 휘둥그렇게 뜨더니 고개를 끄덕이고 즐겁게 답했다.

"그래요. 맞아요. 잘 아시네요."

"아, 유명해요! 전국 최강이라고 칭송받는 다케다 군단은 갑옷과 투구나 마구에 붉은색을 이용해서 사기를 높였다고 해요. 노부나가에게 패한 후에도 붉은 무구의 전통은 가신에게 이어져 오사카 겨울 전투에서 활약한 그 사나다 유키무라도 붉은 갑옷을 활용했다고…… 앗!"

아차.

오타쿠의 나쁜 습관이 드러났다.

다급히 청년의 표정을 확인했다. 질색하지…… 않았다. 그러기는커녕 몇 번이나 고개를 끄덕이면서 감동한 듯 보였다.

"아는 사람을 만나서 기뻐요. 역사를 좋아하시는군요."

"역사상 인물은 영웅인데, 이세계가 아니라 분명 현대로 이어지고 있는 세상의 사람이잖아요. 그게 신기하고 재미있어서요."

청년은 내 말을 가로막지 않고 적당히 맞장구를 쳐 주었다. 그렇게 느껴서인지 마음이 가벼워졌다.

"1615년 6월 11일. 오사카성을 공격할 때 저……의 선조가 실제로 사용한 거예요. '그'는 많은 사람을 죽이고 큰 무공을 세웠거든요. 당시의 정부와 연줄이 있어서 전쟁 중임에도 빼앗기는 걸 피할 수 있었죠."

"자랑스럽겠네요."

날짜가 상당히 정확했다. 그 또한 역사 오타쿠일지도 모른다는 생각에 내심 신이 났다.

"설마요. 교훈이에요. 두 번 다시 사람이 괴물이 되지 않기 위해서요."

갑작스럽게 냉기를 띤 청년의 목소리에 나는 말문이 막혔다. 하지만 바로 그는 온화한 미소를 되찾더니 커트 마무리에 들어갔다.

"저는 이렇게 생각해요."

청년이 말했다.

"머리카락은 생명의 상징이고 시간의 축적이에요. 그리고 그걸 끊어 내는 건 더 중대한 의미를 가지는 거고요."

세상과 작별하기 사흘 전 리쿠토에게는 머리카락이 거의 없었다.

'그렇구나, 그건 '생명'이 빠져나갔던 거구나.'

내 마음은 여전히 그 순간에 얽매여 있었다.

"머리카락을 자르는 건 과거와 결별하는 것이죠. 그래서 저희 집안은 머리를 만지는 걸 생업으로 삼아 왔어요."

나는 히라마쓰 씨의 말에 미소로 답했다. 그건 일종의 방패였다. 상대가 발 들여놓지 않고 자신이 발 내딛지 않기 위한 방패. 나는 내내 미소를 지은 채 이 순간이 한시라도 빨리 끝나기를 바랐다.

히라마쓰 씨는 내 등 뒤에 서더니 거울로 완성된 머리를 확인시켜 주었다. 쇼트보브가 된 까만 머리가 흰 셔츠 위에서 또렷하게 윤곽을 이루었다.

나는 커트 비용인 4,100엔을 카드로 지불하고, 가게를 나오려고 했다.

"또 만날래요?"

그에게 불러 세워졌다. 오늘 이제 막 만난 사람인 그에게……

내가 대답 않고 있으니 히라마쓰 씨가 조심스럽게 이어서 말했다.

"당신의 머리를 또 자르고 싶어서요. 일주일 후에요."

사람의 머리카락이 그렇게나 빠른 속도로 자라지 않는다는 사실 정도는 미용사인 그가 모를 리가 없다. 순간 심장이 고동치고 옷 속에서 땀이 솟구쳤다.

"그건, 그러니까, 즉."

"일주일 후 같은 시간에 당신을 기다리겠습니다."

나는 어느새 고개를 끄덕이고 있었다.

그에게 빨개진 얼굴을 들키고 싶지 않아 쏜살같이 문으로 달렸다.

"오, 오늘은 감사했습니다! 그럼 안녕히……"

"안 돼요."

그는 말을 빨리 쏟아 내는 나를 저지했다.

"그건 영원히 만나지 못할 때만 쓰는 말이니까."

히라마쓰 씨가 그리 말해서 나도 똑같이 대답했다.

"다음에 다시 만나요"라고…….

그것이 나와 그의 첫 만남이었다.

2

한 달이 순식간에 지나 새해가 밝아 1월 하순이 되었다.

요즘 들어 나는 히라마쓰 씨와 지속적으로 연락을 주고받고 있다. 점심을 같이 먹거나 쇼핑을 같이 가거나 말이다. 어디까지나 친구로서…….

그날도 그에게 아사쿠사의 숨은 맛집을 안내받기로 했다. 약속 장소인 아사쿠사역 2번 출구로 가기 위해 전철에서 내리자, 그에게서 중요한 손님이 왔으니 일이 끝날 때까지 기다려 달라는 연락이 왔다.

가미유이에 도착하자 언젠가 봤던 노인이 미용 의자에 앉아 면도날로 수염을 면도받고 있었다. 지팡이를 대신해 미용 의자 옆에는 휠체어가 있었다.

나는 대기용 소파에 앉아서 무릎에 스마트폰을 놓고 게

임 앱을 켰다. 인기 게임 앱 '도신현무'는 나에게 역사의 재미를 가르쳐 준 경전 같은 게임이다. 로딩을 기다리는 동안 주위에 있던 골동품으로 시선을 옮겼다.

"어이, 기리히토. 이런 허름한 이발소에 손님이라니, 웬일이야?"

기력이 정정한 노인의 목소리가 들렸다. 나는 나에 대해 이야기하고 있다는 걸 깨닫고 순간적으로 스마트폰 화면으로 시선을 돌렸다. 면도칼을 든 미소년이 이쪽을 보고 미소 짓고 있었다.

"루이치로 씨도 이렇게 와 주시잖아요."

루이치로가 노인의 이름인 모양이다.

"지로의 가게니까 모른 척할 수 없지."

지로라는 건 히라마쓰 씨의 할아버지 성함이라고 들은 적이 있다. 이윽고 노인은 손잡이를 잡고 일어나더니 휠체어에 앉았다. 그리고 노인은 바퀴를 굴려 나에게 와 서글서글한 표정을 지었다.

"아가씨. 그래요, 거기 당신 말이에요. 이 녀석의 할아버지는 나와 같이 미국과 싸웠어요."

미국이라니, 그 켄터키프라이드치킨의 미국 말인가?

갑작스러운 이야기에 머리 회전이 따라가지 않았다. 그런 나에게 재차 타격을 주듯이 노인은 "이봐요"라고 말하더니 셔츠 옷깃을 힘차게 걷어 보였다.

"전투기가 불시착했을 때 다친 상처라오."

애처로운 나머지 시선을 피하고 싶어졌다. 오른쪽 쇄골에서 귓가에 걸쳐서 뻗은 땅이 갈라진 듯한 상처는 어떤 말보다도 힘차게 이 노인이 전쟁 경험자라는 사실을 드러내고 있었다.

"지로는 우리 시키시마군 중에서도 뛰어난 조종사였소. 엄청나게 큰 항공모함을 향해 일직선으로 처박았지. 그렇지? 기리히토?"

노인이 이야기를 돌리자 히라마쓰 씨가 나를 힐끗 보고 나서 미안한 듯이 고개를 숙였다. 조금 더 그의 이야기를 들어 달라는 뜻인 모양이었다. 이후 잠시 나는 노인에게서 지로의 무용담을 들었다.

그는 제2차 세계대전에 참전한 비행기 조종사로, 특공부대의 선구적 인물이었다고 한다. 첫 전투에서 생환하고 난 뒤 몇 번이나 출전을 한 전설의 남자로, '불사신 지로'라고 불렸다고 한다. '불사신'이란 단어가 몹시 귀에 남았다.

루이치로 씨는 지로의 전우였는데, 적의 호위 항공모함에 돌격할 때 날개를 맞아 불시착해서 살아남았다고 한다. 이야기를 마친 루이치로 씨는 얼굴에 만족감을 환히 띠었다.

이윽고 가게 앞에 주차해 놓은 하얀색 밴에서 요양보호

사 같은 사람이 내려 루이치로 씨의 휠체어를 밀었다. 휠체어에서 그는 히라마쓰 씨에게 속닥이듯이 말했다.

"지로를 만나면 전해 줘. 네 탓이 아니라고."

히라마쓰 씨는 떠나가는 루이치로 씨의 굽은 등을 밴이 떠난 후에도 내내 바라보고 있었다. 너무나도 한참을 우두커니 서 있어서 나는 그의 어깨를 슬쩍 어루만지며 "괜찮아요?"라고 가볍게 물었다.

"미안해요. 저분은 지로와…… 할아버지와 가까운 친구분이신데 수다를 좋아하세요. 당신이 마지막으로 들어 준 덕분에 기뻤을 겁니다."

"그거 다행이네요."

어라.

무언가 서늘한 게 등줄기를 오싹하니 가로질러 가는 듯했다. 이상하다. 지금 히라마쓰 씨가 뭐라고 했지……?

"마지막이라니 무슨 소리예요?"

"아니에요. 깊은 뜻은 없어요."

그때 히라마쓰 씨의 옆얼굴이 너무나도 쓸쓸해 보여서 아무래도 할아버지의 단순한 친구가 아니지 않을까 하는 이런저런 생각을 했다.

"저기."

그의 까만 눈동자가 심지까지 꿰뚫어 보듯이 내 눈을 들여다보았다.

코끝에서 15센티미터. 너무나 가까운, 지금까지 우리에 겐 없었던 밀착된 거리였다.

"용기가 필요한 일이라 잠시 힘 좀 모을게요."

진지한 표정을 한 히라마쓰 씨는 그로부터 몇 분간 조각 같은 얼굴을 구깃구깃 일그러뜨리고 음, 하고 신음하고서 그 자리에서 8자로 돌아다녔다.

그러다 이윽고 각오를 다진 모습으로 내 앞에 서더니 이렇게 말했다.

"나랑 사귈래요?"

한동안 그가 내뱉은 말의 의미를 알 수 없었고, 그리고 알고 나서도 나는 아무 대답도 할 수 없었다.

3

"우지(氏)라는 건 혈통을 나타내는 말로 주로 지명이나 직업에서 유래하지만, 가바네(姓)는 조정이 부여해 준 위치를 가리킵니다(4세기경에 성립된 야마토정권은 왕권 강화를 목적으로 각지의 호족을 끌어들이기 위해 우지·가바네 제도를 만들었다. 우지는 씨족 집단을 의미하며 가바네는 우지의 수장에게 하사한 칭

호다—옮긴이)."

새해에 열리는 대학 수업은 대개 출석률이 나쁜 법이지만, '아자나(字)와 역사'는 인기라서 다른 학과에서 온 청강생도 많다. 그렇지만 솔직히 말해서 이런 지루한 수업을 청강하러 오는 이유를 모르겠다.

"지금으로부터 약 1,300년 전에 서열을 나타내기 위한 8개의 성 '야쿠사의 가바네(八色の姓)'가 제정되었습니다. 위치가 높은 순서대로 말하면 마히토, 아손, 스쿠네, 이미키, 미치노시, 아미, 무라지, 이나기인데요. 이들은 나라 시대(710~794)에 대부분 아손으로 통일되어 유명무실화되었지만……."

문화인류학을 전문으로 하는 교수가 칠판에 야쿠사의 가바네라고 적어 나갔다. 다만 마지막 줄에서는 글씨를 전혀 알아볼 수 없었다.

"…… 최근의 연구로 〈후(後) 아스카기요미하라의 문서〉에서 새로운 4개의 성인 후지와라, 히구치, 하카와스레, 도코나시가 확인되었습니다."

"마히루, 최근에 계속 핸드폰을 보고 있네. 문자 보내는 거야?"

흘려듣고 있던 수업 중에 사야의 목소리가 옆에서 끼어들었다. 나는 책상 위로 당당하게 꺼낸 스마트폰 화면이 보이지 않도록 살짝 옆으로 틀었다.

"설마 천하의 네가 미용사랑 사귈 줄이야."

사야의 지적에 심장이 콕콕대며 아팠지만 나는 애써 평소의 미소를 지었다.

"아, 미안. 사귀는 건 아니었나? 그래도 매일 밤 전화하고 점심도 먹으러 가잖아? 나 남녀 간의 우정은 안 믿어."

정말이지 이 애는…… 공부나 운동은 전혀 하지 않으면서 연애사에 있어서만큼은 놀랄만한 후각을 지니고 있다.

"정말 아무 일도 없어? 마히루의 과거는 알고 있지만."

연말 미팅에서 실례되는 태도를 취한 탓에 이유를 추궁당해 사야에게는 이미 리쿠토에 대해 털어놓았다.

입학식 오리엔테이션에서 만난 이후 2년간 어울려 온 사야에게 왜 이제 말했냐며 혼쭐이 났지만, 과거를 끄집어내 말로 하는 것은 상대가 아무리 절친한 사이라 하더라도 마음의 준비가 필요한 일이다.

"마히루가 최근에 왠지 예뻐져서 분명 사귀기 시작했다고 생각했는데."

뭐 거기까지 안다고? 나는 한숨을 쉬고 얌전히 자백하기로 했다.

"2주 전에…… 고백받았어."

사야의 입이 자물쇠가 열린 것처럼 떡 벌어졌다.

"2주 동안이나 내버려뒀어? 너 제정신이야?"

문틈에서는 차가운 2월의 바람이 불어 들어오는데 내 이마에는 땀이 송골송골 맺혔다.

"역시 너무 질질 끌었지?"

"그건 범죄야. 범죄라고."

대답을 기다리게 한 지 2주일이 지났다. 너무한다는 생각은 어렴풋이 있었다. 하지만 사야의 날카로운 눈빛이 죄책감을 더 확실하게 느끼게 했다.

"네 과거는 알아. 앞으로 못 나아가는 것도. 그래도 그건 용기가 없다고 할 만한 레벨이 아냐. 그건 단순히 비겁할 뿐이야."

내 안에 있던 잘못을 철저히 깨닫게 한 사야는 책상 위에 펼쳐 놓은 노트를 덮고 몸을 완전히 내 쪽으로 틀었다.

"각오를 다져야지."

시작은 끝의 출발이다.

누군가를 좋아하는 건 반드시 잃는 괴로움을 동반한다. 하지만 그렇게 말하면 나는 영원히 누구와도 엮이지 못한 채 평생을 살게 된다. 누구에게도 사랑받지 못한 채, 누구도 사랑하지 못한 채……

그런 건 싫다.

"그럼 어떻게 해야 하지?"

"오늘 며칠이야?"

사야가 물었다.

"2월 10일. 아……."

사야의 얼굴에는 짓궂은 미소가 내려앉았다.

"그럼 하는 수밖에 없네. 앞으로 나흘. 이렇게 기다리게 했으니 당연히 수제 말고는 선택지가 없잖아."

4

약속 시간은 저녁 7시. 오시아게역 앞이다.

거리를 거니는 사람들 절반 정도는 커플로, 발걸음은 대부분 불이 켜진 스카이트리(도쿄도 스미다구에 있는 전파 송출용 탑이자 도쿄의 상징물-옮긴이)로 향하고 있었다.

2월 14일.

숄더백 안에 숨겨 놓은 수제 초콜릿은 어젯밤 우리 집에서 사야와 같이 만든 것이다. 시판하는 판초콜릿을 중탕으로 녹여 핫밀크와 섞어 굳힌 생초콜릿에 코코아파우더도 뿌렸다. 인생 처음으로 만든 밸런타인 선물로, 나로서는 꽤 애쓴 편이다.

스마트폰을 꺼냈다. 읽음 표시는 아직 뜨지 않았다. 머플러 틈으로 입김을 뱉고 이어폰을 귀에 꽂았다. 그리고 좋아하는 플레이리스트를 선택해 음악에 빠져들었다. 열일곱 살 때 듣던 달달한 러브송 모음집으로, 요즘 고등학생들에겐 곡명을 말해 줘도 뭔지 모를 곡이다.

그렇게 시간이 얼마나 지났을까. 스카이트리 조명은 진즉에 꺼지고 모여 있던 취객이나 사람을 기다리던 샐러리맨도 어느새 사라져 세상에 나 혼자만 있는 게 아닐까 싶을 만큼 고요해졌다. 심야 할증 표시를 한 택시가 눈앞을 통과하자 나는 마침내 양다리가 후들후들 떨리는 걸 알아차렸다.

돌아가야겠다. 집에 가야겠다.

잘 기억나지는 않지만 내 스마트폰 통화 내역에는 5시간 동안 12번이나 전화를 건 기록이 있었다. 하지만 그는 그 어떤 전화도 받지 않았다. 그런데도 내 몸은 여전히 고집스럽게 움직이려고 하지 않아 뻣뻣한 몸을 이끌고 겨우 역으로 내려가고 있었다. 그때 역무원이 깜짝 놀란 얼굴로 달려왔다. 그리고 무슨 일인지 몰라서 당황한 나에게 말을 걸었다.

"괜찮아요? 걸으실 수 있겠어요?"

내가 계단에서 엉덩방아를 찧었던 모양이다. 나는 이것도 알아차리지 못했다. 안색도 상당히 나빠서 당장이라도 쓰러질 것처럼 보였다고 한다. 역무원 두 사람이 나를 안아 일으켜 개찰구까지 바래다주었다.

전철에서 내리자마자 바로 사야에게 전화를 걸었다. 통화 연결음이 들리기 시작하자 사야도 지금 누군가와 함께 있을지도 모른다는 생각이 문득 들어 다급히 끊으려 했다. 하지만 사야는 마치 대기하고 있었던 것처럼 바로 전화를 받았다.

"무슨 일 있어?"

다친 아이에게 이유를 묻는 것처럼 사야가 다정하게 물었다. 하지만 오늘 일어난 일을 소리 내어 입 밖으로 꺼내면 돌이킬 수 없는 현실이 될 것만 같아서 목소리가 잘 나오지 않았다.

"저기 말이야……. 바람맞은 것 같아."

말이 끝나자마자 부스럭부스럭 소리가 난다 싶더니 일시적으로 음소거가 되었다. 침묵을 30초 정도 건너뛰고 사야는 한마디 내뱉었다.

"5분 안에 갈게."

전화가 뚝 끊어졌다.

5분이라니. 아무리 사야라도 5분은 무리야. 4킬로미터 정도 떨어져 있으니까.

그렇게 혼자 묘한 미소를 띠면서 집으로 갔더니 산악자

전거에 걸터앉은 채 거친 숨을 내쉬며 엄지를 치켜든 사야의 모습이 보였다.

"오케이, 오케이. 이제 괜찮아."

말과는 다르게 사야는 괜찮지 않은 가쁜 숨을 몰아쉬며 쌕쌕거리고 있었고, 그녀의 코트 안으로 잠옷이 보였다. 아마도 잠옷 위에 바로 코트를 걸친 것 같다.

"자. 술도 있어."

핸들에 걸어 놓은 비닐봉지 안을 가리켰다. 봉지 안에 담긴 레몬 사와 캔에 알코올 도수 9퍼센트라는 글자가 희미하게 비쳐 보였다. 거기서 인내심이 다했다. 나는 사야의 품에 기대어 고요한 밤 시간이었지만 거리끼지 않고 펑펑 울었다.

5

17일.

요란한 전압기 소리에 잠에서 깼다. 커튼 틈으로 창문의 결로가 눈에 들어왔다. 해가 기울기 시작했다.

여전히 읽지 않고 있는 스마트폰 메시지를 오늘이야말로 차단하고 삭제하자고 생각했다. 이 가느다란 인연을 끊어

버리면 분명 나와 히라마쓰 씨의 인생은 두 번 다시 교차하지 않을 것이다.

나도 모르게 베개가 젖었다. 사야와 놀거나 아르바이트에 몰두하는 시간에는 참을 수 있지만, 한 번 눈물이 흐르기 시작하면 멈출 수 없었다. 역시 이대로는 납득할 수 없다. 나는 이불을 걷어차고 집을 나섰다.

아사쿠사역에 내리자 해가 이미 저물고 있었다. 그날 우연히 헤매다 찾은 오래된 살롱을 향해 빠른 걸음을 옮기고 있다. 지름길인 놀이기구 없는 공원을 가로지르자 멈춰 있는 이발소 표시등이 보였다. 여기까지 왔으니 이판사판이란 생각으로 바로 문을 잡아당겼다. 그러자 황당하게도 문이 힘없이 열렸다. 히라마쓰 씨는 이런 면에서 허술하다는 걸 나는 요 한 달 만에 알아차렸다.

"누구 안 계세요?"

어둑어둑한 실내는 수도관을 지나는 물소리 말고는 아무것도 들리지 않았다. 1층에는 아무도 없다는 것을 깨닫고 삐걱대는 계단을 올라가 2층에 도착했다. 중앙에 놓여 있는 책상에는 커트 연습용 두상 마네킹이 3개 놓여 있었다. 상자가 많이 채워진 철제 선반에 브라운관 텔레비전과 게임용 컴퓨터가 놓여 있는 먼지가 조금 쌓인 사무실이었다.

가죽이 찢어진 소파 등받이에 손을 짚고 주위를 둘러보았다. 나지막한 테이블 위에는 마시다 만 차가 담긴 머그잔이 있었다. 옆에 펼쳐져 있던 남성용 패션잡지를 덮자 그 아래에 스마트폰이 있었다. 설마 일부러 내버려두고 있었던 건가?

그때 갑작스레 들린 소리에 어깨를 파르르 떨었다. 그건 열쇠를 꽂았다가 잘못 꽂아 다시 시도하는 소리였다. 히라마쓰 씨 본인이라면 문을 잠그지 않았다는 걸 알고 있을 것이다. 즉 히라마쓰 씨가 아닌 이곳의 여벌 열쇠를 가지고 있는 다른 누군가가 가게 안으로 들어왔다는 뜻이다.

순간적으로 달아날 장소를 찾았다. 하지만 나지막한 테이블은 몸이 비어져 나올 테고, 철제 선반은 벽과 딱 붙어 있어서 비집고 들어갈 틈이 없다.

계단을 밟는 소리가 커졌다. 결국 궁지에 몰려 청소도구용 로커를 열고 청소기와 대걸레가 복작대는 곳으로 몸을 밀어 넣었다. 문구멍을 통해 보이는 시야에 나타난 것은 50대 후반쯤 되는 남성이었다.

남성은 두리번거리다가 코트를 소파에 개어 놓더니 선반 앞까지 와서 쪼그리고 앉아 게임용 컴퓨터 컨트롤러를 들었다.

"아, 그립네."

남성은 먼지를 입으로 불고 나서 빤히 바라본 후 전원을 켜지 않고 버튼을 연속으로 눌렀다. 그 움직임에서는 오래 가지고 놀아 본 사람 특유의 익숙함이 묻어났다. 하지만 그 립다니 무슨 소리지? 저 남자의 오래된 게임용 컴퓨터를 히라마쓰 씨가 물려받았다는 소리인가?

그때 계단을 밟는 또 하나의 소리가 들렸다. 남성은 일어 나서 계단 쪽을 향했다. 다음에 나타난 사람은 바로 밸런타 인데이 약속을 갑자기 깨버린 남자였다.

"도코나시…… 아니, 기리히토 씨. 여기도 꽤 낡았네요."

남성이 다급히 고쳐 말했다.

"나루미는 많이 자랐네."

뭔가 기묘하지만 틀림없이 히라마쓰 씨의 입에서 나온 말이었다.

"이곳에 다시 온 건 30년 만이니까요. 그냥 솔직하게 말 하세요."

"꽤 늙었구나."

나루미라고 불린 남성은 피부를 노출한 정수리에 손을 대고 자조적으로 웃었다.

무슨 말이지? 존대하는 태도가 마치 히라마쓰 씨가 더 연장자인 것 같잖아.

"그러는 기리히토 씨는 정말 조금도 안 변했네요. 제가 여기서 팩맨(1980년 일본 게임 회사 반다이남코에서 출시한 아케이드 게임-옮긴이)을 가지고 놀던 무렵부터요."

남성이 브라운관 텔레비전을 가리키며 그리운 표정을 지었다. 역시 뭔가 이상하다.

"기리히토 씨한테 컴퓨터를 발매 당일에 선물 받았는데, 아버지가 집에서 하지 말라고 했죠. 그래서 제가 늘 여기로 놀러 왔잖아요."

"덕분에 내 팩맨 실력만 급속도로 늘었지."

남자가 쓴웃음을 짓더니 종이봉투에서 오동나무 상자를 꺼내 나지막한 테이블 위에 살포시 놓았다. 나는 그것을 응시했다. 내용물은 아주 빛나는 태양을 연상시키는 디자인의 훈장이었다.

"장례식 때 감사했습니다. 15일이 우인날(일본의 민속 신앙으로, 사물의 승패가 없는 날이라 여긴다. 이날 장례를 치르면 다른 사람의 죽음을 부른다고 생각하여 피한다-옮긴이)이 아니었으면 더 빨리 끝났을 텐데 말이죠. 아버지도…… 루이치로도 기뻐할 겁니다."

장례……. 갑자기 튀어나온 울적한 말에 나는 숨을 죽였다.

"왜 루이는 말을 안 해 준 거야? 더 빨리 알았으면 의사도 소개해 줬을 텐데."

"올해로 아흔셋이니 호상이죠. 더구나 아버지는 마지막에 '지로 씨'를 만나서 기뻤을 거예요."

남성은 종이봉투에서 선글라스와 오래된 노트를 꺼내 테이블에 나란히 놓았다. 아무래도 유품인 모양이었다.

"그것보다도 괜찮으세요? 전에 들었던 그분……, 마히루 씨…… 였나요? 그분과 약속이 있었다면 그걸 우선시하는 게 나았을 텐데요."

"이제 그 여자랑은 안 만날 거야."

입에 손을 갖다 대고 외치고 싶은 욕구를 틀어막았다. 하지만 다음 순간, 내 마음을 대변하듯 남성은 상기된 목소리로 물었다.

"왜요?"

"난 괴물이니까."

"넌 알잖아" 하고 히라마쓰 씨가 덧붙였다.

"죽지 않는 것뿐이잖아요."

"경제도 법률도 전쟁도 사람의 죽음을 전제로 만들어져 있어. 하지만 난 그 룰을 붕괴시켰지. 죽지 않을 뿐이라고? 아니야. 난 죽지 않음으로써 여러 사람의 죽음을 낭비한 괴물이야."

죽지 않는다고……? 그의 입에서 나온 말에 귀를 의심했다. 한 편의 촌극을 보는 것만 같았다. 하지만 두 사람의 표정은 더욱 진지해졌고, 이야기는 계속됐다.

"우스꽝스럽군. 자신이 괴물이라는 걸 알면서 인간인 척하고 인간에게 매달리고……. 그래서 이제 관두려고 생각했을 뿐이야."

정신을 차리고 보니 나는 로커 문을 열고 있었다. 어째서 그런 짓을 했는지 스스로도 알 수 없다. 그저 지금이어야 한다고 생각했다. 히라마쓰 씨의 눈이 보름달처럼 휘둥그레졌다.

머릿속에서 나는 심문할 말을 선별하고 있었다. 이 남자, 나루미라는 사람은 누구지? 왜 히라마쓰 씨를 어른처럼 대하는 거지? 불사신이라는 건 무슨 소리지? 하지만 그의 얼굴을 마주한 순간 복잡한 생각은 날아가 버리고 남은 건 단 하나의 단순한 질문뿐이었다.

"밸런타인데이 때 왜 안 왔어요?"

여기저기 커플뿐인 오시아게역에서 홀로 우두커니 서 있을 때의 속상한 마음, 역무원에게 일으켜 세워졌을 때 느꼈던 한심한 마음, 온 힘을 다해서 나를 위로해 준 절친에 대한 미안한 마음이 지금에야말로 그 말을 전하라고 명령하고 있었다.

"지금 한 대화 듣고 있었어?"

"그게 중요한 게 아니잖아요!"

당혹스러워하는 히라마쓰 씨의 질문을 제쳐 두고 나는 키스도 할 수 있을 만큼 가깝게 바짝 다가섰다.

아직이다. 아직 내 차례다.

"나 당신을 기다렸어요. 지금도 그 초콜릿, 냉장고에 있어요."

흠칫하더니 시선이 요동쳤고 이윽고 그는 나지막한 테이블 위에 있던 스마트폰을 찾았다. 그 '아차' 하는 듯한 시선이 내 마음을 더욱 도려냈다.

하지만 지금 물러나면 아픔도 속상함도 전부 헛수고가 된다. 그래서 적어도 전해야 한다.

"당신이 고백해 줘서 용기를 냈다고요!"

시선 끝자락에서 나루미 씨가 계단을 내려가는 게 보였다. 그에게도 묻고 싶은 게 있다. 하지만 지금은 만사 제쳐 놓고 히라마쓰 씨가 먼저다.

"루이가 죽고 생각났어. '사람은 죽는다'는 걸."

"그런 건 나랑 상관없잖아요! 내가 말하려고 하는 건⋯⋯."

"너도 2주일이나 아무 말도 안 했잖아! 더구나 내가 그런 존재인지 몰랐고⋯⋯."

말문이 막혔다.

용기를 냈다는 건 결과론이다. 고백을 받은 후에 2주일이나 기다리게 한 사실은 달라지지 않는다. 하지만 그가 한 말 중에 명확하게 아니라고 할 수 있는 말이 단 하나 있었다.

"모르는 게 당연하잖아요!"

타인으로서 처음 서로 알게 되고 친구라는 거리감을 둔 채 머물러 있었으니, 알고 있을 리가 없다. 모르는 게 당연하다. 사귄다는 것은 시작일 뿐이다. 그 사람을 더 깊게 알기 위한 단서일 뿐이다.

"그래서 앞으로 알아가는 거잖아요. 연애는 그런 거 아니에요?"

히라마쓰 씨는 더 이상 변명하지 않고 잠시 침묵을 끌어안고 있더니 갑자기 인상을 찌푸렸다. 무슨 일인가 하고 내가 반응하기 전에 그는 코를 킁킁거리며 집을 돌아다녔다.

"무슨 냄새 안 나?"

그렇게 중얼거리더니 계단을 두 칸씩 뛰어 내려갔다.

"이, 이야기가 아직 더……!"

나도 다급히 그 등을 쫓았다. 쫓는 수밖에 없었다.

바깥으로 나가자 까만 밤이 펼쳐져 있고 바람이 강해서 몸이 파르르 떨릴 만큼 추웠다. 오늘은 공기가 심하게 건조해서 목 부근의 피부가 당기는 느낌이 들었다.

"이 냄새, 기타니시에서 나는 거야."

그 말을 듣자 왠지 숯불로 닭꼬치를 굽는 듯한 냄새가 난다는 사실을 깨달았다. 언젠가 흘러나왔던 뉴스가 뇌리에 떠올랐다. 건조한 공기. 증가하는 화재 건수…….

엄청난 기세로 달리기 시작한 히라마쓰 씨를 따라가니 다섯 블럭도 이동하기 전에 피어오르는 연기가 보였다. 화염이 그걸 바라보는 사람들과 밤하늘을 붉게 비추고 있었다.

3층 목조 단독주택에 불이 나 있었다. 이미 소화 호스로 화재 진압이 이루어지고 있었지만, 급격한 커브를 이룬 길모퉁이가 방해물이 되어 소방차가 오도 가도 못하고 있었다. 건물 앞에는 뺨이 검댕으로 더럽혀진 여성이 뭐라고 큰소리로 외치고 있었고, 그녀 앞을 가로막은 소방관이 필사적으로 설득하고 있었다. 아직 안에 사람이 있는 것이다.

화재 현장을 둘러싸고 멀리서 지켜보던 동네 주민들 속에서 나루미 씨가 뛰쳐나와 외쳤다.

"기리히토 씨, 안 돼요!"

먼저 이 소동을 쫓아 달려온 모양인 나루미 씨는 망연자실해하는 나를 힐끗 보더니 진지한 표정으로 히라마쓰 씨에게 몸을 틀었다.

강풍이 불어 화염이 무리를 덮쳤다. 파직 파직 흩날리는 불티에 뺨이 뜨거웠다. 아무 말 없이 재킷을 벗어버리는 히라마쓰 씨를 향해 나루미 씨가 못을 박듯이 말했다.

"지금 시대에는 데이터가 남아요. 우리 CK의 은폐 공작에도 한계가 있어요. 비밀이 알려지면 당신 말고도 다른 사람에게도 민폐를 끼쳐요!"

"하지만 난 나라의 소유물이 아니야!"

말이 다 끝나기 전에 그는 걸어가고 있었다. 무리에 파고들더니 겹겹이 둘러싼 사람들을 헤치고 화재 진압을 하는 최전선까지 도달했다. 당연히 소방관은 히라마쓰 씨의 팔을 붙들고 저지했다. 하지만 3명이 막아도 여전히 그 걸음을 멈추게 하지 못했다.

등에 물을 뒤집어쓰고 활활 타오르는 화염 속으로 빨려가기 직전에 어딘가 체념한 표정을 짓던 나루미 씨가 외쳤다.

"소방서에서 이야기한 바에 따르면 여자아이가 3층 아이방에, 성인 1명이 주방에, 몸이 불편한 고령자가 1층에 있다고 해요……!"

내가 내뱉은 "기다려요!"에 대해 정중하게도 미안한 듯한 시선을 남긴 채, 히라마쓰 씨는 화염 속으로 사라졌다.

6

너무나도 불합리하고 너무나도 갑작스러운 일이었음에

도 뇌는 무슨 일이 일어나고 있는 건지 서둘러 파악하고 있었다. 나는 눈앞에서 일어난 현실을 그저 받아들일 수밖에 없었다. 다만 이해하고 싶지 않았다.

히라마쓰 씨는 13분 40초 만에 돌아왔다. 그는 의식이 없는 작은 여자아이를 오른팔에, 노인을 왼팔에 안고, 남성은 등에 업고 있었다. 세 사람을 건넨 후에는 소방관을 뿌리치고 비틀거리며 이쪽으로 걸어왔다. 멀리서 봐도 그의 전신이 짓물렀다는 걸 알 수 있었다. 그가 말을 하지 않아도 구경꾼들은 그 처절한 모습에 길을 터 주었다.

"이봐, 그게 사람이 할 짓이야?"

나루미 씨가 스마트폰으로 히라마쓰 씨를 찍으려는 듯한 젊은 남자 앞을 가로막았다. 히라마쓰 씨는 내 눈앞에 다시 섰다.

가장 놀랐던 건 이상한 냄새였다. 살이 타는 것과 다른, 지금까지 맡아본 적 없는 악취가 몸에서 피어오르고 있었다. 나는 치밀어 오르는 구역질에 입을 막았다.

완전히 변해 버린 모습. 같이 타버린 모양인 나일론 재질 속옷이 너덜너덜해져, 벗겨져 떨어진 피부에 고드름처럼 아래로 드리워져 있었다. 머리카락은 한쪽이 거의 다 타서 녹아 떨어졌고, 얼굴의 80퍼센트는 붉은 물집이 뒤덮고 있었다. 그는 내 바로 옆에 떨어진 재킷을 집어 들더니 타버린 피부 위로 억지로 걸치고 담장을 따라 걷기 시작했다.

"다키 마히루 씨지요?"

당황하는 내 어깨를 다급한 표정을 지은 나루미 씨가 붙들었다.

"전 지금 당장 평의회에 이 사실을 알려야 합니다. 이런 일을 민간인에게 부탁하는 건 좀 그렇지만, 만약 그가 재생하는 데 힘들어하면 이걸 좀⋯⋯."

나루미 씨는 수첩에서 종이를 한 장 찢더니 무언가를 써서 내 손에 쥐여 주었다.

"그는 저래 보여도 겁이 많습니다. 용서해 달라고는 말하지 않겠지만 버팀목이 필요합니다."

입을 떡 벌린 나의 등에 부드럽게 힘을 가하더니 나루미 씨는 다시 구경꾼과 소방대원에게 대응하기 위해 돌아갔다.

머릿속이 여러 가지 생각들로 가득차고 심장은 고동쳤다. 그런데도 지금 나만 할 수 있는 일이 있다는 인식이 위축된 손발을 어떻게든 움직이게 했다. 나는 히라마쓰 씨의 옆에 달라붙어서 허리와 왼쪽 어깨를 지지했다. 허리에 닿은 오른팔이 몇 번인가 녹아내린 피부 위에서 주르륵 미끄러졌다. 허리를 고정할 수 없어 실질적으로 내 목 위에 있는 왼팔을 힘껏 끌어내려서 그의 몸을 수평으로 유지할 필요가 있었다.

"구급차……, 구급차 불러요!"

코를 찌르는 타는 냄새. 담장에 마구 칠해진 피의 양. 그 모든 것이 심상치 않았다.

"그건 사람을 위한 거잖아."

"당신도 인간이잖아. 이건 이상한 일이잖아."

나는 어느새 존댓말을 쓰는 것도 잊고 심한 화상으로 문드러진 히라마쓰 씨와 함께 간신히 가미유이까지 와서 그가 계단을 올라가는 걸 뒤에서 밀어 도왔다.

그는 피투성이가 된 손으로 선반에서 상자를 끌어낸 후 소파에 비닐 시트를 깔라고 했다. 그리고 검은 테이프로 고정한 비닐 시트 위에 가로누웠다. 그때 걸치고 있던 재킷이 벗겨져 벌겋게 물든 복부가 드러났다. 나는 타서 절반이 숯이 된 나무가 하복부 깊숙이 박혀 있는 것을 두 눈으로 똑똑히 보았다.

"꽤 깊군."

환부에서 쉴 새 없이 피가 번져 나오고 얼굴은 고통으로 일그러져 있음에도 그의 태도는 이상하리만치 냉정했다.

히라마쓰 씨는 나무를 잡아서 몇 번이나 빼내려고 했다. 하지만 피 때문에 쭉 미끄러져 빠졌다.

"설마…… 그걸 빼내려고? 그건 절대 불가능해. 과다 출혈로 죽는다고! 의사를 부르자, 제발."

"병원에는 안 가. 난 보험도 안 들었고."

탄내와 피비린내가 뒤섞인 악취와 함께 비닐 시트 안으로 진물과 혈액이 뒤섞여 노란색 웅덩이가 고여 가고 있었다. 죽음이 눈앞에 있는 환경에 있으면서도 이 남자한테서는 전혀 죽음의 기척을 느낄 수 없었다. 느낄 수 있는 건 상처 입은 것을 그저 과정으로 받아들이고 있는 듯한 둔한 체념뿐이었다.

"알겠어, 알았다고. 기다려 봐."

나는 팔을 걷어붙이고 심호흡을 했다. 주머니에서 손수건과 소독 스프레이를 꺼내 손과 손수건에 스프레이의 내용물을 모조리 털어 냈다.

"지금부터 뺄게. 죽어도…… 난 몰라!"

손수건을 펼쳐서 나무를 덮고, 그 위에 손을 대고 최대의 악력으로 잡아당겼다. 그런데 힘을 너무 세게 주었는지, 빠진 나무가 포물선을 그리며 벽으로 날아갔다. 순간 상처 부위에서 피가 왈칵 새어 나왔다. 황급히 손수건을 상처에 대려고 했지만, 상처 부위는 이미 사라진 뒤였다. 나는 다급히 옷을 찢어 출혈 부위를 찾았다. 거대한 나무가 꽂혀 있었으니 상처가 없을 리 없다. 하지만 붉은 물집이 거의 완전히 사라져 있었다. 흠칫 놀라 그의 얼굴을 응시했다.

"그렇게 빤히 보지 마. 제기랄, 요란하게 날려 버리기나 하고. 청소비가 꽤 든단 말이야."

"잠시, 잠시만 있어 봐."

태연하게 서려고 하는 히라마쓰 씨의 양쪽 어깨를 붙들고 비닐 위로 되돌렸다.

"왜 아무렇지도 않은 얼굴로 서려는 거야? 필요한 게 있으면 내가 가져다줄게."

"더 이상 너하고 엮이기 싫어."

뭐? 더 이상 나랑 엮이기 싫다고? 그런 꼴로?

머릿속에 몇백, 몇천이나 되는 정당한 반론이 생겼다가 사라졌다. 이런 엉망진창인 사람에게 상식을 들이댄다고 해도 의미가 없다. 머리에 선 핏대를 지우고 목소리를 차분히 한 뒤 말했다.

"확실히 설명해 줄 때까지 한 걸음도 안 움직일 거야. 안 그러면 오늘 본 거 전부 인스타 라이브로 말할 거니까."

나는 무리해서라도 일어나려고 하는 히라마쓰 씨의 어깨를 눌러서 소파에 앉혔다.

"뭐 다른 거 도와줄 거 없어? 당신은 적어도 안정이라도 취하고 있어."

빤히 이쪽을 노려보고 있던 히라마쓰 씨는 잠시 후 포기했는지 복근에 주고 있던 힘을 빼고 깊은 한숨을 쉬며 말했다.

"물 6리터랑 치킨샐러드를 가게에 있는 만큼 전부 다 사다 줄래?"

'누워서 떡 먹기네!' 하고 고개를 끄덕이다가 피와 진물 투성이가 된 내 니트를 내려다보았다.

"갈아입을 옷 없어? 아무래도 이런 차림으로 나가기는……."

지금 내 모습은 사람을 둘이나 셋쯤 해친 살인범 그 자체였다. 밤길을 나다니면 틀림없이 불심검문 당해서 임의동행하게 될 것이다.

히라마쓰 씨는 방으로 시선을 옮기더니 선반 아랫단의 제일 앞을 가리켰다. 박스를 꺼내 안을 확인하자 두꺼운 빈티지 코트와 여성용 스웨터, 은색 회중시계 같은 것이 나왔다. 체인이 연결된 회중시계의 표면에는 대나무와 그 잎으로 보이는 문양이 새겨져 있었고, 빛바랜 색상으로 볼 때꽤 오래된 것이라는 사실을 알 수 있었다. 시계를 상자에 다시 넣고 옷만 빼내 "이거 진짜 입어도 괜찮아? 소중한 건 아니지……?"라고 조심스럽게 묻자 히라마쓰 씨가 고개를 가로저었다.

"안심해. 그런 거 아냐."

여자 옷이 이곳에 있는 것 자체가 안심할 수 없지만 말이다. 나는 1층 세면대에서 피를 씻은 후 옷을 갈아입고 가미유이를 나섰다. 바깥은 엄청 추웠다. 어둠 속에서 길 잃은 사람을 안내하듯 편의점 불빛이 밤을 비추고 있었다.

편의점에서 2리터짜리 물 3병과 다양한 맛의 치킨샐러드 12개를 바구니에 담았다. 그 무게만으로도 팔에 꽤 한계가 왔지만, 나루미 씨에게 건네받은 메모에 쓰인 '어떤 것'을 추가해서 계산대로 향했다. 점원의 꺼림칙한 시선과 함께 계산을 마치고 물과 치킨샐러드로 가득한 비닐봉지를 양손에 나눠 들고 간신히 집으로 돌아왔다.

소파 옆에 비닐봉지를 늘어놓자마자 히라마쓰 씨는 재빨리 물 3병을 들이켜고 치킨샐러드를 닥치는 대로 먹기 시작했다. 식사라기보다 연료 보급이었다.

"그거랑 이것도 있어."

내가 꺼낸 것은 최근에 발매한 치어 폰즈(감귤류의 과즙으로 만든 일본의 대표적인 소스-옮긴이)였다. 거기에는 폰즈에 절인 치어와 잘게 썬 양파가 올라가 있었다. 히라마쓰 씨는 잠시 가만히 응시한 후에 그것도 먹기 시작했다. 피투성이라서 알기 힘들었지만 뺨이 조금 누그러든 것처럼 보였다.

"좋아하는 음식이야?"

치킨을 폭식할 때와는 달리 이번에는 맛을 음미하며 먹고 있는 듯했다. 치어 폰즈를 대하는 태도는 틀림없이 좋아하는 음식 그 자체였다.

다 먹은 히라마쓰 씨는 눈을 묵직하게 감고 다시 비닐 위에 드러누웠다. 나도 소파로 책상 의자를 가져와서 앉았다.

"고마워."

이윽고 생각났다는 듯 그가 말했다.

"그런데 이럴 생각은 아니었어. 너한테 이런 모습 보이고 싶지 않았거든."

"그건 당신이 불사신이라서?"

히라마쓰 씨는 낙담한 듯이 어깨를 으쓱했다.

"그럼 정말로……."

믿기 힘들었지만 무엇보다 증거가 있다. 몇십 분 전까지 온몸에 중증 화상을 입고 배에 거대한 구멍이 뚫려 있었지만, 지금은 몸 어디에도 상처 흔적이 보이지 않았다.

이 사람은 이상하리만치 빠른 치유 능력을 가지고 있다. 하지만 그것만으로는 나루미 씨가 그에게 존댓말을 사용했던 거나 게임용 컴퓨터를 발매 당일에 샀다는 건 설명이 안 된다.

"죽지 않으니 이런 터무니없는 행동을 한 거야?"

히라마쓰 씨는 잠시 눈을 감았다가 잠긴 목소리로 말했다.

"불은 싫어."

히라마쓰 씨의 눈동자가 밤처럼 어둡게 잠겼다.

"당시 시키시마군은 기습 공격에 참가했어. 지로랑 루이치로는 비행기에 타고 있었지. 일본군은 궁지에 몰려 있었고 모두가 역전승을 바라고 있었어. 지로는 아군을 지키려고 했어. 폭탄을 실은 제로기로 적군 항공모함에 일직선으로 처박았지."

들은 적 있다. 가미카제 특별 공격군. '특공'이라고 하는 편이 익숙할지도 모른다.

"하지만 그 행동에 감화된 병사들이 연달아 특공을 해서 결과적으로 종전까지 4천 명에 가까운 사상자가 나오고 말았지. 지로는 도가 지나쳤어. 자신이 죽지 않기 때문에 했던 터무니없는 행동이 수많은 이를 죽음으로 끌어들였지."

그건 이미 할아버지 이야기를 하는 말투가 아니었다. 히라마쓰 씨가 용서를 구하듯 나를 지그시 보았다.

"불만큼은 버거워. 모두 조종간을 끌어안고 지옥의 맹렬한 불에 뛰어들었어. 전부 내가 이끈 일이야. 내가 괴물이라서 모두에게 괴물이 되라는 선택지를 주고 말았지."

그리고 신음하듯 다음 말을 쥐어짜 냈다.

"내가 지로야."

아, 그렇구나. 이 사람은 죽지 않는다. 죽지 않는 데다 늙지 않는다.

즉 불로불사다.

믿을 수 없는 사실에 질끈 눈을 감고 싶었지만, 나는 눈앞에 있는 남자에게 시선을 거두지 않았다.

"그런데 루이치로 씨는? 당신을 손자라고……."

"전쟁이 끝나면서 헤어진 루이랑 재회한 건 2005년 아이치현 지구박람회가 열린 나고야에서였어. 어떻게 사실대로 말할 수 있겠어? 나는 지로의 손자라고 할 수밖에 없었지."

갑자기 모든 베일이 벗겨져 진실이 내 앞에 속속들이 드러났다.

'15일이 우인날이 아니었으면 더 빨리 끝났을 텐데 말이죠.'

나루미 씨의 목소리가 떠올랐다. 15일이 우인날이니까 장례를 치른 날은 16일이다. 그렇다면 14일에 루이치로 씨는 돌아가신 것이다. 즉 밸런타인데이에 나를 만나러 오지 않은 건 옛 친구를 보내기 위해서였다.

하지만 그뿐만이 아니었다. 그는 루이치로가 죽어서 떠올랐다고 했다. 사람은 죽는다는 '당연한 사실'을……

죽지 않는 인간으로서 사람이 죽는다는 건 자칫하면 잊어버릴지도 모르는 일이다. 아니, 정말 그럴까? 정말 그건 죽지 않는 사람만의 문제일까?

나도 생각지도 못하지 않았는가. 리쿠토가 죽는다는 것

을……. 그리고 죽은 사람은 두 번 다시 만날 수 없다는 것을 말이다. 그런 '당연한 사실'을 직면할 때까지 아는 척하는 얼굴을 했을 뿐이지 않았을까.

"14일에 못 가서 미안. 네가 죽는 걸 상상하고 두려워졌어."

히라마쓰 씨는 덧붙였다.

"볼썽사납지?"

나는 고개를 가로저었다. 이제는 더 격렬하게 고개를 좌우로 흔들었다.

"전혀 안 그래. 나도 같은 생각을 했으니까."

히라마쓰 씨가 미간을 찡그렸다.

나는 리쿠토와의 과거를 마침내 그에게 전했다. 죽지 않는 사람에게 주변인의 죽음은 너무나도 평범한 일로 아무것도 아닐지도 모른다. 그러나 나에게 있어 소꿉친구인 리쿠토의 죽음은 모든 연애에서 희망을 빼앗아 버릴 정도로 강렬한 벗어날 수 없는 트라우마였다.

전부 이야기하고 나자 히라마쓰 씨는 어리둥절한 듯이 입을 떡 벌렸다.

"그럼 뭐야? 넌 죽지 않는 나를 두고 죽지 않을까 불안해했다는 소리야?"

"죽지 않는다는 걸 전혀 몰랐으니까."

이 기묘한 대화는 뭐지. 녹음했더라면 폭소할 만한 일이라고 생각될 만큼 여유가 생겼을 무렵이었다.

"후후…… 하하, 아하하!"

히라마쓰 씨가 갑자기 요란하게 웃음을 터뜨렸다.

"어라? 웃을 일이야……?"

항의의 의미로 내가 묻자 그는 입가에 방울져 떨어지는 피보다도 웃어서 생기는 눈물을 닦아내며 말했다.

"그런 소리는 태어나서 지금까지 전혀 들어본 적이 없으니까."

또다시 계속 웃었다. 석연치 않았지만 그의 마음을 들을 수 있어서 안심한 탓인지 갑자기 졸음이 덮쳐 와 소파에 등을 맡겼다. 그곳에는 아득한 밤이 그저 영원히 이어지고 있을 뿐 나와 그의 사이에는 전과 다름없이 먼 거리가 자리했다. 그런데도 잠들기 직전에 옅어져 가는 의식 속에서 순간 강한 악력이 내 오른손을 잡은 것을 나는 기억하고 있다.

7

소파에서 잠이 들었던 나는 잠에서 깬 후 잠시 졸린 눈으로 리드미컬한 새소리를 듣고 있었다. 이윽고 화장실 문이 열리더니 새어 나오는 증기 속에서 수건을 어깨에 걸치고 상반신을 탈의한 남자가 태연한 얼굴로 나타났다.

"아, 뭐야!"

나는 순간적으로 얼굴을 덮은 손 틈으로 들여다보았다. 희미하게 갈라진 복근과 튀어나온 쇄골, 겉보기와 다르게 사람 셋을 지고 나를 정도의 힘을 숨긴 양팔…… 그렇다. 그의 몸매는 눈길을 끌 만큼 탄탄했다.

하지만 아무리 생각해도 놀라운 건 마치 갓 태어난 것처럼 상처 하나 없는 피부다. 아무리 생명력이 강해도 큰 부상이 나을 때는 반드시 흉터가 남기 마련이다. 그런데 그의 몸에는 화상 자국도 없거니와 타버린 머리카락도 가지런히 자라나 있었다.

아니, 저렇게 길었나?

"아, 이거?"

내 시선을 알아차린 히라마쓰 씨는 어깨까지 내려온 긴 머리를 수건으로 탈탈 털어 냈다. 빨갛던 머리색은 짙은 검은색이 되어 있었다.

"이건 내가 불사의 약 '니시키'를 섭취했을 때의 모습이야. 니시키는 나를 이 모습으로 계속 되돌려 줘."

히라마쓰 씨는 긴 티셔츠에 팔을 넣으며 덧붙였다.

"직접 머리를 커트해야 하는 건 번거롭지만……"

"오히려 더 완벽해."

아차. 무심코 마음의 소리가 새어 나왔다.

"응?"

"아니. 아무것도 아니야."

가뜩이나 잘생긴 히라마쓰 씨의 얼굴에 윤기 나는 길고 까만 머리라니. 완전히 내 취향이었다. 미용사니 직접 머리를 자르는 건 쉬운 일이겠지만, 바라건대 잠시 그대로 있어 줬으면 했다.

드라이를 다 한 히라마쓰 씨는 인스턴트커피를 타서 내주더니 의자 등받이에 양팔을 얹고 살짝 내려다보다시피 하며 말했다.

"왜 아직 여기에 있어?"

난방으로 훈훈한 실내와는 정반대로 차가운 말투였다. 하지만 이제 속지 않는다. 나는 가능한 한 눈을 크게 부릅뜨고 그를 올려다보았다.

"이야기하려고."

"그래? 그렇군."

히라마쓰 씨는 몇 번인가 고개를 끄덕이고 의자에서 일어나더니 소파 옆에 앉았다.

우리는 마침내 시선이 같아졌다. 나는 뜨거운 커피를 열심히 식혀 절반쯤 마셨을 무렵에 말했다.

"질질 끌어봤자 소용없으니 솔직하게 말할게. 나는 당신이랑…… 사귀고 싶어."

그게 내가 내린 답이었다. 너무 늦었을지도 모르지만, 지금은 확실히 말할 수 있는 결론이었다. 그의 까만 눈동자를 응시하며 평정심을 유지한 채 물었다.

"당신은 어때?"

어제의 그 나무는 뽑아냈지만 그때 흩날린 혈흔은 노출된 콘크리트 바닥에 아직 선명하게 남아 있었다. 어제 일은 꿈이 아니다.

"이렇게 재수 없는 인간은 상대 안 하는 편이 나아."

히라마쓰 씨는 묵직한 입을 열고 자조적으로 웃었다.

"난 당신의 마음을 묻고 있는 거야."

스스로도 놀랄 만큼 큰 소리를 내서 복도가 울리고 있었다. 허를 찔렸는지 히라마쓰 씨가 어안이 벙벙한 표정으로 나를 보았다.

"불로불사든 아니든 나는 상관없어. 우리는 지금 대등하니까."

내가 무슨 소리를 하는 거지? 이건 너무나도 이상한 일이다.

그는 불로불사다. 타서 짓물렀던 그의 피부를 본 것이 불과 어젯밤의 일이다. 흘러넘치는 피와 진물에서 나던 비린

내를 기억한다. 뽑아낸 나무의 굵기를 손이 기억하고 있다. 하지만 그것과 마찬가지로 중요한 것은 그와 내가 지금 서로 마주 보고 있다는 사실이다.

둘이 해결하는 것 말고 어디에도 달아날 곳은 없다.

"알았어."

나는 순간 귀를 의심했다. 그 순간이라는 것은 실제로는 5초 정도였다.

"사귀자."

"…… 정말?"

"원래 사귀자고 말한 건 나였는데 왜 의심하는 거야"라며 히라마쓰 씨가 인상을 찌푸렸다.

"히라마쓰 씨는 대단한 사람이니까."

"누가 할 소리야? 대등하다며?"

히라마쓰 씨는 일어나서 기지개를 켜더니 나지막한 테이블을 빙그르르 돌아 내 앞으로 와서 한쪽 무릎을 꿇었다.

"난 죽지도 않고 늙지도 않아. 그런데도 정말 괜찮아?"

얼굴을 맞대고 그런 소리를 들으니 역시 아직 받아들여지지 못하는 부분도 있었다. 하지만 나는 고개를 끄덕였다. 더욱 받아들이고 싶었기에, 이해하고 싶었기에 앞으로 나아가고 싶었다.

"성은 히라마쓰가 아니야."

"뭐? 뭐라고?"

바로 1초 전에 정한 각오가 갑자기 흔들리기 시작했다.

"하는 수 없잖아. 나는 나라에서 나한테 마음대로 붙여 준 가바네(姓)가 싫으니까. 보통은 말 안 해. 하지만 너한테는 말해야지."

그는 내 눈을 지그시 응시했다.

"두 번은 말 안 해. 내 진짜 성은 도코나시(床無)라고 해. 이발소(床屋, 도코야)가 없다(無い, 나이)라고 써서 도코나시. 아이러니한 성이지."

"도코나시……. 도코나시 기리히토."

"한 가지 더. 지켜 줬으면 하는 약속이 있어."

히라마쓰, 아니, 도코나시는 지금까지보다 더 진지한 표정으로 본론 중의 본론을 꺼냈다.

"불사신과 사람이 잘 지내기 위해서 오래 전부터 내려온 규칙이야."

지금 정리해 줄게, 라고 말하고서 책상으로 향한 도코나시는 찢어 낸 메모지를 건네주었다. 단정한 글자로 적혀 있는 것은 하나, 둘, 셋…… 무려 10가지나 되는 항목이었다. 더군다나 보기 어려운 글씨로 표기된 부분도 있어서 전혀 머리에 들어오지 않았다.

"앗, 습관적으로 옛날 글자체로 썼네."

그는 쑥스러워하며 미안해했다. '죽지 않는 사람은 습관적으로 옛날 글자를 쓰는구나' 하고 아득해지는 정신에 사로잡히면서 간신히 해독을 마쳤다.

"특히 10번만큼은 반드시 지켜 줬으면 해."

그의 말을 듣고 다시 한번 더 메모지에 시선을 보냈다.

"절대 안……."

소리 내서 10번을 읽던 내 입에 그는 검지를 대고 저지했다.

"봐. 말하고 있잖아."

적은 것을 읽는 것도 안 되나. 이건 주의를 해야겠다.

"그건 영원히 만나지 못할 때 쓰는 말이니까. '또 보자'라고 말해 줘."

조금 이상한 이야기지만 나는 순순히 고개를 끄덕였다. 고개를 끄덕임과 동시에 도코나시는 펼친 양손을 내 등에 두르고 우리의 거리를 0으로 만들었다. 싫을 정도로 단순한 내 심장은 죽을 것만큼 고동치고 있었다. 처음에는 주저했지만 이윽고 그의 등에 나 역시 손을 갖다 대서 우리의 말 없는 대화를 완성시켰다.

깊고 긴 포옹이었다.

죽지 않는 남자와 나눈 10가지 규칙.

해 보면 되잖아.

나는 내가 행복해지기 위해서 내가 가장 좋아하는 사람을 제일 행복하게 만들어 보일 테다.

2017년 2월 18일, 여기까지가 나와 그가 진지하게 사귀게 되기까지의 이야기다. 규칙이 우리 두 사람을 단단히 묶어 놓은 날, 나는 이 규칙이 만들어낼 기묘한 관계와 그와의 사랑이 도달할 지점을 아직 상상할 수조차 없었다.

일기1

1946년 3월 25일

도코나시 지로

5년 만에 찾아온 도쿄의 하늘은 몹시 넓었다. 나는 어쩐지 어색한 기분이 들어 루이치로와 얼굴을 마주 보았다.

보도와 차로가 애매한 길을 걷던 우리 앞으로 지프사의 윌리스 MB가 모래 먼지를 날리며 지나가다가 절반은 무너진 건물 바로 앞에서 멈췄다. 그러자 건물 잔해 속에 숨어서 한참을 기다리던 아이들이 차에서 내린 군복 입은 미군 병사를 향해 돌격했고, 목소리를 높여 과자를 달라고 졸랐다. 적군의 병사들이 지금은 영웅처럼 대접받고 있는 게 기묘했다.

우리 시키시마군을 포함한 201공(제201 해군 항공대)의 군무원이 일본의 패전을 알았던 것은 일본 결전에 대비해 파견된 대만의 주둔지에서였다. 라디오도, 녹음기기도 없어서 패전 선언은 상관으로부터 구두로 전달받았다.

처음에는 아무도 그 사실을 믿지 않았다. 하지만 아무리 기다려도 명령이 떨어지지 않는다는 걸 깨달았을 때, 상실감은 마침내 실체가 되어 병사들 앞에 나타났다. 그리고 동료 일곱이 자해를 택했다.

아, 그렇구나.

그때 나는 알아차렸다. 모든 것이 내 비열한 바람 탓이라는 걸 말이다. 불사신이면서 인간과 더불어 있고 싶다는 나의 분수 모르는 생각이 인간의 이론을, 인간의 전쟁 구조를 뿌리 깊은 곳에서부터 바꾸고 만 결과였다. '불사신 지로'가 태어난 탓에 죽지 않아도 되는 여러 사람이 죽었다. 여럿이 죽은 탓에 살아남은 동료들마저 목숨을 끊었다.

악몽이었다. 끝나지 않는 인생의 끝나지 않는 형벌이었다.

무언가를 하지 않으면 견딜 수 없었다. 하지만 할 수 있는 일이라곤 이제 막 죽은 일곱 시신을 매장하는 것 정도였다. 삽을 쥐고 땅을 팠다. 땀이 방울져 흘렀고 팔로 이마를 닦아냈다. 이 작업을 반복하던 중에 루이치로는 신중한 목소리로 나를 불렀다.

"어이, 지로."

루이치로는 다시 한번 불렀으나 내가 대답이 없다는 걸 깨닫더니 그답지 않은 다정한 음색을 사용했다.

"우리만 살아남은 데는 뭔가 의미가 있지 않을까?"

대체 어떤 표정을 지어야 할까.

내가 살아남은 이유는 충분히 알고 있다. 내 몸에 깃든 '니시키' 때문이다. 불사신이기 때문이다. 그리고 이 나라는 불사신을 병기로 이용했다. 몇 번이나 이용할 수 있는 특공병이기 때문만이 아니다. 진정한 이용법은 따로 있었다. 특공전략이 얼마나 유용하고 자랑스러운지를 세상에 퍼뜨릴 '불사신 특공병'이라는 광고탑으로였다.

나는 도화선이었다. 여러 젊은이를 살아 있는 폭탄으로 바꾸기 위한 사신이다. 하지만 루이치로는 내 어깨에 손을 얹더니 햇살 같은 환한 미소로 말했다.

"고향에 돌아가면 분명 살아남아서 다행이라고 생각할 거야."

이듬해 2월부터 주둔 중이던 일본인의 귀국이 시작되었다. 나와 루이치로는 제1차 귀환조로 선발되었다.

도쿄로 돌아온 것은 루이치로의 본가를 방문하기 위해서였다. 반년 전에 루이치로의 어머니가 보내온 편지에 따르면 니혼바시 다리 부근의 집은 전부 파괴되었지만, 늦지 않게 피난을 가서 가족은 모두 무사하다고 한다. 그리고 다시 집안을 일으키기 위해 바로 도쿄로 돌아오겠다고 쓰여 있었다.

편지에 쓰여 있던 대로 아무것도 없는 거리에는 부활하려는 생기로 가득 차 있었다. 남자들은 모두 목수가 되었고, 여기저기에서 쇠망치 소리가 울려 퍼졌다. 판잣집 같은 암시장에서는 활기찬 분위기가 피어올랐으며 정체를 알 수 없는 국물은 먹음직스러운 냄새를 풍겼다. 나는 재기하는 인간의 강인함에 감동받아 루이치로 몰래 눈물을 흘렸다.

"얘, 루이! 루이치로!"

쳐다보니 검댕이 잔뜩 묻은 초로의 여성이 이쪽으로 손을 흔들며 달려오고 있었다. 루이치로의 어머니였다.

루이치로도 그 모습을 알아차리더니 얼어붙은 듯 움직이지 못하다가 곧 눈물을 흘렸다. 우는 것도 당연했다. 죽을 것이라 생각했던 전쟁터에서, 특공부대에서 살아 돌아왔으니 말이다.

루이치로는 첫 출전 날 엔진에 문제가 생겨 필리핀 먼 바다에 불시착했다. 그와 합류했을 때 이미 201공은 자폭 공격으로 전투기를 다 사용한 후라 루이치로가 특공에 임할 날은 결국 찾아오지 않았다.

나는 친구와 그의 어머니가 포옹하는 모습을 바라보자 가슴이 벅찼다. 루이치로를 살려서 고향에 돌려보낼 수 있었다는 게 스스로의 자랑이었다.

그날 밤은 결코 호화롭다고는 할 수 없지만 그런대로 제대로 된 식사를 얻어먹을 수 있었다. 나는 귀중한 식량을 나눠 먹어 미안하다고 했지만, 상대는 그런 섭섭한 소리를 전혀 받아들이지 않았다.

한밤중까지 잔치가 계속되었다. 전쟁의 종결과 재기를 노래하고 춤추는 사람들, 가족 모두가 루이치로의 생환을 진심으로 축하하며 전쟁 없는 미래를 꿈꾸고 있었다. 우리는 오두막 같은 건물 안에서 나란히 펴 놓은 이불에 몸을 누이고 잠들었다. 하지만 새벽에 눈이 떠졌다. 악몽을 꾼 것도 아니다. 뭔가 꺼림칙한 예감이 들었다. 옆을 보자 루이치로의 모습이 보이지 않았다.

나는 오일 램프를 켜서 집에서 나왔다. 거리에는 통행인이 거의 없었고 멧비둘기 소리가 드문드문 들려오기만 할 뿐이었다. 어둑어둑한 곳에서 이름을 작게 부르며 그를 찾았다. 때마침 지평선 건너편에서 희미한 빛이 새어 나오기 시작해 램프의 빛이 필요하지 않게 되었을 무렵이었다. 나는 원숭이 신사에 도달했고, 소리가 난 듯한 느낌에 방공호를 들여다보았다.

그곳엔 루이치로가 있었다.

책상다리를 하고 앉은 그의 양다리는 38식 보병총 총대를 끼우고 지탱하고 있었고, 총구는 그의 입안을 쑥 막고 있었다. 그리고 왼손엔 뭔가 종이 같은 것을 들고서 오른손 검지를 방아쇠에 걸고 있었다.

그때 내 존재를 알아차리더니 그가 흠칫하고 고개를 들었다. 눈에는 눈물이 글썽였다.

"루이!"

좁은 방공호 안에서 총소리가 울려 퍼졌다.

총탄은 내 왼쪽 귀 위를 스치고 지나가 입구 부근에서 퉁겨 내벽을 후벼 팠다. 루이치로의 손은 떨리고 있었지만 그런데도 여전히 보병총을 놓지 않았다. 나는 양팔에 힘을 실어서 불사신의 완력으로 총을 억지로 떼어 냈다. 팔랑팔랑, 손바닥 크기만 한 종이가 공기의 저항을 받으면서 떨어졌다. 나는 그것을 주워 들고 오열했다. 그건 특공작전 전날에 촬영한 시키시마군 조종사들의 단체 사진이었다.

"지로, 내버려둬! 무자비한 녀석!"

"이걸 어떻게 내버려두라는 거야!"

"그럼 가르쳐 줘! 왜 우리뿐이야? 왜 우리만……."

루이치로는 괴로워하며 토로했다. "태평하게 살아남은 거야?"라고…….

나는 할 말이 없었다. 아니, 머리에 떠오른 말이라면 무수히 있었다. 하지만 '부탁할게, 살아가 줘'라고 어떻게 감히 말할 수 있겠는가. 여러 동료를 죽음에 몰아넣은 괴물인 주제에 어떻게 살라고 말할 수 있겠는가. 나는 결국 내가 하고 싶은 말을 하지 못한 채 그의 말을 똑같이 그대로 빌려 축음기처럼 내뱉었다.

"우리만 살아남은 건 뭔가 의미가 있어서일 거야!"

루이치로는 고개를 들고 나를 잠시 가만히 보았다. 그러고 나서 힘없이 고개를 떨어뜨리더니 방공호 바깥의 활기 띤 소리를 듣고 있었다.

루이치로의 자살 미수를 그의 가족에게는 전하지 못했다. 집에서는 여전히 축하 분위기가 이어지고 있었지만, 루이치로와 나의 이상할 만큼 차분한 모습에 가족이 무언가를 알아차렸는지는 상상에 맡기는 수밖에 없다.

그날 밤 루이치로는 나에게 말했다.

"지로, 넌 전국을 돌아."

그쯤에서 말을 한 번 끊더니 어딘가 창피한 듯 고개를 돌리고 이어서 말했다.

"201공 녀석들을 만나도록 해. 그래서 만약 나처럼 멍청한 짓을 하는 녀석을 발견하면 말려 줘."

"그게 내가 살아 있는 의미야?"

"현재로서는."

"넌 어쩌려는 건데?"

"난 네가 돌아오기를 기다릴게. 여기서. 이 도쿄에서."

이 장소를, 네가 살아 돌아와서 다행이라고 여길 고향으로 만들어 주기 위해서.

루이치로는 그리 말하고 나를 떠나보냈다.

2018년

얼어붙은 시계1

10가지 규칙

1. 규칙을 지킬 것
2.
3.
4.
5.
6.
7.
8.
9.
10. 절대 '안녕'이라 말하지 않을 것

1

매미가 목청이 터져라 울던 오후 2시였다. 렌터카를 몰던 우리는 다마사카이의 코스트코로 향했다. 핸들을 쥔 건 올봄에 면허를 이제 막 딴 나로, 옆자리에는 도코나시가 송곳니가 빠진 늑대처럼 얌전하게 앉아 있었다.

차선 변경이나 우회전을 할 때마다 그의 걱정스러운 시선이 시야의 가장자리로 힐끗힐끗 움직이는 게 보였다. 최근에 포니테일을 하고 나서부터 머리끝이 흔들려 산만하지만 말이다.

"역시 내가 운전할까?"

"안 돼."

목소리를 높이자 도코나시는 시무룩하니 움츠러들었다.

솔직히 말해 도코나시는 운전을 잘한다. 그야말로 숙련된 택시 기사나 영화에 나오는 카 스턴트맨과도 비견할 만한 레벨이다. 하지만 오늘 핸들은 내 차지다.

"기리히토한테 맡기면 내 운전 실력은 아무리 시간이 지나도 서툴기만 할 거야."

'그게 뭐가 문제야?'라는 얼굴을 보고 나는 잠시 가만히 있다가 빨간 신호 타이밍에 라디오를 켰다.

도코나시 기리히토와 사귀기 시작한 지 이제 곧 반년이

된다. 2월에 이어진 우리는 객관적으로 봐도 순조롭게 관계를 진전시켜 나가고 있다. 하지만 도코나시는 이따금 나를 과보호한다.

"저기, 기리히토. 내가 그렇게 걱정돼?"

도코나시가 제시한 규칙은 10개였다. 제1의 규칙은 '규칙을 지키는 것'이다. 거기에 이어지는 제2의 규칙이 '성으로 부르지 않을 것'이다.

머릿속에서는 도코나시라고 부르고, 입으로 말할 때는 기리히토라고 부른다. 처음에는 조금 쑥스러웠지만 이제는 익숙해졌다.

"그야 인간은 쉽게 죽으니까."

나는 멈춘 전방 차량을 신경 쓰면서 왼손을 도코나시의 무릎 위에 얹었다. 의도를 파악한 그의 손이 스르륵 내려와서 내 손바닥과 포개어졌다.

"내 손, 따뜻해?"

고개를 끄덕이는 도코나시의 손바닥은 계절을 불문하고 싸늘하다. 체온이 낮은 편이 생물로서 효율적이라고 그가 말했다. 여름에는 딱 들러붙어 있으면 시원해서 기분이 좋다.

"어떻게 생각해?"

"살아 있구나 싶어."

듣고 싶은 말을 들은 나는 빙그레 웃었다. 덩달아 그도 미소 짓고서 앞 유리를 가리켰다.

"그런데 운전 중에는 옆을 보면 안 돼."

"네, 네."

나는 들으라는 양 한숨을 쉬고 액셀을 밟았다.

대형 마트인 코스트코는 거대한 창고를 그대로 점포로 사용해 영업하는 스타일로, 고객은 거대한 규모의 창고 안에서 대형 카트를 몰며 구매할 물건을 찾는다. 코스트코에서 파는 상품은 뭐든 대형 사이즈다. 칫솔은 10개가 세트고 세제는 700밀리리터 3개들이가 세트며 갓 구운 대형 쿠키도 24개들이다. 도코나시는 높은 천장의 점포를 보며 감탄했다.

"물자가 많군."

도코나시는 가끔 특이한 어휘를 사용한다. 처음에는 일일이 딴지를 걸었는데 최근에는 속으로만 하고 그친다.

"향이 좋아?"

화장실 세정용 세제를 겨드랑이에 끼고 향이 없는 화장실 휴지를 이쪽으로 내민 도코나시가 고개를 갸웃거렸다.

"기리히토는 어떻게 할래?"

4월 초순에 3학년으로 올라가게 되면서 조후시로 이동

한 캠퍼스를 따라 나는 대학교에서 3킬로미터 정도 떨어져 있는 교외로 이사했다(일본 대학교의 경우 같은 대학임에도 여러 개의 캠퍼스로 나누어져 있는 경우가 많다-옮긴이). 가미유이의 2층 사무실을 집으로 삼고 있던 도코나시가 그곳으로 묵으러 오기 일쑤였는데, 같이 있는 시간이 길어서 반 동거라고 해도 과언이 아니었다.

"네 집이잖아. 네가 결정하면 되지. 아, 미안."

뾰로통해진 내 표정에 담긴 뜻을 파악하고 도코나시가 고개를 숙였다.

"같이 지내는 거니 같이 정하자. 알겠지?"

고개를 꾸벅 끄덕인 도코나시는 향기 있음과 없음을 빤히 번갈아 보았다.

"옛날에 뒷간은 악취가 심해서 향료로 냄새를 지우긴 했지."

"뒷간?"

도코나시가 '응?' 하는 표정을 이쪽으로 보냈다.

'응?'이 아니다. 현대인의 귀는 뒷간이라는 단어가 나오는 회화에 익숙하지 않다.

"지금의 액취증 수술은 굉장해. 그래도 뒷간은 냄새가 나는 편이 난 마음이 편안해져."

평소에는 평범하게 화장실이라고 하는 도코나시도 한 번

말을 꺼내서인지 뒷간 이야기를 계속했다. 그런데 한편으로 그럴 수도 있겠구나 싶었다. 나는 왠지 냄새를 덮어쓰는 듯해서 무향료를 선호한다. 하지만 도코나시처럼 향기가 있는 편을 선호하는 사람도 있을 것이다.

결국 향기가 나는 걸 샀다. 나로서는 소소한 도전이었다. 그와 함께하는 생활은 이런 소소하지만 소중한 도전의 연속이었다. 그렇게 되면 변기용 방향제도 라즈베리 향이나 카시스 향으로 갖춰도 좋을지도 모르겠다. 나는 카트를 돌려 방향제 코너로 갔다. 그렇게 이동하는 동안에도 도코나시의 눈은 주변에 보란 듯 쌓인 병에 담긴 검은 후추나 고춧가루를 구경하는 데 바빴다.

"기리히토는 마트에 오는 걸 좋아하는 것 같아."

"시장에 물자가 나도는 게 당연한 일은 아니니까."

'마트에 물건이 있는 게 당연한 일이잖아'라고 반론하려다가 도코나시의 진지한 시선을 맞닥뜨렸다.

나는 어딘가 먼 곳을 바라보는 듯한 그의 눈동자를 들여다보고 물었다.

"지금 무슨 생각해?"

"후추 때문에 전쟁이 일어났구나 싶어서."

"아, 음, 뭐더라……."

세계사의 지식을 쥐어짜 냈다. 분명 옛날에는 후추뿐만

아니라 향신료가 지금보다 훨씬 고가였다고 했다. 대학입시 때 사용한 이후 햇빛을 본 적 없던 역사 지식이 도코나시와 사귀기 시작하고서부터 소생하고 있다.

방향제를 카트에 넣은 우리는 잭다니엘 큰 병을 살지 말지 망설이다가 결국 블랙 닛카 위스키로 참거나 12개들이 크루아상을 들고서 당분간 점심은 크루아상 샌드위치를 먹자고 서로 마주 보며 웃기도 했다.

먹음직스러운 냄새에 이끌려 피자 코너를 방문했을 때 이미 나의 저녁 메뉴는 정해졌다. 남은 건 마르게리타로 할지 버섯 바질 피자로 할지 하는 어려운 문제였다.

둘이서 먹기에는 조금 많을지도 모르는 거대한 피자에 넋을 놓고 있으니 카트를 지키고 있던 도코나시가 내 민소매 옷자락을 잡고서 끌어당겼다.

"저기 18일 금요일 밤, 시간 좀 비워 줬으면 하는데."

"알겠어. 무슨 일인데?"

"흠, 비밀이야."

도코나시는 장난스럽게 한쪽 눈을 감았다. 역시 이 남자, 자신이 어떻게 보이는지 다 계산돼 있다니까.

"아! 그러고 보니!"

마르게리타 상자를 탄산수 박스 위에 얹은 나는 손뼉을 치고 생각났다는 포즈를 취했다.

"중요한 걸 사는 걸 까먹었어."

엄마가 신맛을 싫어하는 덕분에 고등학교 졸업 때까지는 거의 먹지 않고 자랐던 그것. 규칙을 읽고 제일 먼저 고개를 갸웃거렸던 여덟 번째. 그와 사귀기 시작하고 나서 요리 사이트에서 급히 만드는 법을 조사해 댔던 그 음식. 식품 코너로 되돌아와서 식초 3병을 묶음 구매했다.

제8의 규칙, 하루에 한 접시씩 초절임을 만들 것.

그렇다. 불사신은 어째서인지 식초가 들어간 음식을 매일 먹어야만 한다!

카트를 가득 채우고 있던 '물자'를 렌터카 트렁크에 쌓아 넣고 주차장을 나간 것은 해가 조금 저물기 시작했을 무렵이었다.

빨간색 신호. 나는 또 그의 무릎에 왼손을 얹었다. 손을 잡으라는 신호였다. 그리고 오늘도 시원한 손이 기분 좋았다. 이번에는 불만을 듣지 않겠다고 고개를 똑바로 향한 채 나는 말했다.

"확실히 말해."

"뭘?"

"만약 내가 무심코 한 말에 기리히토가 상처를 입는다면 그때마다 알려 줘."

솔직히 아직 그의 속내를 알 수 없다. 하지만 의외로 외로움을 잘 탄다는 것, 나를 과잉보호하는 것, 때때로 어휘가 고풍스럽다는 것…… 등 알아 온 것도 많다.

"나, 불사신이랑 사귀는 거 실은 처음이거든."

내 시선 왼쪽 끝자락에서 킥킥대며 웃는 소리가 들리더니 그의 손이 내 손을 꼬옥 되잡는 것을 알 수 있었다.

2

대학생 신분으로 하는 반 동거 생활은 비도덕적이지만 즐거웠고, 무엇보다 도코나시를 조금씩 알아갈 수 있다는 특권이 기뻤다.

하지만 잘 굴러가지 않는 날도 있었다.

새가 지저귀는 소리가 창문에서 날아들었다. 젖혀진 이불 때문에 드러난 배를 커튼에서 새어 들어오는 햇볕이 서서히 덮혔고 옆에서 쌕쌕 숨소리를 내며 자는 그의 가슴이 천천히 위아래로 움직였다. 조금 눈부신 듯 눈썹을 찡그리는 얼굴이 귀여웠다.

이렇게 기분 좋은 아침은 오랜만이다.

"……?"

나는 상반신을 용수철이 튕겨 오르듯 벌떡 일으키고 침대에서 펄쩍 뛰어올랐다.

큰일이다. 큰일 났다. 잠에서 덜 깬 상태였지만 뭔가 잘못되었다고 본능적으로 느끼고 있었다.

지저귀는 새소리? 커튼에서 비쳐 들어오는 햇살? 그가 자는 얼굴……?

평소 나의 아침은 5분 간격으로 맞춰진 알람의 요란한 벨소리로 시작되곤 했다.

스마트폰을 찾았다. 협탁에 놓여 있어야 했던 스마트폰은 어느새 침대 밑으로 굴러 들어가 있었다.

"차가워……."

전원이 꺼져 있다.

하지만 아직 지각이라고 속단하긴 이르다. 무인양품에 갔다가 양쪽 가장자리에 은색 벨이 달린 외양이 마음에 쏙 들어 구매한 자명종이 남아 있다. 어젯밤에 나는 분명히 이를 닦고서 한가해하는 도코나시에게 알람 시계를 아침 7시 50분에 맞춰 달라고 부탁했다. 자명종은 마치 역할을 잊은 듯 잠잠히 침대 머리맡에 놓여 있었다.

시각은 오전 9시 27분이었다.

"마히루, 잘 잤어?"

몸을 벌떡 일으켜 평범한 사람처럼 눈을 부비는 불사신 남자 친구가 하품을 하면서 이쪽을 바라보고 있다. 그런 그의 눈앞에 자명종을 들이대고 "기리히토!" 하고 외쳤다.

"알람 맞춰 달라고 부탁했지!"

내가 한 말이지만 한심하다. 한심하지만…… 나는 절반은 패닉 상태였다.

8월 18일 금요일인 오늘은 태풍이 와서 취소된 7월 31일 수업의 보강이 있으며, 언어학 시험을 보는 날이기도 하다. 언어학은 1교시, 즉 오전 9시부터 시작된다. 더불어 담당인 마쓰타니 교수는 수업 중에 몰래 스마트폰을 보는 학생을 족집게처럼 집어낸 후에 추가 리포트를 쓰게 하는 걸로 유명하다.

입을 헹구고 운동회에 출전한 선수처럼 빠른 속도로 옷을 갈아입었다. 그리고 오늘 수업에 사용할 교재를 부리나케 가방에 채웠다.

"왜 그렇게 서둘러. 졸렸으니 하는 수 없잖아."

등 뒤에서 뜨거운 물을 커피 필터에 붓는 소리와 함께 그의 목소리가 들렸다.

"하는 수 없다고?"

그렇다. 잘못한 건 나다. 스마트폰이 잘 충전되는지 확인하지 않은 내 탓이다.

안다.

"꼭 가야 한다고! 오늘은 특히 그런 날이야."

도코나시는 머그잔 하나에 입을 대고 다른 하나는 내 바로 옆 탁자 위에 놓더니 탓하지도, 타이르지도 않고 내심 의아하다는 듯 말했다.

"배우고 싶어서 배우는 거 아냐? 안 배우고 싶으면 딱히 대학교는 안 가도 될 텐데."

그의 말은 짐을 넣던 내 손을 몇 초간 멈추게 했다. 그렇게 단순하지 않다고! 지금은 정론을 말해 주기를 바라는 게 아냐.

하지만 이 울적한 기분이 가득한 마음을 논리정연하게 설명하지 못하고 결국 내 입에서 흘러나온 것은 실로 궁상스러운 적의에 가득한 말이었다.

"뭐? 그 말투는 뭐야?"

나는 일어났다. 가방에 무엇을 넣었는지는 이제 안중에 없었다.

"그러게. 대학교엔 다닌 적도 없는 기리히토가 알 리가 없겠지!"

사귀기 시작하고 처음 뱉은 심한 말이었다.

나는 집을 뛰쳐나갔다.

"어라, 마히루잖아?"

라운지의 6인용 테이블을 혼자 점유하고 있는데 나를 부르는 소리가 들려 고개를 돌렸다.

필기구가 들어가긴 할까 싶은 반짝이 클러치만 든 사야가 이쪽으로 걸어왔다. 그저께까지 남자 친구와 딱 들러붙어 있었는데 오늘은 혼자인 모양이었다.

"찾어."

그 말을 듣고 나는 "그렇구나, 그래" 하고 쓴웃음으로 답했다.

"이거 뭐야? 리포트야? 더구나 손 글씨로?"

건너편 의자에 앉은 사야는 타원형 테이블에 흩어진 리포트 용지에 시선을 떨어뜨렸다. 매수는 최소 10장. 내용은 마쓰타니 교수의 저서 《언어학 입문》의 1장부터 3장을 읽고 독후감 쓰기였다. 더군다나 전부 다 자필로 써야 한다.

"아, 언어학을 가르치는 마쓰타니 교수구나. 무슨 사고라도 쳤어?"

사야는 언어학 수업을 듣지 않지만 마쓰타니 교수의 다른 수업을 들었는지 그 악명을 익히 아는 듯했다.

"실은……."

나는 50분 늦게 시험을 치러 갔던 것, 시험을 보게는 해 줬지만 조건으로 리포트를 제출해야 하는 것, 제출 기한이 오늘이라는 것, 더구나 모든 것의 발단이라고도 할 수 있는 게 오늘 아침의 소동이라는 것을 말했다.

사야는 처음에는 고개를 끄덕였지만 마지막까지 다 듣고 나더니 나를 검지로 가리키고 말했다.

"난 분명 규칙 따위를 강요하는 남자를 '갑질남'이라고 했어."

반년 전 내가 사귀기 시작한 이튿날에 도코나시에 대해서 사야에게 말했다. 불사신이라는 것 말고는 모두 다 말했다고 할 수 있다. 그래서 당연히 '10가지 규칙'을 부여받은 것도 전했다. 이야기를 모두 들은 사야의 견해로는 갑질을 할 징후가 다분히 보인다는 것이었다.

사야는 떨떠름한 얼굴을 하고 말했다.

"그런데 마히루, 그건 네가 잘못한 거잖아."

사야는 "저런, 저런" 하며 고개를 저었다. 나는 찍소리도 할 수 없는 친구의 지적에 잠시 아무 말 없이 있었다.

"뭐, 그런데 남자 친구가 한 말도 잘못된 부분이 있긴 하네."

"그렇지……?"

내 편을 들어 주는 듯한 그녀의 말을 진심으로 받아들인 나는 조심스럽게 다음 말을 기다렸다.

"판정 9대 1."

"어느 쪽이 9야?"

"누구긴! 너지!"

참담한 패소에 나는 고뇌하는 소리를 질렀다. 사야는 진지한 얼굴로 내 손을 잡고 눈을 들여다보았다.

"진심으로 말할게. 마히루는 옛날부터 서툴잖아. 말을 전달하는 것도 서툴고 때때로 어린아이 같은 행동도 하고…… 하지만 진지하게 화해를 하는 건 대단하다고 봐."

"나와 달리"라고 말을 흘리는 사야가 얼굴에 조금 쓸쓸한 그림자를 드리웠다. 당연한 듯 실실 웃으며 즐겁게 이야기하고 있지만 '애인을 찬다'는 건 홀가분하게 할 수 있는 행동일 리가 없다.

"화해하는 게 대단하다는 거지……."

사야가 떠난 후 나는 책상을 채운 리포트 전쟁을 다시 시작했다. 과제를 완성했을 무렵이 되자 밖은 이미 어둑해져 있었다.

사무실을 닫는 시간은 오후 8시였다. 서둘러 계단을 뛰어올라가 문 앞에서 숨을 헐떡이고 있으니 때마침 마쓰타니 교수가 짐을 정리하고 있었다.

"저기, 교수님! 말씀하신 과제입니다!"

눈앞에서 지나가는 발걸음을 필사적으로 붙들자 말쑥하게 슈트를 차려입은 몸집이 아담한 남자가 돌아보았다. 약

5시간에 걸쳐 고군분투한 성과를 들이밀었다.

안경을 추켜올리고 리포트 용지를 팔랑팔랑 넘겨 두세 번 고개를 끄덕이는 교수를 보고 안심하며 가슴을 쓸어내렸다. 다행이야. 집으로 돌아갈 수 있겠다.

그러나 마쓰타니 교수는 리포트 용지를 가방에 넣으면서 말했다.

"난 지금부터 연구실 사람들이랑 신주쿠 골든거리로 향할 거네. 자네가 성년이라는 건 알고 있는데 어떻게 하겠는가?"

"아니, 그건 좀……."

나는 되도록 모가 나 보이지 않도록 미소를 지으면서 거절할 생각이었다. 하지만 마쓰타니 교수는 눈을 동그랗게 뜨고 보란 듯이 가방 안을 보여 주었다.

"나는 거기서 이걸 읽을 거란 말일세. 아니면 자넨 나한테 어두워진 학교에 남아 있으라는 소린가?"

휘둥그레진 눈으로 응시하는 교수에게 더 이상 아무 대답도 할 수 없었다.

'지금 교수한테 잡혀서 아직 집에 못 갈 것 같아. 미안. 먼저 자고 있어도 돼.'

골든거리로 이동하는 전철 안에서 그에게 문자를 보냈다. 답장을 받은 건 술집에서 두 잔째의 술을 다 마셨을 때였다.

'괜찮아. 힘내.'

그 짧은 대답의 의미를 헤아릴 새도 없이 나는 세 잔째 술을 주문했다.

집 근처에 다다르자 창문이 어두워 불이 꺼져 있는 것을 알 수 있었다. 자정까지는 한 시간 남은 늦은 시간이었다. 그런데도 열쇠를 꽂았을 때 나를 놀라게 하며 불이 켜지진 않을까 조금은 기대했다.

암흑으로 가라앉은 현관의 정돈된 신발. 아침에 내가 걷 어차 버리고 나간 것도 그가 다시 정돈해 준 모양이었다. 그곳에는 짙은 향기가 감돌고 있었다. 향신료와 기름, 부추 와 양파 등 향미 채소의 먹음직스러운 향기였다.

설마.

음료수 상자가 쌓인 복도를 지나 방 하나에 부엌 하나인 집에 불을 켜자 탁자 위에 나란히 놓인 6개의 접시에 담긴 알록달록한 요리가 눈에 들어왔다.

붉은 소스에 다진 고기, 파, 두부를 넣고 볶은 마파두부 와 찜기 안에 담긴 중국 만두, 청경채가 들어간 황금색 수 프, 데친 푸성귀 위에 드러누운 보석함 같은 동파육……. 요리들은 하나같이 온기를 잃었고 랩 뒷면에는 무수한 수 증기가 들러붙어 있었다.

도코나시는 전에 전쟁 중에 대만에 체류했을 때 현지인에게 중화요리를 배웠다고 말했다. 그리고 언젠가 만들어 주겠다고 했다. 기대하고 있던 그 '언젠가'가 다 식은 요리가 되어 지금 눈앞에 있다.

나는 순간적으로 스마트폰을 꺼내 캘린더를 확인했다. 8월 18일.

스케줄이 있었다.

기억을 더듬으니 등줄기에 서늘한 것이 가로질렀다. 저번 주 코스트코에 갔을 때 전달받지 않았는가. 캘린더에 메모는 했다. 어젯밤에도 내일 무슨 일정이 있다고 생각하며 잠들었다. 하지만 오늘 아침에 허둥대던 탓에 전부 다 날아가 버렸다.

꺼림칙한 땀이 번졌다. 시계를 보니 11시 10분이었다. 생각할 여유가 없었다. 냉장고를 채우고 있던 페트병을 전부 다 꺼내고 랩을 씌운 요리를 닥치는 대로 넣고서는 몸을 돌려 집을 뛰쳐나갔다.

달아오른 뺨을 불어오는 미지근한 바람이 식혀 주었다. 대체 무슨 스케줄이었는지는 생각이 나지 않았다. 하지만 확실한 건 한 가지 있다. 그는 그런 호화로운 요리를 만들었는데 나를 기다리지 않았다.

개찰구에 도착한 건 23분이었다. 15분의 게이오선 쾌속은 탈 수 없다. 홈의 꼬질꼬질한 기둥에 기대 쪼그려 앉아 환승 앱을 검색했다. 마지막 전철은 28분 출발이다. 다행히 아직 아슬아슬하게 한 대 남아 있다.

신주쿠, 오차노미즈, 아사쿠사바시로 환승을 반복하자 한 시간이 걸렸다. 배터리 충전량이 몇 퍼센트 남지 않은 스마트폰으로 발 언저리를 비추며 가미유이에 도착한 건 오전 1시가 넘어서였다. 2층의 닫힌 커튼 틈에서 희미한 빛이 새어 나오고 있었다. 역시 이곳에 있었다.

문단속을 제대로 하지 않은 유리문을 잡아당기고 계단을 달려 올라갔다. 그때 마침 발소리를 듣고 소파에서 일어난 모양인 도코나시와 부딪쳐서 나는 어이없이 계단으로 내동댕이쳐졌다.

공중에서 파닥거리던 손을 강하게 붙잡아 나를 끌어안은 그는 놀란 시선을 보내고 있었다.

"마히루……?"

"기리히토!"

누가 먼저라고 할 것 없이 동시에 나온 첫 번째 말이었다. 나는 몸을 일으켜 방에 발을 내디뎠다.

"미안! 오늘 약속했는데…… 나, 완전히 잊어버리고 있어서……."

도코나시는 미소를 지어 보였다.

"뭘 사과까지 하고 그래. 괜찮다고 했잖아. 이런 시간에 안 와도 됐는데."

그가 익살스럽게 말했다. 그게 나로서는 무척이나 서글 펐다. 좀 더 화를 내주기를 바랐다. 고함을 질러 줬으면 했다. 하지만 지금 그는 웃고 있었다.

"왜 거짓말하는데."

도코나시의 눈이 호를 그리듯 억지웃음을 지었다.

"나도 알아. 그렇게 호화로운 요리를 만들어 놓고 지금 넌 이곳에 있잖아. 화가 안 났을 리 없잖아."

도코나시가 고개를 숙였다. 탁상시계의 초침 소리만이 닫힌 사무실 안에서 요란했다.

"화난 거랑 달라."

도코나시는 천장을 올려다보고 "그냥 조금 슬펐을 뿐이 야"라고 불쑥 읊조렸다. 이윽고 잠깐의 침묵을 거쳐 그는 말했다.

"마히루, 오늘이 무슨 날일 것 같아?"

"8월 18일. 이제 19일일지도 모르지만."

나는 고개를 갸웃거렸다. 정말 무슨 날인지 모르겠다.

도코나시는 조금 실망한 듯 나를 보았다. 그리고 부끄럼 많은 어린아이처럼 머리를 긁적이면서 말했다.

"우리 2월 18일에 사귀기 시작했잖아. 그러니 오늘은 반 년 기념일이야."

그런 거였어?

목구멍까지 치밀어 오르는 말을 나는 삼켰다. '그런 거였어'라는 말을 차마 할 수는 없다. 그가 진심으로 슬퍼하고 있으니까.

"세 번째 규칙……."

제3의 규칙, 기념일을 축하할 것.

도코나시는 머리를 숙이며 사과했다.

"제대로 설명하지 않은 내 잘못이야. 더구나 최근에는 반 년 기념일을 축하하지 않는 사람도 있다는 걸 잊었어. 미안. 그런데 우리한테 기념일은 소중하니까."

도코나시는 천천히 입을 열었다.

"나는 너보다 몇십 배나 긴 시간을 살고 있어. 하루를 체감하는 시간은 전혀 다르겠지. 하지만 내 인생의 6개월과 네 인생의 6개월은 같은 시간이야."

방대한 시간을 살고 있는 그와 고작 100년조차 살 수 있을지 없을지도 모르는 나는 시간을 대하는 방식이 너무나도 다르다.

일상적으로 어긋난 시간 감각은 하루를 얼마나 소중하게 생각하는지에 달려 있다. 그리고 하루하루를 소중하게 여기는 사람과 여기지 않는 사람의 온도 차는 연인의 마음을 조금씩 갈라놓는 요인이 될 수 있다.

"마히루, 난 너랑 같은 시간을 살아가고 싶어. 기념일을 축하하는 건 큰 도움이 돼. 그러니……."

모든 말을 다 듣기 전에 나는 성큼성큼 책상 앞으로 걸어가 탁상시계 앞에 서서 도코나시에게 손짓했다.

"봐봐. 아직 18일이야."

검지로 분침을 반시계 방향으로 한 바퀴 반 돌렸다. 그걸 본 도코나시는 실소를 터뜨렸다.

"역시 시간 여행은 실존하지 않겠지."

"불사신이 할 말은 아닌 듯한데."

나의 지극히 진지한 반론에 도코나시는 더 웃음이 터졌고 그런 그를 보고 나도 같이 웃었다.

우리는 24시간 영업하는 편의점에 가서 장 본 물건이 담긴 봉지 2개를 하나씩 나누어 들고 남은 손은 서로의 손을 잡고 돌아왔다.

"자, 축하하자."

올리브유에 담가 놓은 정어리 위에 양파를 얹고 마요네즈를 뿌린 후 가스레인지 불을 켰다. 부글부글 끓어오르는 즉석 안주. 치즈 대구포는 전자레인지에 80초 돌리니 노릇노릇하게 구워진 과자로 변모했다. 그리고 잊어버려서는 안 되는 초절임 문어 요리를 곁들여서⋯⋯. 우리의 반년 기념일은 완성되었다.

"지금까지 같이 있어 줘서 고마워. 앞으로의 반년을 위해 건배하자."

"앞으로의 반년을 위해 건배!"

새벽 2시. 조금 무더운 사무실 안, 램프 빛으로 인해 소파 앞에 생긴 긴 그림자는 서로를 바라보며 건배했다.

◆ ◆ ◆

2084년 4월 7일 11시 51분
암·감염증센터 완화의료병동

"갓 만났는데 벌써 3개나 나왔네."

스마트 안경을 벗고 도코나시가 말했다. 서로의 안경을 링크시켜 같이 읽어나가던 일기는 금방 '반년 기념일 사건'에 도달해 있었다. 규칙의 중요성을 알았던 그날의 일은 인상적이었다.

"4개야."

침대 위에서 내가 정정했다.

제1의 규칙, 규칙을 지킬 것.

이걸 규칙의 개수에 넣을지 말지는 우리 사이에서도 한동안 논쟁거리가 되었다. 하지만 그건 제10의 규칙도 마찬가지라고 할 수 있다. 없는 것이나 다름없는 규칙. 단지 그 규칙을 지금 언급해서는 안 된다.

"정답 맞추기지?"

그렇다. 지금 나는 정답 맞추기를 하고 있었다. 지금까지 내내 게으름을 피우며 그 본질에서 시선을 계속 피해 온 규칙의 의미를 지금부터 분명히 하는 것이다.

"'제2의 규칙, 성으로 부르지 않을 것'은 당신이 당신이기 위해서."

내가 말하자 그가 고개를 끄덕였다.

도코나시라는 성은 나라에서 부여받은 불사신의 낙인이었다. 그건 그가 전쟁 도구였다는 사실을 상기시킨다. 그래서 그는 자신의 성을 싫어했다.

"'제3의 규칙, 기념일을 축하할 것'은 같은 시간을 살아가기 위해."

평생의 길이가 너무나도 다른 불사신과 인간은 서로 시

간 감각이 어긋난다. 기념일은 그런 두 사람이 같은 시간을 살아갈 수 있도록 이어 준다.

이것도 정답인 모양이다. 그는 만족스럽게 웃었다.

"그리고."

"초절임?"

절반만 듣고도 그가 그리 물어서 나는 웃으며 고개를 끄덕였다.

"제8의 규칙, 하루에 한 접시씩 초절임을 만들 것."

그를 만난 덕분에 나는 초절임 박사가 되었다. 와인 식초, 셰리 식초, 발사믹 식초, 몰트 식초, 맥아 식초, 쌀 식초, 야자 식초…… 거봐, 그렇지?

아무래도 정답 맞추기는 순조로운 모양이다.

이야기는 아직 이제 막 시작된 차다.

2019년

얼어붙은 시계 2

10가지 규칙

1. 규칙을 지킬 것

2. 성으로 부르지 않을 것

3. 기념일을 축하할 것

4.

5.

6.

7.

8. 하루에 한 접시씩 초절임을 만들 것

9.

10. 절대 '안녕'이라 말하지 않을 것

1

2018년 2월 18일

마히루

일기를 쓰기 시작했다.

둘이서 하나의 일기를 쓰는 것. 어떤 사소한 것이라도 좋으니 매일 일기를 쓸 것. 기본적으로는 한가한 사람이 쓸 것.

하지만 사흘 연속으로 쓰면 반드시 교대할 것.

2018년 2월 19일

기리히토

마히루가 만든 흑갈색의 달콤한 간식을 먹었다. 무척이나 근사했다. 겉은 씹는 느낌이 느껴지고 안은 쫀득해서 그 대비가 흥미로웠다. 저구령당(猪口令糖, 초콜릿을 한자로 표기한 것으로 일상에서 거의 쓰이지 않는다–옮긴이)을 한자로 쓸 줄 아냐고 물어보니 "맛있다고 하는 게 먼저잖아"라는 소리를 들었다. 이해할 수 없다.

2018년 3월 4일

마히루

오늘은 집을 둘러보는 날이다. 대학교 3학년 때부터 캠퍼스가 바뀌게 되어 조부역에서 도보 10분 거리에 있다는 연립을 보고 왔다. 걸어서 10분이라더니 심한 거짓말이잖아!

다만 차량 통행이 적어서 조용한 데다 다마강을 내다볼 수 있는 뷰가 좋았다. 고민된다.

2018년 4월 5일

기리히토

오늘은 마히루가 이사하는 걸 도왔다. 다만, 다마강을 눈앞에 두고 산다는 건 몹시 용기가 필요한 선택이었다. 그녀에게 1974년에 일어난 고마에(도쿄 남부 다마강 근처에 위치한 주택 도시-옮긴이) 수해의 상황을 전하려고 했지만 말 그대로 찬물을 끼얹는 일이라서 관뒀다.

4월 6일 추가 일기

정정-조망이 좋고 입지가 근사하다고 생각을 고쳐먹었다.

2018년 8월 19일
마히루

어제는 정말 심한 행동을 해 버려서 오늘은 초절임을 많이 만들었다. 분발하는 마음으로 복어의 치어를 사 왔다.
네가 소중히 여기는 걸 나도 소중히 여기고 싶어. 그러니 앞으로도 꼭 중요한 일은 상의하도록 해.
네가 너무 좋아.

일기는 어떤 사소한 것이라도 괜찮았다. 두 사람이 보낸 시간이 하나의 사물에 문자로 새겨지는 데 의미가 있고, 그건 다른 시간을 걸어가는 두 사람이 보폭을 맞추기 위한 행위였다.

제6의 규칙, 하루하루의 잡다한 일을 기록할 것.

그건 기념일을 축하하는 것과는 다르다. 기념일이 함께 통과하는 중간 목표와 같다면 일기는 함께 돌이켜 봄으로써 의미가 생긴다. 쌓아 올린 시간이 일기장의 두께가 되어 가시화되는 것도 보람차서 즐거웠다.

2018년 8월 20일

마히루

쌓여 있던 쓰레기를 내놓고, 산더미 같은 세탁물을 널고, 지저분했던 에어컨 필터 청소를 하고 시원하게 샤워를 하고 나니 오후 3시였다.

꼼꼼하게 메이크업을 하고 잘 입지 않던 정장을 입고 하이힐을 신고 집을 나섰다. '구직 활동'이 시작되었다.

2

화장품 회사 P&N재팬이 실시하는 하계 인턴사원의 의제는 '여름에 판매할 신상품 기획'이었다. 주위를 둘러보니 여자가 압도적이었고 의외로 이과 계열 학생이 대부분을 차지하고 있었다. 문과 계열 학생이 적으면 그 장점을 살리면 된다. 그룹 토론이 시작되자 나는 적극적으로 발언해 나갔다.

"여름이니 청량감이 있는 하늘색과 흰색을 기본으로 한 패키지를 만들어서 젊은 층을 타깃으로 여름방학을 이미지화하는 건 어떨까요?"

이목을 끄는 데는 성공했다. 내 문제 제기가 그 자리의 의견 교환을 가속화한 것이다.

"그 외에 의견 있으신 분?"

리더가 다른 사람에게 의견을 구하자 이번에는 이과 계열 학생이 손을 들었다.

"청량감이라는 이야기가 나왔으니 멘톨을 넣어 서늘한 감각을 내는 건 어떨까요?"

"그거 괜찮네요. 다만 멘톨은 휘발성이 있으니 사이클로덱스트린으로 싸서 서늘한 감각을 유지시킬 수 있다고 봅니다."

대답한 사람도 이과 계열 학생이었다. 거기서부터 토론은 화장품 성분 조성에 대해서 깊이를 더해갔다.

"EGF를 배합해서 안티 에이징 케어 요소를 더하는 건 어떨까요?"

"지금 해외, 특히 한국에서도 주류가 된 프로테오글리칸은 피부 재생 활동을 서포트하는 EGF 작용도 더불어 가지고 있으며……."

토론이 오가며 나는 어느새 밀려나 있었다. 무언가가 결정적으로 어긋나 있는 듯해 현기증이 났다.

"그럼 슬슬 결론을 내릴까요?"

리더의 발언과 함께 토론은 마무리되어 갔다. 젊은 층을

겨냥한 화장품이라는 핵심 이미지는 회의 중에 사라지고 어느새 기능성 화장품 토론으로 변모해 있었다. 터닝 포인트는 언제였더라. 분명 이과 계열 학생 한 사람이 EGF라는 성분에 대한 말을 꺼냈을 때부터였던 것 같다.

토론이 끝나고 서기가 리더가 정리한 자료를 제출용 포맷에 맞춰 기입할 때 나는 깨달았다. 무언가 근본적으로 어긋난 원인에 도달한 것이다.

나는 '어떻게 팔지'만 생각했다.

이를 문과와 이과의 차이라고는 말하지 않겠다. 하지만 적어도 나는 큰 착각을 하고 있었다. 이 회사는 물건을 제조하는 곳이다. 그리고 제조란 어찌 되었거나 끝내주는 아이디어나 반짝이고 추상적인 이미지로 이루어져 있지 않다. 치밀하게 만들어진 기능미라고도 할 수 있는 과학으로 성립된 것이다.

다음 날 개인 면담이 있었다. 어제 토론을 바탕으로 담당 사원과 일대일로 실시하는 것이었다.

"왜 이 인턴 일을 지원하셨나요?"

단순한 질문이었겠지만 어째서일까. 칼을 들이댄 듯한 긴장감이 있었다.

"지원자분은 뭘 하실 수 있나요? 어필할 만한 포인트가 있으신가요?"

그런 건 생각해 본 적이 없다. 그 포인트는 오히려 내가 알고 싶다.

"30년 후에는 어떤 커리어를 구축해 나가고 있을 것 같나요?"

몰라. 내가 점쟁이도 아니고.

마치 쏟아지는 화살 같은 질문을 뒤집어쓰던 나는 미리 준비해 놓은 대답을 10퍼센트도 제대로 하지 못한 채 면접을 끝내고 잠시 로비에서 멍하니 있었다. 고작 10분 정도의 면접이 진행되는 동안 앞머리가 이마에 딱 들러붙을 정도로 땀을 흘렸다.

집으로 돌아오자 도코나시가 중화요리를 만들어 놓고 기다리고 있었다.

"수고했어, 마히루. 많이 애썼어."

면접 내용이 떠올라 수고했다는 말이 쓰라리게 들렸다.

쟁반의 머그잔에서 김이 피어올랐다. 한여름에 에어컨을 아낌없이 튼 방에서 마시는 따뜻한 커피는 불건전한 행복의 맛이 났다.

"오늘 밤에는 비가 올지도 모르니 빨래는 욕실에 널게."

욕실의 환기장치 소리가 들리기 시작하더니 도코나시가 껑충대며 돌아왔다. 나는 기지개를 켜던 몸을 뒤로 젖히고 그의 티셔츠 자락을 잡았다.

"늘 고마워."

"별거 아닌 걸."

빙긋이 웃더니 도코나시는 의자 뒤에 서서 내 어깨를 주무르기 시작했다. 살짝 서늘한 손이 적당한 압력을 가해서 뭐라 할 수 없이 기분이 좋았다.

대학 생활과 구직 활동으로 딜레마에 빠진 요즘, 도코나시의 집안일 솜씨는 참으로 큰 도움이 되고 있었다. 그쯤에서 문득 의문점이 솟구쳤다.

"기리히토도 구직 활동을 한 적 있어?"

도코나시는 어깨를 계속 주무르면서 잠시 생각하더니 답했다.

"불사신은 위거나 아래거나 둘 중 하나야."

"위나 아래⋯⋯?"

"지배계급이거나 피지배계급이거나. 지배계급은 정치가 일이고 피지배계급은 인간이 싫어할 만한 일을 해. 애초에 옛날에는 가업을 잇는 게 당연해서 직업은 선택하는 게 아니었어. 그에 비해 지금은 자유로운 시대가 됐긴 하지."

도코나시가 감개무량한 듯 말했다.

그건 그렇지. 지금은 옛날에 비해 믿을 수 없을 만큼 안전하고 살기 좋다는 건 맞는 말이다.

하지만…….

"자유란 무서워. '당신은 어떤 사람인가요? 무엇이 하고 싶은가요?' 하고 성가실 정도로 물어."

"그 누구도 아닌, 그냥 마히루면 안 돼?"

도코나시의 물음은 단순했다. 그 단순함이 어딘가 뒤죽박죽이라서 나는 낙담한 것을 들키지 않도록 희미하게 웃었다.

"아하하. 나는 상관없지만 사회가 용납하지 않아."

무의식중에 나는 도코나시가 부럽다고 생각했다. 무한한 시간을 가지고 있고 구직 활동에 쫓기지 않아도 되는 그가 태평해서 좋겠다 싶었던 것이다.

그리고 여름방학이 끝났다.

3

2018년 10월 3일.

나를 나태한 졸음에서 두드려 깨운 것은 귓가에서 나지막하게 윙윙대며 날아다니는 날개 소리였다. 창문을 활짝 열어 놓았을 때 들어온 네다섯 마리의 날벌레 때문에 나와 도코나시는 거의 한 시간을 종이컵과 프린트 용지를 들고 온 방을 여기저기 뛰어다니는 지경에 이르렀다. 모든 벌레를 포획하고 창밖으로 내던져 버렸을 무렵에는 완전히 해도 저물어 방충망을 통해 먹음직스러운 냄새가 풍겨 왔다. 옆집은 오늘 카레인 모양이다.

그때였다. 인터폰이 울렸다.

인터폰 화면을 들여다보자 양손 가득히 비닐봉지를 치켜든, 트렌치코트를 입은 남성이 서 있었다.

"배달입니다."

스피커에서는 특유의 악센트가 조금 섞인 일본어가 들려 순간 고개를 갸웃거렸다. 나는 아무것도 주문하지 않았다. 조금 전에 베란다를 청소하러 간 도코나시의 뒷모습을 멀리서 지켜보았다.

그렇구나. 그가 센스를 발휘해서 배달을 시켰구나.

"배달입니다."

한 번 더 목소리가 들렸다. 나는 인터폰을 터치해서 바깥 문을 열어 주고 샌들을 신고 현관문을 열었다. 키와 몸집은 도코나시와 같거나 조금 나지막할까. 근육질에 어깨가 넓고 황금색 머리에 선글라스를 낀 그 남성에게는 이상한 존재감이 있었다.

나는 식비가 들어 있는 공용 지갑을 꺼내 잔돈 개수를 확인했다. 1엔짜리 동전이 12개나 있어서 이참에 꼭 사용해야겠다는 생각이 들었다.

"얼만가요?"

"무슨 소리야. 돈 따위 뭐가 필요해."

남자는 어리둥절해하면서 말하더니 주머니에서 대나무 문양이 들어간 은색 회중시계를 꺼내 내 눈앞에 드러내 보였다. 그게 대체 무슨 뜻인지 나는 전혀 알 수 없었지만, 그때 무언가 형용할 수 없는 위화감을 알아차렸다.

"이건 내가 주는 서비스야."

남자가 비닐봉지를 내 오른손에 내밀었다. 무의식중에 나는 그걸 받아 들었다.

"실례 좀 할게."

남자가 흙 묻은 발로 들어섰음에도 내 몸은 그저 경직된 채 전혀 저항하지 못했다.

"…… 기리히토, 이상한 사람이!"

목소리를 겨우 냈을 때 이미 회색 발자국은 복도를 따라 실내로 뻗어 있었다. 나는 어설프게 우산꽂이에서 우산을 뽑아 창처럼 치켜들고 거실로 쳐들어갔다. 베란다에서 집 안으로 넘어 들어오던 도코나시가 그 자세 그대로 다리를 벌린 채 남자와 마주했다. 일촉즉발의 분위기였다.

제3자는 조금도 낄 틈 없는 상황에서 남자는 도코나시를 노려보며 도발적으로 말했다.

"넌 정말 진절머리 나는 녀석이야. 도코나시 지로. 아니, 지금은 기리히토였던가?"

"산. 내가 몇 번이나 말했잖아. 흙 묻은 발로 들어오지 말라고."

베란다 유리문을 닫은 도코나시가 트렌치코트를 입은 남자를 다시 노려보았다. 그러자 남자는 자신의 발 언저리를 내려다보더니 양손을 모으고 읊조렸다.

"아차. 깜박했군."

깜박했다고⋯⋯? 신발 벗는 것을?

"깜박할 게 따로 있지. 이제 적당히 이 나라에 적응하는 게 어때?"

도코나시가 꾸짖었다.

남성은 우산을 들고 싸울 태세를 취한 내 옆을 지나더니 성큼성큼 복도로 돌아가 진흙이 묻은 신발을 현관에 벗었다. 남성이 다시 거실로 돌아오자 도코나시가 내 우산을 천천히 건네받으며 말했다.

"마히루, 걱정 안 해도 돼. 이 녀석은 내 동족이야."

도코나시가 힐끗 보자 남성은 선글라스를 벗어 검푸른색 눈동자를 드러냈다.

"옛 친구인 하카와스레 산이야."

또렷한 서구식 이목구비와 근육질 체격을 가진 남자, 하카와스레는 씨익 웃으며 흰 치아를 보이더니 비닐봉지를 테이블에 호쾌하게 올려놓고 말했다.

"기껏 사 왔으니 식기 전에 비리야니(생쌀에 향신료에 잰 고기, 생선 또는 계란, 채소를 넣어서 찌거나 고기 등의 재료를 미리 볶아 반쯤 익힌 쌀과 함께 찐 인도의 쌀요리-옮긴이) 먹자. 먹으면서 하는 이야기가 더 활기차다는 건 요 근래 천 년 동안 변하지 않은 것 중에 하나겠지?"

4

'늦더위인가……'

이마에 땀이 맺혔다.

그도 그럴 것이 2인용 아담한 테이블을 둘러싼 세 사람 중 두 사람이 불사신이다. 우리 집의 불사신 인구 비율이 더 높아져 버렸다.

하카와스레 씨는 테이블이 꽉 차도록 가득 놓인 대량의 비리야니와 다진 고기, 시금치 양고기 카레, 티카(고기를 양념에 절여 두었다가 익힌 요리-옮긴이)를 우걱대며 볼이 터지도록 욱여넣었다. 도코나시는 그런 하카와스레 씨를 빤히 쳐다보았다. 두 사람 사이에 껴서 나는 과호흡증에 걸릴 것 같았다.

다시 반복해 말해서 미안하지만 지금 이 방에는 인간이 더 소수다. 무엇을 이야기하면 좋을지 조금도 짐작이 가지 않았다. 굳은 침묵을 깬 것은 하카와스레 씨의 목소리였다.

"정말 최고의 시대지? 기리히토. 근방의 가게에서 후추를 마음껏 사용할 수 있다니까."

또 후추 이야기다. 향신료가 신경 쓰이는 건 불사신의 천성인가 보다. 하지만 옛 벗과 재회를 했는데 도코나시는 부루퉁한 얼굴로 고개를 숙이고 있었다. 그가 이런 표정을 짓는 건 드물었다.

"넌 늘 그런 심기가 불편한 표정이나 짓는단 말이지. 인생을 조금은 즐기는 게 어때? '단 한 번뿐인 인생'이라고. 내가 지금 뭐라는 거야, 하하하."

"산, 왜 왔어?"

도코나시가 고개를 들지 않고 물었다. 환영하는 어감이 아니었다.

"친구를 만나러 오는 데 이유가 필요하겠어?"

"넌 그런 녀석이 아니잖아. 널 본 건 분명…… 도쿄 올림픽이 열렸던 해였어. '해·달·월이 같은 숫자로 나열되는 날'은 아직 70년 후일 텐데."

"정확히는 65년 3개월 하고 29일 후지"라고 정정한 하카와스레 씨는 치킨 티카의 연골까지 깔끔하게 발라 먹고 이번에는 찢은 난을 카레에 찍어서 입으로 옮겼다.

"세 델리시외(맛있다는 뜻의 프랑스어-옮긴이)."

만족스럽다는 듯 최고의 미소를 보인 그는 이국의 말로 감탄사를 내뱉었다.

"평의회 사람들이 보고 오래. 너한테 전과가 있으니 이번에도 경계하는 거지."

"내버려둬."

도코나시가 불쾌한 듯 말을 내뱉었다.

흥 하고 콧방귀를 뀌고 이야기를 마무리한 하카와스레 씨는 이쪽으로 몸을 틀더니 경쾌한 동작으로 명함을 꺼내 손바닥에 턱 얹어 주었다.

"처음 뵙겠습니다, 다키 마히루 양. 이런 무뚝뚝한 남자와 같이 있어 줘서 감사하고 감격하고 있습니다."

"아니에요. 저기, 천만에요."

나는 재빨리 명함을 훑어보았다.

"합동회사 일본 CK그룹 임원……."

Clock Kicker.

영어 외에는 아무런 설명도 없는 심플한 명함이었다. 고개를 갸웃거리며 머리를 굴려 보았다. 시간(Clock)을 건 어차는 사람(Kicker). 시간을 걷어차는 것이니 불사신이라고 할까…….

난을 찢는 손을 멈추고 도코나시가 나에게 시선을 이동시켰다.

"'파트너'야. 나랑 이 녀석은."

"파트너?"

"저기, 마히루. 불사신이 제일 두려워하는 게 뭐라고 생각해?"

나는 도코나시와의 생활을 떠올리며 상상력을 발휘했다. 매일 초절임 메뉴 하나를 먹지 않으면 온몸에 있는 불사의 약 '니시키'의 상태가 나빠져서 불사신은 컨디션이 안 좋아진다. 도코나시는 늘 마른미역과 쌀 식초가 얼마나 저장돼 있는지 신경 쓴다. 즉……!

"식초 회사가 망하는 거!"

도코나시는 "그것도 곤란하긴 한가" 하고 쓴웃음을 짓고는 다음 말을 했다.

"불사신이 제일 두려워하는 건 자연재해야."

"태풍이라든가 지진을 말하는 거야?"

"그래. 그런데 그중에서 특히 두려운 건 땅이 갈라지거나 어는 거지."

거기까지 듣고 나자 내 등줄기에 오한이 가로질렀다. 그들은 불사신이다. 온몸이 타서 짓물러도, 나무가 배를 관통해도 죽지 않는다. 죽지 못한다고 해야 할지도 모른다.

"1721년으로 거슬러 올라가서."

경쾌한 음색으로 말을 꺼낸 것은 하카와스레 씨였다.

"독일인 학자 메서슈미트가 처음으로 학술적 목적으로 행한 시베리아 탐험에서 얼음에 갇힌 남자를 발견해 '고드름'이라고 이름을 붙이고 모국으로 가지고 돌아왔어. 그런데 해동시켜 보니 남자가 살아났지 뭐야. 고드름은 사람이 확인할 수 있었던 '가장 오래된 불사신'이었어."

하카와스레 씨는 거기까지 말하고 냉차를 들이켜고서 잔에 남은 얼음을 씹어 으깼다.

"메서슈미트는 귀국한 후 불사신을 조사해서 보호하기 위해 재단을 설립했지. CK재단이 지진이 잦은 일본으로 보내진 건 메이지유신(19세기 일본이 막부를 타도하고 천황을 중심으로 하는 중앙집권 체제를 복구하여 정치·경제·문화 전 분야에 걸쳐 근대화를 성공시킨 일련의 개혁—옮긴이) 무렵이었어."

제일 두려운 건 땅이 갈라지고 어는 것.

불사신이 두려워하는 건 꼼짝도 하지 못한 채 죽지 못하고 계속 살아 있는 것. 썩지 않는 몸에 사로잡혀 반죽음 형태의 벌을 받는 것이다. 마치 자신들의 결함을 드러내듯 자조적인 표정의 도코나시가 얼굴을 가까이 가져왔다.

"파트너라는 건 불사신끼리 쌍을 이루어서 120년마다 서로의 안위를 확인하는 사이라는 거야."

불사신은 결코 완벽하지 않다. 그 말을 하고 싶었던 것치고 도코나시의 어조는 너무나도 어두웠다. 마치 인간보다 훨씬 뒤떨어진 존재라고 말하고 싶어 하는 것처럼…….

하카와스레 씨가 시가를 피우려고 베란다로 나가자 우리는 마치 갓 사귀던 무렵 같은 거리감을 유지하고 잠시 탐색하듯 서로 마주했다. 나는 참지 못하고 말했다.

"친구가 있었네."

페트병에서 보리차를 따랐다. 물방울이 튀어 테이블이 눅눅해졌다.

"뭐 옛날보다는 줄었지만."

줄었다. 지금 분명 그는 그렇게 말했다. 이상한 말이라고 생각했다. 불사신인데 주는 일이 있을 줄이야.

"불사신이지만 불멸은 아니니까."

"그건 무슨 뜻이야?"

깊이 파고들려는 나를 다정하게 타이르듯 그는 내 귓가에서 읊조렸다.

"제7의 규칙."

그 말만 하고 도코나시는 짓궂은 미소를 지었다.

제7의 규칙, 불사신 나름대로의 사정을 캐지 말 것.

"그렇게 나올 거야?"

약았다. 도코나시는 가끔 그런 면이 있다. 하지만 나는 대꾸하지 못했다. 대꾸하지 못하는 나 자신에게 조금 놀랐지만 동시에 납득도 했다.

나는 이제 초조하지 않았다. 그래서 대단히 미안한 얼굴을 하는 그를 이제 와서 흘겨보지 않았다.

5

"나 말이야, 이거 봐. 머리에 이거……."

나는 머리에 단 거대한 나사에 손을 대고 딱딱 소리를 내면서 돌리며 진녹색으로 칠한 얼굴로 히죽 웃어 보였다.

"프랑켄슈타인이네?"

정확하게는 프랑켄슈타인의 괴물 쪽이지만 세세한 건 아무래도 상관없다. 요컨대 내 차림을 보면 그게 한눈에 봐도 평범한 차림이 아니라는 건 알 것이다.

"사야, 여기 봐. 송곳니가 있잖아. 더구나 이 망토……."

"히약!"

사야가 날카로운 가짜 이를 드러내고 '피를 빨아 버릴 거야!' 하는 표정을 지었다. 짙은 파운데이션에 또렷하게 그은 아이라인과 입술, 코스프레의 리얼리티와 귀여움을 양립시킨 멍과 메이크업, 역시 솜씨가 대단하다.

"흡혈귀잖아?"

"히약!"

사야가 다시 물어뜯는 시늉을 했다.

"그런데 말이야, 하카와스레 씨의 그 차림은……."

사야의 팔에 자신의 팔을 단단히 휘감은 남자의 얼굴에도 평소에 쓰던 선글라스 대신 정성스럽게 분장된 '죽음'이 강림해 있었다.

"보기에는 좀비 같은데?"

"에이, 죽여도 안 죽는다고."

조잘대는 하카와스레 씨와 사야는 호흡이 척척 맞았다. 이 두 사람은 정말 오늘이 첫 대면이 맞을까? 만난 지 5분도 지나지 않아 이렇게 죽이 잘 맞아 만나기 전부터 인연이라는 끈으로 이어져 있는 듯한 안정감이 들었다. 그리고 나는 내가 팔짱을 껴야 하는 사람에게 나지막한 목소리로 물었다.

"기리히토의 분장은 대체 뭐야?"

10월 31일 핼러윈데이. 낮엔 하라주쿠에서 구제 옷 가게를 여기저기 쇼핑하다가 해가 질 무렵에는 코스프레 준비를 마친 남자 일행들과 시부야의 하치코 동상 앞에서 만나기로 했다.

하카와스레 씨는 괜찮은 느낌의 좀비가 되어 나타났다. 불사신이 '살아 있는 시체'로 변신한 것을 코스프레라고 해도 될지 아닐지는 그렇다 치고, 그는 핼러윈 드레스 코드에 꼼꼼하게 잘 맞춰 왔다. 그런 그의 곁에 있던 건 크기가 다른 2개의 상자를 연결한 몸에 팔과 다리만 튀어나온 괴상한 차림의 도코나시였다.

"뭔지 봐도 모르겠어?"

도코나시가 불만스럽게 말했다.

"묘비인데."

"묘비?"

"응, 묘비. 어, 코스프레라는 건 이런 거 아냐?"

오늘 새로운 사실 하나가 판명되었다. 내 남자 친구는 시부야 핼러윈 더블데이트로 묘비 코스프레를 하는 위험한 남자라는 것이다.

발단은 최근에 괜찮은 사람이 없다고 한탄하던 사야에게 장난삼아 하카와스레 산의 사진을 보여 준 것이었다. 원래 서양 스타일의 이목구비가 짙은 얼굴을 좋아하는 사야는 흥미로울 만큼 하카와스레 씨의 존재에 대해 묻고 늘어져 소개해 달라고 요란을 떨었다. 나도 그녀에게 늘 도움을 받는 처지라서 밑져야 본전이란 마음으로 하카와스레 씨의 마음을 떠봤는데, 의외로 흔쾌히 승낙했다.

"하카와스레 씨는 어떤 사람이야?"

내 절친이 하카와스레 씨에게 호감을 가지고 있다면 나도 응원하고 싶다. 하지만 도와주려고 보니 나는 하카와스레 씨에 대해 너무나도 몰랐다. 도코나시는 "음" 하고 천장을 올려다보고 다음과 같이 말했다.

"야무진 녀석이야. 그 녀석은 늘 절도를 지키거든."

도코나시의 입에서 나온 평가는 내가 가지고 있던 인상과는 정반대였다.

"그래? 나는 좀 노는 사람인 줄 알았어."

"노는 사람이라……. 그것도 맞을지 모르지."

대체 어느 쪽이야? 떠오르는 의문을 고개를 저어 지웠다. 그러자 도코나시는 까만 눈동자로 날 들여다보았다.

"마히루는 주사위 놀이 좋아해?"

"응. 인생 게임 같은 거 좋아해."

"그럼 그 인생 게임을 내내 한다면 어떻게 할래? 앞으로 평생 계속 그걸 하는 거지."

"언젠가 질리겠지."

무심코 대답한 뒤 나는 늦었지만 그의 의도를 파악했다. 그러자 등줄기가 서늘해졌다.

"주사위 놀이를 끝낼 방법이 없다면 목적지에 도달하려고 하기보다 미니게임으로 가능한 한 오래 놀려고 하지 않을까? 놀이란 그런 거야. 인생 자체가 긴 놀이가 된다면 그 사이를 세분화해서 놀이를 만들어 내는 수밖에 없어. 아니면 나처럼……"

거기까지 말하다 도코나시가 말을 끊었다.

"아니, 내 이야기는 됐어. 어쨌거나 산은 이상하게 들릴지 몰라도 사람에게 다가가는 걸로 사람에게 너무 가까워지지 않도록 하고 있어. 그런 녀석이야."

도코나시가 한 말을 떠올리면서 나는 핫팬츠에 크롭 재킷 차림의 사야와 단단히 팔짱을 끼고 시원스럽게 걷는 하카와스레 씨의 등을 잠시 응시했다.

오후 10시.

시부야 거리를 온갖 잡귀신들이 천천히 줄지어 걸었다. 배꼽을 드러낸 마녀, 토끼 머리띠를 쓴 하녀, 목이 흐늘흐늘 구부러지는 공룡 인형 탈, 우주인 같은 녹색 머리카락을 한 여자아이. 모두 오늘 밤만큼은 자신이 아닌 누군가가 되기 위해서 각각의 의상에 몸을 감싸고 있었다. 그중 살바도르 달리 스타일의 가면과 붉은 후드를 뒤집어쓴 다섯 명 무리를 지나쳤을 때 어딘가에서 본 적 있는 것 같다고 옆에서 걷고 있는 묘비, 아니 도코나시에게 말했다. 그런데 20분 정도 지나서 갑자기 그가 "생각났어. 〈종이의 집〉이다!"라고 말해 나도 고개를 연신 끄덕이며 웃었다. 그래그래, 〈종이의 집〉이었다. 봄에 넷플릭스 작품 중에서 제일 빠져서 봤던 은행 강도 드라마.

"저기, 기리히토, 즐거워?"

"응. 아마 마히루가 상상하는 10배 이상으로 즐기고 있을 걸?"

"정말? 다행이야. 그냥 걷기만 해서 따분하지 않을까 솔직히 불안했거든."

"아니야. 난 지금 마히루 옆에서 걸을 수 있어서 정말 행복해."

넉살 좋게 그런 말을 하는 그에게 나는 발그레해진 얼굴을 숨기려고 고개를 돌렸다. 뭐야, 종이 박스 주제에……

그런 우리 발걸음이 흐트러진 것은 뭔가 소란스러운 집단과 마주쳤을 때였다. 허리에 벨트로 턴테이블을 매달아 놓은 DJ 스타일의 남자가 짊어진 음향기기로 중저음의 힙합을 틀어 놓고 있었고, 그 경쾌한 소리에 이끌린 두 젊은 남성이 댄스 배틀을 펼치고 있었다.

넷이서 잠시 넋을 놓고 보고 있는데 어느새 인파가 생겨

쉽사리 그 자리에서 움직일 수 없게 되었다. 더구나 곡이 열기를 띠면서 댄서의 움직임도 가열되기 시작해 움직임에 맞춰서 둘러싼 집단이 곡선을 그리기 시작했다.

나는 인파에 이리저리 떠밀리면서 도코나시를 향해 손을 뻗었다. 하지만 터무니없이 부피가 큰 차림을 한 그와는 이미 10미터 정도 거리가 벌어져 버렸다.

"기리히토!"

내 목소리는 군중의 갈채에 지워졌고 그의 모습 또한 보이지 않게 되었을 무렵 누군가의 손이 내 팔을 잡았다. 그 팔은 대담한 힘으로 둘러싼 사람들 속에서 나를 잡아당겼다.

"괜찮아? 아가씨?"

하카와스레 산이 내 팔에서 손을 떼며 말했다.

"가, 감사합니다. 그런데 기리히토가……."

"녀석이 코흘리개도 아니잖아. 더구나 같은 방향으로 사야가 흘러가는 게 보였어. 소동이 사그라지면 다시 합류할 수 있겠지."

분명 댄스 배틀은 이상한 열기를 띠고 있었고 인파도 처음의 10배 이상으로 늘어나 있었다. 넘치는 사람들 속에서 무리해서 찾기보다 잠시 후에 합류 장소를 정하는 편이 좋을 듯했다.

"오늘은 고마워, 아가씨. 요 몇백 년 만에 제일 즐거운 밤 일지도 모르겠네."

하카와스레 씨가 그리 말한 것은 인적 없는 뒷길로 돌아가서 사야의 스마트폰으로 내가 있는 위치정보를 보냈을 때였다.

"저, 저야말로요! 사야도 기뻐하고 저도 정말 즐거워요."

내가 사야에게 해줄 수 있는 일은 별로 없지만, 도코나시의 친구가 내 친구와 친해지는 걸 보는 건 순수하게 행복한 일이었다.

이목을 개의치 않고 시가를 꺼낸 하카와스레 씨는 불을 붙이더니 빈 캔이 잔뜩 들어 있는 쓰레기통에 재를 털며 말했다.

"기리히토가 좋아?"

의외의 질문이었지만 답은 하나밖에 없었다.

"네. 좋아해요."

그래서 다음 순간에 그가 한 말을 나는 이해할 수 없었다.

"그러면 헤어져 주지 않을래? 지금 당장."

달디단 향기를 품은 연기가 코끝을 지나갔다. 말의 의미를 이해하고서도 어째서 그런 소리를 하는지 전혀 알 수 없었다.

"그 녀석을 좋아하면 함께 하지 말아 줬으면 해. 실수로라도 결혼은 하지 마."

"왜 그런 말을 하나요?"

연기를 피우는 좀비남 앞에 서서 나는 그의 푸른 눈동자를 응시했다. 하지만 그곳에 있던 것은 좀비답지 않은 지극히 진지한 시선이었다.

"일이 잘 풀릴 리가 없으니까."

"너무해요……. 당신은 기리히토의 친구 아니에요?"

"친구로 생각하니까 이런 말을 하는 거야."

재가 배수구로 떨어졌다. 하카와스레 씨의 말은 온도를 잃어갔지만, 한편 확고한 것이 있었다.

"불사신도 아닌 네가 어째서 우리 관계를 다 아는 것처럼 말하지?"

그건, 이 마음은 혼자만의 마음이 아니라고 믿고 있기 때문이다. 둘이서 이야기를 나누고 둘이서 서로를 인정했으니 말이다.

"그건! 나랑 기리히토가 대등하니까……!"

"어디가?"

그는 내 말을 일축했다. 쥐어짜 낸 목소리도 웃고 있는 하카와스레 씨 앞에서는 의미가 없었다.

"무슨 소리를 장황하게 늘어놓더라도 사실은 하나야. 그 녀석은 죽지 않지만 넌 죽어. 대등할 리가 없잖아? 아무리

늦어도 반세기만 지나면 네 존재는 또 그 녀석에게 상처를 줄 거야."

스마트폰이 울렸다. 분명 사야에게서 온 걸 테다. 빛나는 화면 알림으로 시선을 떨어뜨렸다. 큰길로 나와 달라고 했다.

"난 그저 그 녀석을 지키고 싶을 뿐이야."

나보다 먼저 큰길로 걸어 나가 네온 역광에 휩싸인 하카와스레 씨가 순간 이쪽을 돌며 미안한 듯 나를 보았다.

"만약 너희가 결혼한다면 일이 제대로 안 풀릴 거야."

터무니없는 저주였다. 하지만 어째서일까.

"충고는 했어."

그런 매정한 말을 내뱉는 그의 표정 또한 틀림없이 친구를 위하는 마음으로 가득 차 있었다.

6

새해를 맞이하고 본격적인 구직 활동이 시작되자 우리 생활은 큰 변화를 맞닥뜨렸다.

우선 내 생활의 중심은 학업에서 취업으로 이동했다. 친구와 이야기하는 주제는 하나같이 구직 활동 정보 교환이

되었고, 시청하는 영상은 게임 중계에서 취업 활동 채널로 달라졌다. 도코나시에게 상담하는 것도 카펫 색을 무슨 색으로 할지보다 내 면접용 미소에 어색한 면이 없는지 등으로 바뀌었다.

솔직히 대기업 취업은 힘들 거라고 생각했다. 그런데도 화장품과 관련된 꿈을 버리지 못한 나는 차선책으로 백화점 화장품 매장이나 뷰티 커뮤니티 사이트 운영 회사, 도매업체 등도 고려하며 스스로에 대한 평가도 직시했다.

이력서 넣을 곳을 50군데까지 좁힌 2월. 이력서를 제출하고 웹 사이트를 살펴보는 데 소비한 3월.

이윽고 벚꽃이 피고 실질적인 면접이 시작되자 기업설명회에 가서 이력서를 보내고 불합격 통보 메일에 낙담하는 생활이 반년 이상 이어졌다.

전환기가 찾아온 것은 7월 7일이었다. 상점가에 쇼핑을 하러 간 김에 딱히 의미 없이 들른 우체국에서 '10년 후의 나에게 보내는 편지'라는 기획을 하고 있었다. 그러고 보니 오늘이 칠석이구나 생각하면서 기분 전환으로 참가해 보았다. 편지 한 통에 4천 엔으로, 우체국에서 보관했다가 10년 후 오늘 날짜에 보내 주는 모양이었다.

미래의 자신이 어떤 모습일지 전혀 상상이 되지 않았지만, 나는 어차피 사소한 일에 구애받지 않는 인간이라서 이러니저러니 해도 잘 지내고 있을 거라며 태평하게 볼펜으로 시시한 문장을 썼다.

"기리히토에게 10년 후는 내일이나 마찬가지지?"라고 말하자 그는 조금 토라져서 불사신 학대라고 대답했다. 확실히 불사신 학대이긴 했다.

P&N재팬에서 4차 면접 통과 메일이 온 것은 귀가 후 둘이서 〈종이의 집〉 시즌2를 한창 보고 있던 때였다. 멍한 내 어깨를 다정하게 토닥이면서 도코나시는 몇 번이나 "다행이야, 애썼어"라고 말해 주었다.

7월 20일.

알람 소리에 깬 나는 준비를 철저하게 해서 집을 나서려고 했다. 하지만 제자리에 있어야 할 손목시계가 없었다.

"어라……."

잠시 손목시계를 찾다가 도코나시의 사무실에 깜박하고 두고 왔다는 사실을 떠올리고 아연실색했다. 필수 사항에 시계를 가져오는 것이 포함되어 있기 때문이었다.

"큰, 큰일 났다!"

공교롭게도 그날 도코나시는 일이 있어 집을 비웠다. 혼자 시계를 찾아 온 집을 돌아다니던 나는 천장 근처를 올려다보고 순간 무인양품 벽시계로 시선이 향했다.

잠깐, 잠깐, 잠깐!

자신을 타일러 간신히 평정심을 유지하려고 애썼다. 시계를 반드시 가져가야 하더라도 벽시계는 회사에서 용납될 리 없고, 애초에 전철에 가지고 타는 게 창피하다.

시계. 어딘가 방치해 둔 손목시계가 없으려나. 에어컨을 끈 실내는 열기로 가득 차 정장 안에서 땀이 서서히 번졌다. 하지만 에어컨 리모컨을 찾을 틈도 없었다. 초조한 마음이 더더욱 몸에 열기를 오르게 했다.

갑자기 텔레비전 선반 아래에 있던 수납 상자가 눈에 들어왔다. 반 동거 상태인 도코나시의 옷은 공동 옷장에 넣어 놓지만 그 이외의 소지품은 전용 목재 상자, 속칭 '불사신 박스'에 정리해 놓았다.

잠겨 있지는 않지만 남의 소지품을 뒤지는 건 뒤가 켕긴다. 하지만 큰일을 위해서는 다른 희생을 감수할 수밖에 없다며 박스에 손을 댔다.

"…… 있다!"

무심코 목소리가 새어 나왔다.

노트북이나 운동 기구, 책 몇 권 옆에 언젠가 보았던 대나무 무늬가 새겨진 은색 회중시계가 놓여 있었다. 순간 고민이 됐다. 하지만 운반 가능하다는 데는 변함없다. 지금 사무실에 들르는 건 택시를 타더라도 시간상 불가능해서

타협하는 수밖에 없었다.

회중시계를 가방에 쑤셔 넣고 나는 집을 뛰쳐나왔다.

면접실에는 면접관 4명이 대기하고 있었다. 인턴으로 들어갔던 면접 때와는 전혀 다른 긴장감이 흘러넘쳐 심상치 않은 답답함이 느껴졌다.

"다키 마히루입니다. 잘 부탁드립니다!"

몸을 삐걱대며 허리를 굽히고 혀를 깨물 것처럼 또박또박 발성을 하고 두 번 호흡한 후에 고개를 들고 앉았다.

4명의 면접관은 여성이 3명, 남성이 1명이었다. 오른쪽에서 두 번째에 앉은 높은 연배의 여성과 그 옆의 중년 남성의 얼굴은 기업 사이트에서 본 적이 있다. 분명 남성은 인사부 책임자고 여성은 이 기업 CEO다.

"안녕하세요, 마히루 씨. P&N재팬 최고경영책임자인 히무로 미가고라고 합니다."

아, 이런 사람을 완벽한 여성이라고 하는구나.

경외심마저 드는 이 여성, 히무로 미가고의 언행은 온화했고 '나이가 더해갈수록 더욱 빛나는 여성상'이라는 기업 이념을 구현하고 있었다.

"면접 시간은 제가 오른손을 들고 나서 20분간입니다."

히무로 씨는 오른손을 책상 앞에 내밀었다.

"보시는 대로 이 면접실에는 시계가 없습니다. 스스로 재길 바랍니다. 시간을 초과해도 이쪽에서는 아무 말도 전달하지 않을 테니 그 점을 유의하세요."

"알겠습니다……."

면접이 꽤 까다롭다고는 들었지만 시간 관리 능력을 이런 방법으로 시험받을 줄이야. 더구나 그뿐만이 아니다. 아마도 대화 시간 그 자체를 컨트롤 하라는 것일 테다.

나는 재빨리 가방에서 은색 회중시계를 꺼냈다. 면접관의 흥미로워하는 시선이 스쳐 지나갔다. 그야 그렇다. 손목시계가 아니라 일부러 회중시계를 가지고 오는 사람은 어지간해서 없을 테니까.

하지만 그래도 다행이었다. 최종 면접은 '시간 관리 능력'이 테마다. 시계를 깜박했더라면 애당초 끝이었다. 안도하고서 나는 회중시계의 꼭지를 눌렀다.

"아……."

그리고 할 말을 잃었다. 뺨과 입술에서 핏기가 가시는 게 느껴졌다.

"왜 그러시나요?"

인사부의 중년 남성이 의아한 얼굴로 이쪽을 빤히 보고 있었다. 양 가장자리에 앉은 젊은 여성 면접관 두 사람도 무언가 문제라도 일어난 게 아닌가 하고 걱정스러운 시선을 보냈다.

당사자인 내 심장은 분명 멈춰 버렸을 테다.

시계에는 시간이 새겨져 있지 않았다…….

바늘이 움직이지 않는다든가 하는 정도의 문제가 아니었다. 만약 그뿐이라면 나사를 감으면 아직 어떻게든 잘 풀릴 가능성이 있다. 하지만 이 회중시계에는 초침도 분침도 시침도 없고 그저 숫자만 새겨진 나침반이 오브제처럼 그곳에 있을 뿐이었다.

전부 다 끝이라고 생각했다. 냉정하게 생각해서 머릿속으로 시간을 재면서 면접에서 질문을 받고 대답하는 건 불가능하다. 가령 시간 분배를 포기했다고 해도 내 머릿속은 더 이상 회복이 불가능할 만큼 혼란스러워지고 있었다.

하지만 기묘하게도 오른손이 전혀 올라오지 않았다. 그리고 나는 이 자리에서 경직된 사람은 나 혼자가 아니라는 사실을 깨달았다. 면접관석 중앙에 앉은 히무로 씨 또한 경직되어 있었다.

남성이나 젊은 면접관은 차례대로 나보다도 히무로 미가고 씨 쪽으로 주의를 기울이기 시작했다. 뭔가 이상하다.

이윽고 히무로 씨가 일어나 다른 세 사람에게 귓속말을 했다.

"어, 그런데 그건……. 정말 괜찮으신가요?"

기업 측에서 숨기고 있던 사정이 남성의 당황하는 모습을 통해 새어 나오기 시작했다. 문제가 일어난 건 나뿐만이 아니었다. 히무로 씨가 자리에 앉자 그걸 신호로 삼듯 다른 세 사람이 일어나 방 바깥으로 사라졌다.

이윽고 면접실엔 히무로 씨와 나, 둘만 남게 되었다.

"조금 양식을 바꿨습니다. 놀라게 해서 죄송합니다."

헛기침을 한 번 하더니 히무로 씨는 내 눈을 가만히 응시하고 물었다.

"그 시계를 어디서 손에 넣으셨나요?"

"시계 말인가요?"

김이 새는 질문이었지만 어디까지나 면접 중이다. 참으로 절망적인 상황이긴 하지만 대답하지 못할 것도 아니었다. 아니, 그런데 아직 오른손이 올라가지 않은 느낌이 드는데…….

"저의 소중한 사람한테 빌렸습니다. 늘 사용하던 손목시계가 때마침 어젯밤에 망가져서요."

이 거짓말은 임기응변이었다. 깜박하고 말았다는 사실을 말할 수 없다. 머리로 그리 몇 번이나 읊조리며 자신을 납득시켰다.

"그 문양에 대해서 아시나요?"

"자세히는 모릅니다. 저는 대나무로 보입니다."

"진죽이라는 품종입니다. 대나무라는 식물은 꽃을 피웁니다. 보신 적 있나요? 아마도 없을 겁니다. 대나무는 개화하는 시기의 간격이 상당히 길고 일설로는 120주기라고도 합니다. 일본의 진죽은 현시점에서 제일 가까운 시기로는 1964년에 개화했다는 보고가 있습니다."

"네."

이야기를 전혀 이해할 수 없었다. 그러기는커녕 이게 면접인지 아닌지조차 분명하지 않았다. 그저 히무로 씨의 질문에서 왠지 달아나기 힘든 카리스마를 느꼈다.

"솔직하게 말씀드리죠. 저는 그 시계, '얼어붙은 시계'의 주인을 압니다. 아니, 알고 있었습니다."

얼어붙은 시계.

그런 이름은 들은 적조차 없다.

하지만 나는 분명 이와 닮은 시계를 목격한 적이 있다. 하카와스레 산이 우리 집을 방문했을 때 그는 나에게 얼어붙은 시계와 닮은 것을 보여 주었다.

히무로 미가고는 기도하는 듯한 시선을 보내더니 조용히 말했다.

"마히루 씨, 혹시 당신은 도코나시 지로라는 남성을 아시나요?"

7

히무로 미가고는 도코나시를 알고 있다. 아는 정도가 아니었다.

'저는 그의 아내였습니다.'

귓속에서 지금도 울리고 있다. 고막이 이상해진 것처럼 그녀의 그 말을 계속 재생시키고 있었다.

히무로 미가고는 도코나시 기리히토의 아내였다.

그 말을 들었을 때 순간적으로 목에서 사죄의 말이 나오려고 해서 나는 입을 한일자로 앙다물었다. 만약 입을 뚫고 나온다면 그건 터무니없는 모욕이 될 터였다. 히무로 씨에게도, 도코나시에게도…….

하지만 눈앞의 위엄과 인품을 갖춘 나이 든 숙녀를 어떻게 봐야 좋을지 도저히 알 수 없었다.

'이런 이야기를 해서 미안해요. 하지만 설마 면접에서 얼어붙은 시계를 보게 될 줄은 몰랐네요.'

주눅이 들었지만 가만히 있는 것 또한 실례라는 걸 알고 있었다. 물론 잠자코 있으며 그와의 관계를 묵인할 수도 있었다. 그건 내가 가진 권리일 터였다.

하지만…… 과거에 도코나시를 만난 이 여성의 존재를 나는 내 인생에서 떼어 놓을 수 없었다.

어째서 그게 도코나시의 물건이라는 걸 알았는지 물었다. 그녀는 대나무 문장으로 얼어붙은 시계라는 걸 판단한데다 녹이 슨 모습이 독특하다고 했다. 확실히 뒷면을 보면 녹이 별 모양으로 퍼져 있었고 멀리서 봐도 알 수 있을 정도였다.

'갑자기 이런 말을 해서 미안해요.'

전혀 그렇지 않고 이야기해 줘서 기쁘다고 나는 필사적으로 변명했다. 하지만 변명하는 자신이 어딘가 우스꽝스러웠다.

나는 문득 생각했다. 이 성숙한, 자신보다 몇 배나 낫다는 사실이 자명한 그의 옛 여자를 두고 질투가 일지 않는건 왜일까 하고 말이다.

'제가 먼저 이별을 고했어요.'

히무로 씨가 나지막하게 말했다. 그럴 수밖에 없었다는 체념의 마음이 깃든 말이었다.

그 후 다른 사원이 돌아와서 면접은 다시 진행되었다. 나를 맞이한 것은 여성으로서의 히무로 미가고가 아니라 P&N재팬의 CEO이자 면접관인 히무로 미가고였다.

나 또한 이상하게도 질문에 집중할 수 있었다. 일시적인 강렬한 감정을 어딘가에 내버려두고 온 것처럼 기계처럼 질문에 답하고 집으로 돌아왔다.

하지만.

집 앞의 길에 우두커니 서서 불이 켜진 창문을 바라본 순간 정체를 알 수 없는 공포심이 몸에 돌아왔다.

"수고했어!"

방충망 건너편에서 목소리가 들려도 나는 길에서 움직이지 못하고 있었다. 한데 묶은 박스 뭉치를 옮기고 있던 옆집 사람의 의아한 듯한 시선이 꽂혀도 나는 꼼짝도 못 했다.

"그런 곳에 멀거니 서 있고, 왜 그래?"

방충망이 열리고 샌들로 바꿔 신은 도코나시가 베란다에서 얼굴을 내밀어도 나는 움직이지 않고 있었다.

"마히루, 괜찮아?"

세 번째로 불렀을 때 나는 현관으로 향했다. 걱정스러워하는 도코나시의 얼굴을 올려다보고 나는 전부 다 이야기했다.

도코나시는 냄비의 불을 끄러 갔다가 나를 소파에 앉히고 그 또한 소파에 앉았다. 싸우고서 입을 다물고 2시간 후에 화해를 할 때처럼 베개 2개 정도의 거리를 두고 도코나시는 상반신만 이쪽으로 틀어서 말했다.

"미안."

목소리가 귀를 빠져나가 머리에 의미가 남지 않았다. 고개를 숙인 도코나시가 다시 한번 더 "미안"이라고 말했다.

다시 한번 더.

"…… 뭐가?"

나는 고개를 들고 노려보지 않고 그저 도코나시의 얼굴을 가만히 보고 물었다.

"말 안 했으니까."

"말할 기회가 없었을 뿐이잖아."

"그래도 말했어야 했어. 내 탓이야."

누구의 탓도 아니라는 건 이미 알고 있다. 그런데도 그의 탓이라고 말할 수밖에 없는 그의 입장도 이해했기에 내 변명도 모쪼록 들어주기를 바랐다.

"잘 모르겠어. 지금 내가 어떤 기분인지 잘 설명을 못하겠어. 네가 싫어진 것도 아니고 불신감이 생긴 것도 아니야. 하지만……."

"이리 와 봐."

도코나시는 일어나더니 현관으로 걸어갔다. 나는 아무 말 없이 그를 따라갔다.

렌터카 업체에서 차를 빌려 40분 정도 달렸다. 그사이에 우리는 거의 말하지 않았다. 도중에 비가 뚝뚝 내리기 시작했지만 목적지에 도착했을 무렵에는 멈춰 있었다.

그곳은 부두 근처의 바닷바람 향기가 나는 렌탈 창고 같은 장소였다. 무수한 컨테이너가 단정하게 쌓여 있었는데 도코나시는 주머니에서 열쇠를 꺼내더니 그중 하나의 문을 열었다. 그리고 오래된 오일 랜턴에 성냥으로 불을 붙여서 켰다.

이윽고 눈앞에 나타난 광경에 나는 숨을 멈추었다. 공간을 채우고 있던 것은 책장이었다.

"여기는 뭐야……?"

"이야기의 묘지야."

4열로 된 공간 구석구석까지 채워져 있는 책장에는 책등에 여섯 자리 숫자가 적힌 고서 같은 것이 빼곡하게 꽂혀 있었다. 나는 한 권을 빼 들었다. 그리고 곧 아마추어의 손을 거친 듯한 책의 겉장을 보고 내용을 깨달았다.

그건 방대한 양의 일기였다.

"설마 이게 전부 다 네 이야기야?"

제6의 규칙, 하루하루의 잡다한 일을 기록할 것.

이것들 전부가 도코나시가 더듬어온 궤적, 그가 살아온 기록인 것인가.

"메이지유신 이후부터지만."

도코나시는 그중 한 권을 들고 팔랑팔랑 페이지를 넘겨 훑어보더니 난해한 표정을 짓고 고개를 저었다.

"나는 이따금 이곳에 와서 읽고 있어. 그리고 읽을 때마다 어쩜 이렇게 근사한 인생이 다 있을까 싶고. 쓰인 과거는 하나같이 드라마틱해. 이래서는 내가 정말 근사한 인생만 살아온 것 같아."

"여기에 있는 건 모두 네 인생이잖아? 마치 남의 일처럼 말하네."

"이건 나이면서도 내가 아니야. 여기에 나는 없고 여기에 있는 이야기도 이제는 내 안에는 없어. 기묘하게 들릴지도 모르지만 다른 인물이야."

도코나시는 책장을 가리키며 말했다.

"그래서 히무로 미가고에 대해서도 딱히 기억 안 나. 불안하게 생각할 건 아무것도 없어."

"그래도 그 여자가 이별을 고했다고 하던데."

가능하다면 적어도 도코나시가 안녕을 고했다는 스토리를 듣고 싶었다. 히무로 씨가 이별을 고했다는 건, 그건 도코나시에게 아직 미련이 있을지도 모른다는 소리가 아닌가.

'그렇지 않아……' 하며 나는 비루한 자신에게 반론했다. 그럴 리가 없다는 걸 알면서. 지금도 충분히 사랑받고 있다는 걸 알면서…….

"그때의 기분도 생각도 이젠 내 안에 없어. 지금 내 안에 있는 건……."

그는 그쯤에서 말을 끊고 손에 들고 있던 일기를 나에게 내밀었다. 책등에 적힌 숫자는 2017.12.21.

나는 페이지를 넘겼다.

2017년 12월 21일

그날 나는 인간 여자를 만났다.

쓰인 날짜와 글을 보고 얼굴을 올려다보자 도코나시는 겸연쩍은 듯 고개를 돌렸다.

읽어도 된다는 뜻일까?

나는 글자로 시선을 떨어뜨리기 시작했다.

겉보기에는 밝지만 어딘지 모르게 공허한 분위기를 풍기는 여자아이였다.

본심으로는 사람에게 다가가고 싶다고 바라고 있지만 어째서인지 그럴 수 없다는 사실을 숨기고 있는 듯한 모순을 행동에서 느꼈다.

무엇이 그녀를 그렇게 만들었는지 조금 흥미가 생겼다. 동시에 왠지 예감 같은 걸 느꼈다. 그녀의 공허한 부분을 다름 아닌 나라면 채워줄 수 있지 않을까 하는 아련한 예감.

인간의 생은 너무나도 짧다. 사람의 마음은 흘러가는 강이다. 내내 그곳에 머무는 대나무 숲과는 다르다. 지금 이 순간밖에 없다. 어떻게 하면 좋을지 알고 있다.

나는 달아나듯 물러나려고 하는 그녀를 불러 세웠다.

2018년 2월 14일

죽음의 냄새를 식별할 수 있는 내 후각의 정직함이 싫어질 때가 있다.

루이가 죽었다.

자신이 선택한 게 아닌데 수명이라는 게 마음대로 데리고 가 버린다.

그리고 나는 오래 잊고 있던 걸 떠올렸다.

인간은 죽는다.

지식으로 이해하는 것과 막상 맞닥뜨리는 것은 역시 다르다. 몇 번이나 맞닥뜨려왔지만 친구의 경우에는 역시 다르다. 사람은 죽는다……. 죽는다고! 제기랄! 누구야, 이런 정신 나간 구조를 만든 건. 웃기지 말라고 그래.

마히루는 지금쯤 화가 났을까. 울고 있을까. 하지만 인간은 어차피 마음대로 죽어버리는 망가지기 쉬운 물건이다.

2018년 2월 18일

마히루에게 진실을 말했다.

마히루 또한 슬픈 과거에 대해서 말해 주었다.

그녀의 동굴은 내 동굴과 닮았다.

그렇구나. 누군가가 죽는 건 누구나 두려워하는구나.

죽음을 두려워하는 그녀에게 나라면 버팀목이 되어 줄 수 있다. 그건 다름 아닌 나만 할 수 있는 일이다.

예감은 맞았다.

그건 나와 사귀기 시작하기 전까지 도코나시가 쓴 일기였다.

그곳에 쓰여 있는 글은 나와 함께 쓰기 시작한 일기와는 어딘가 달랐고, 내가 모르는 그의 그늘이 있었으며, 더구나 이제 와서 이런 걸 보여줘 봤자 어쩌냐는 생각이 들어 머릿속이 혼란스러웠다.

어금니에 힘을 꽉 싣고 나는 눈물보다 먼저 한숨과 같은 목소리를 냈다.

"어째서……."

그의 마음을 알 수 있어서 기쁠 터인데 괜히 괴로웠다. 그 이유는 명백했다.

"왜 이런 걸 보여 주는 거야? 나도 언젠가 네 인생의 한 페이지가 되는 거야? 이렇게 책장에 꽂혀서 먼지를 뒤집어 쓴 이야기 중 하나가 되는 거야……? 이런 거 알고 싶지 않았어!"

"아니야. 마히루 아니야. 그게 아니라고!"

도코나시는 다급히 내가 끌어안고 있던 일기를 책장에 되돌려 놓더니 양쪽 어깨를 꽉 붙들고 공간 전체를 둘러보며 말했다.

"과시하려고 온 거야. 질투하게 하려고 여기에 왔다고."

그는 설탕 과자처럼 바스러질 듯한 미소를 지었다. 이런 그에게 내가 지금 무슨 말을 해 줬으면 하는지 알 수 없었다. 죽지 않는 그는 인생이 한 번밖에 없는 내 마음을 이해할 수 있을 리 없다. 그런 '불가능한 것을 원한다며 졸라대는 일'이 머릿속에서 어지럽게 날뛰며 꽉 쥔 주먹을 그의 가슴에다 대고 몇 번이나 때렸다.

하지만.

"거기에 쓰여 있는 대로야. 내가 마히루한테 필요하다고 생각했어. 그래서 마히루와 사귀었지. 내가 불사신이라는 사실을 받아들여 주고, 그리고 날 필요로 해 준다. 그래서 멀어지기 힘들다고 생각했어."

하지만 원망스러운 만큼 나는 그런 그에게서 시선을 뗄

수 없었다.

"내가 필요로 하는 건 늘 나에게 살아갈 의미를 주는 사람이야."

"그런데…… 왜…… 여기로 데리고 온 거야……."

그는 한 번 더 이 컨테이너 내부를 둘러보고 숨을 들이쉬었다.

"말했잖아. 이건 내 과거야. 난 나 자신의 완벽한 과거를 질투해 왔어. 미화된 과거와 지금을 비교하며 일희일비해 왔지. 바보 같지? 하지만 불사신은 이래. 한심한 생물이지."

하지만.

도코나시는 이번에야말로 구름이 걷힌 눈동자로 나를 보고 말을 이어 나갔다.

"난 나 자신한테서 분리해 온 무수한 '나' 앞에서 모두가 틀림없이 질투할 만한 행동을 지금부터 할 거니까."

그는 여신을 알현하듯 정중하고 소중하게 대했다. 그리고 내 오른손을 살포시 쥐었다.

"내 이번 생을 너와 함께하는 데 사용하게 해 줬으면 해."

랜턴의 희미한 불빛에 비춰진 그의 그림자가 벽을 타고 천장까지 뻗어갔다. 그 그림자는 또 하나의 그림자와 휘감겨 몸이 2개인 괴물처럼 일렁이고 있었다.

아, 이제 어쩔 수가 없다. 마음속에는 어리석을 정도로

포근한 체념이 소용돌이치고 있었다.

어쩔 수 없을 정도로 나는 이 사람을 좋아한다.

"마히루, 결혼해 줘."

그 순간 의심도 질투도 선망도 불안도 분노도 고독도 그것들을 거역하려고 하는 유치한 달관도 모조리 전부 사라져 없어지고 모든 것이 날아가 버려 아무래도 상관없어졌다.

2019년 7월 20일.

우리는 열한 번째 규칙을 서로 나누었다.

일기 2

1615년 6월 11일
도코나시 기리마루

'적을 경시하는 것을 경계하고 싸우지 않고 이기는 것을 생각하라.'

천하통일을 눈앞에 둔 도쿠가와 이에야스 공은 말했다. 그 말대로 나는 적의 패색이 짙어진 후에도 눈앞에 우뚝 솟은 철사 같은 체구의 남자에게서 시선을 돌리지 않았다. 남자의 등 뒤에는 하늘까지 닿을 듯한 거대한 불기둥이 일렁이고 있었다.

난공불락이라고 불린 서쪽 요새, 오사카성. 수세에 있던 도요토미 측이 사나다마루 전투로 도쿠가와 측에 큰 승리를 거두었다. 혹독한 겨울을 진지에서 보낸 도쿠가와 측은 화친을 청했고, 오사카성의 해자를 메우는 것으로 양측의 화평 조정이 성립되었다. 이후 폐허가 된 성곽에 불을 붙인 건 성의 부엌을 담당하던 오스미요 자에몬이라는 사내인 모양이었다. 얼마 지나지 않아 성은 흔적도 없이 다 타버릴 것이다. 도요토미 세력의 패배는 확정적이었다.

천하는 정해졌다.

그런데도 여전히 남자는 그곳에 서 있었다. 몇십 개나 되는 창에 찔리고 몇백 발이나 되는 화살에 맞으면서도 오히려 이쪽의 병사들을 아연실색하게 하는 기백을 가지고 가로 막고 있었다. 그 또한 불사신 무사임에 틀림없었다.

"기리마루, 뭐 하는가. 적은 저 녀석 하나야. 혁귀대(赫鬼隊)의 이름을 대신해서 물리치도록 해!"

상관인 이이 나오타카의 노기가 내 등을 찔렀다.

"네가 돌격해야 모두가 따라갈 테다. 자아!"

적을 전멸시켜야 하는 전쟁이다. 돌격하고 싶은 마음은 굴뚝같다. 하지만 '불사신의 붉은 괴물'에서 비롯된 붉은 갑옷은 그 무게만으로도 긴장감과 위기감이 몸에 축축하게 전달되었다.

고작해야 40년밖에 살지 않은 인간이 알 리가 없다. 저자가 얼마나 뛰어난 무술을 가진 사람인지.

"이곳에서는 병사들을 물러서게 해 주십시오."

"무슨 바보 같은 소리를 하는가. 여기서 저들을 뿌리 뽑지 않으면 언젠가 재기해서 우리를 무찌르러 올 게야. 도망치는 건 용서치 못해."

적을 두고 두려워하는지 나를 두고 두려워하는지 모르겠지만, 어찌 됐건 말 위에 있는 상관의 얼굴이 경직된 것을 알 수 있었다.

"도망치는 건 말도 안 됩니다. 그저 방해가 된다고 말씀 드리는 겁니다."

나는 그가 걸터앉은 말의 머리를 쓰다듬어 전장에서 물러나게 했다. 방해받고 싶지 않다. 저 정도 되는 강자와는 좀처럼 만날 수 없다.

나는 아끼는 칼을 뽑고서 첩첩이 쌓인 아군 시체들에 둘러싸인 채 서 있는 상대를 노려보았다.

"터무니없는 수로 공격하지 않을 거라는 건 잘 알고 있네. 그렇다면."

나지막하게 말한 상대 불사신 또한 칼을 빼냈다. 하지만 묘했다. 고요했던 것이다. 살의를 느낄 수 없었다. 나는 정적에 분노해서 외쳤다.

"이이 나오타카의 부하, 혁귀대의 기리마루는 나를 말하는 것이다. 그쪽도 이름을 대도록 하라!"

"요도도노(도요토미 히데요시의 측실-옮긴이)를 모시는 후지와라 요쓰기다. 남들은 고기잡이 요쓰기라고 부르지."

이름을 대는 모습 또한 위세를 드러내지 않았고 성(姓)을 자랑하지도 않았다. 나는 무공으로 살아온 무사로서, 그리고 칼을 뜻대로 휘둘러 온 불사의 병사로서 적의 그 차분한 태도가 도무지 마음에 들지 않았다.

"가겠다."

나는 칼을 들고 태세를 취했다. 그러자 적도 일단 태세는 취했다. 태세를 취했으니 이미 진즉에 싸움은 시작되었을 터였다. 그런데 요쓰기라고 이름을 댄 그 남자에게서는 활활 타오르는 적의가 여전히 느껴지지 않았다. 그런 여유 있는 태도가 오히려 내 영혼에 붙은 불에 장작을 넣었다.

관자놀이에 선 핏대. 온몸의 근육을 팽창시키고 지면을 박찼다. 잠시 후 약 60미터 정도 되는 거리가 순간적으로 좁혀졌다.

여유를 부리는 적의 몸을 우선 단숨에 두 쪽을 내야겠다고 마음먹었다. 음속에 달하던 칼끝으로 허리부터 쓱 베었다. 분명 그랬을 터였다.

하지만 칼은 불꽃을 튀기면서 적의 칼등에서 미끄러졌고 날밑에 부딪쳐서 움직임을 멈추었다.

"너, 매일이 공허하지?"

적은 귓가에서 읊조리더니 눈에 보이지 않는 속도로 철로 된 비녀로 칼자루를 찔렀다. 곧 도신과 손잡이를 잇는 금구인 칼자루가 뚫려 내 칼은 도신과 자루로 분해되었다.

"……?"

아연실색한 나에게 적의 업어치기가 작렬했다. 강렬한 힘으로 팔이 잡아당겨져 내 몸은 3미터 이상 날아올랐다. 그건 '니시키'로 의도해서 만든 말도 안 되는 힘이었다.

나는 진창에서 일어나 나무 봉이 된 칼자루를 던져 버렸다.

"그렇게 해서 살아 있다고 할 수 있는가?"

등 뒤에서 목소리가 들렸다. 나는 순간적으로 주먹을 뒤로 날렸다. 인간의 목이었다면 꺾였을 테다. 하지만 이 남자는 달랐다.

"조금은 내 이야기를 들어 봐."

적은 내 주먹을 힘차게 받아들이더니 어마어마한 완력과 악력으로 내 전신의 움직임까지 봉인했다. 쥐어진 주먹이 꼼짝도 하지 않았다. 마치 갓난아이의 몸으로 어른을 상대하는 느낌, 혹은 인간의 몸으로 야수를 상대하는 느낌이라고밖에 형용할 수 없는 힘의 차이였다. 엄청난 기량을 가진 적이 내 눈을 들여다보고 말했다.

"서로 죽이기만 해 왔겠지."

"⋯⋯!"

"불쌍한 녀석이군."

적은, 요쓰기는 가여운 듯한 시선을 나에게 보냈다.

"괴물이 되려고 발버둥을 치고 있군. 하지만 되지 못하고 인간의 마음을 질질 끌며 걸어가고 있어. 이름처럼 안개같이 공허해(기리마루의 기리는 안개를 뜻한다―옮긴이)."

"그렇다면 우리한테 달리 뭐가 있다는 거야⋯⋯!"

나는 혼신의 힘을 다해서 옆구리를 걷어찼다. 남자의 양다리가 지면에서 몇십 센티미터 떠올랐다.

"이 세상은 서로 죽고 죽이는 일뿐이다!"

나는 그를 때렸다. 주먹을 불끈 쥐고 내려쳤다. 원시적인 공격법이었지만 불사신의 근력이 유감없이 발휘되었다. 이제는 관절의 가동 범위를 좁히는 갑옷이 오히려 방해가 되었다.

"우리의 몸이 서로 죽이는 것 말고 어디서 빛을 낼 수 있다는 소리야? 우리의 생명을 전쟁 말고 어디에서 필요로 한다는 소리냐고!"

나는 계속 폭력을 가했고 끝내 남자의 심장을 꿰뚫었다.

하지만 그는 쓰러지지 않았다. 요쓰기는 자신의 몸을 관통한 내 팔을 잡더니 조금 괴로워하며 이 말을 내뱉었다.

"그건 스스로 찾아내야지."

심장이 뚫렸을 텐데도 남자의 표정은 명료했다. 나는 팔을 빼내 피를 걷어냈다. 뻥 뚫린 구멍을 통해 계속 타고 있는 오사카성이 보였다.

나는 마침내 그에게 물었다.

"넌…… 찾아냈어……?"

그러자 그는 불타는 성의 망루를 가리켰다. 나는 응시했다. 그곳에는 휘황찬란한 기모노를 입은 여자가 나무통 같은 것을 들고 화재진압을 하고 있었다.

여자가 든 나무통에서 뿌려진 물은 참새 눈물만 해서 명백하게 언 발에 오줌 누기 격이었다. 그런데도 그녀는 활활 타오르는 화염에 나무통 하나로 맞서고 있었다.

"나는 주군을 지키고 있어."

"그럼 더더욱 이곳에 있으면 안 되지. 왜 주군 곁으로 가지 않고 있느냐!"

나는 이미 싸움 따위는 잊고 호통치고 있었다. 하지만 그는 어딘가 자랑스러운 듯이 고개를 가로저었다.

"주군께서는 죽을 마음인 모양이야. 성과 함께."

"넌…… 그래도 괜찮은 거야? 이 결말을 바꾸고 싶다고는 생각하지 않냐고……!"

그는 어리둥절한 나를 보고 고개를 저으며 대답했다.

"가신이라는 건 그런 거니까."

그건 허망하지만 확실한 힘을 지닌 말이었다. 주군의 죽음을 가까이에 둔 남자의 마음은 부글부글 끓어오르는 고통의 가마 속에 있는 듯했지만 영혼은 이미 어딘가 평온한 곳에 있는 듯했다.

"잘 들어, 기리마루. 살아가는 의미를 주는 존재를 계속 찾도록 해. 그것만이…… 너를 사람으로 살아가게 할 양식이야."

그때 나는 이 남자의 각오 같은 것을 보았다. 망루의 기와가 타서 떨어져 하늘 높은 곳까지 불티가 솟구쳤다.

2023년

타오르는 기억 1

10가지 규칙

1. 규칙을 지킬 것
2. 성으로 부르지 않을 것
3. 기념일을 축하할 것
4.
5.
6. 하루하루의 잡다한 일을 기록할 것
7. 불사신 나름대로의 사정을 캐지 말 것
8. 하루에 한 접시씩 초절임을 만들 것
9.
10. 절대 '안녕'이라 말하지 않을 것

1

알람 소리와 다투다 깨어났다. 엉키어 오는 그의 팔을 떼어 내고 이마에 키스를 하고서 자리에서 일어났다. 커피머신 스위치를 켜고 서버를 누르고 시리얼을 오목한 접시에 부었다. 무설탕 요거트에는 꿀을 한 스푼만 넣었다.

아침 식사 사이에 읽는 전자 신문은 스마트폰으로 읽을 수 있어 편리하다. 소파 옆의 사이드 테이블에 읽지 않은 수상작이 쌓여 있다. 미안. 내일은 꼭 읽을게.

화장대에는 P&N재팬 시제품이 쭉 진열되어 있다. 데워 놓은 고데로 웨이브를 넣고 신제품 아이섀도로 무장하고 거울을 향해 웃어 보았다. 좋았어, 나쁘지 않아.

마스크를 끼고 집을 나섰다. 나를 기다리는 건 평소와 마찬가지로 8시 12분에 출발하는 만원 전철이다.

출근 후 아침에 메일 체크를 끝내자 바로 정원이 8명 정도인 C회의실로 불려 갔다. 내가 소속된 마케팅부 정기 회의다. 그곳에서 부장이 셔츠 깃을 바로 잡으면서 신중하게 주변을 둘러보고 말했다.

"저기 다키 씨, 마카타 씨는……?"

그 이름을 듣고 나는 어깨를 흠칫했다. 마카타 아사히. 지각 상습범인 후배였다.

"그게 말이죠, 늦는다는 연락이…… 죄송합니다. 제 감독 불찰입니다."

내가 고개를 숙이는 것과 동시에 환기를 위해 열어 놓았던 문틀을 지나서 본인이 모습을 드러냈다.

"늦어서 죄송합니다!"

배겨 낼 수 없는 시선 속에서 아직 5월인데 이마에 땀방울이 맺힌 채 우두커니 서 있는 여성, 대학을 졸업한 지 갓 1년이 된 마카타 아사히의 애원하는 시선이 오늘도 내 현기증을 더했다.

점심 식사 시간이 되어 2층 사원 식당으로 내려가 가볍게 먹으려고 소바를 주문한 나는 덮밥을 주문한 후배와 나란히 옆자리에 앉았다. 절반 정도 먹은 후 되도록 다정한 음색으로 물었다.

"오늘은 왜 늦었어?"

또 알람을 켜는 걸 깜박했다고 예상했는데 마카타는 시무룩한 얼굴로 답했다.

"지요다 선(도쿄 지하철 9호선-옮긴이)이 늦어서요."

"지요다 선은 늘 늦잖아. 두 대 정도 일찍 탈 수 있게 해야지."

이 아이는 여전히 대학생 기분으로 일하러 다닌다. 그렇게 생각한 직후 나는 멋쩍은 기분에 휩싸였다. 잘난 듯 말하는 나도 예전에는 알람을 설정하는 걸 잊고 도코나시 탓을 하지 않았던가.

남은 소바를 호로록거리고서 움츠러드는 그녀의 등에 손을 살포시 갖다 댔다.

"선배…… 정말 죄송해요. 늘 감싸 주시고……."

미안한 듯이 고개를 숙이는 마카타는 이윽고 백금 반지를 낀 내 왼손 약지에 시선을 보내며 말했다.

"선배는 대단하세요. 일도 척척 해내시고 인간관계도 좋으시고 더구나 오늘도 새로운 프로젝트를 맡으시고요!"

정기 회의는 의외로 열기로 달아올랐다. 생산개발 부문과 화상으로 연결된 부장은 나를 '여름에 판매될 새로운 기초화장품 개발' 책임자로 선정했다. 이 사실에 나도 동료도 깜짝 놀랐다.

"진짜 인생이 너무 완벽해요."

마카타는 순수한 마음을 담아 말해 주었다.

'나는 네가 생각하는 그런 선배가 아니야.'

1년 차에는 정말 쓸모없는 존재였고 사회에서 용납받지 못하는 얼빠진 짓을 하기도 했다. 그럴 때마다 선배가 감싸 줬고 나는 온전히 의존했다. 지금도 도저히 완벽하다고는 할 수 없다.

하지만 그러니까 더욱……

"둘이 힘내서 더 위를 노리도록 하자."

나는 가슴을 폈고, 가슴을 편만큼 옷깃을 바로잡았다.

꽃이 피듯이 마카타의 얼굴이 환히 밝아지는 걸 알 수 있었다.

2023년 5월.

나는 26세가 되었다.

2

아담한 테이블 위에 가스레인지가 놓이자 껍질을 벗긴 새우와 채소를 얹은 거대한 철판을 올리고 그 위에 어마어마한 양의 슈레드 치즈를 뿌렸다.

핫도그, 닭갈비에 이어 요즘 붐이 일고 있는 '새우 치즈 퐁듀'를 먹으러 온 곳은 신오쿠보(도쿄도 신주쿠구에 위치한 곳으로, 한인타운이 있어 한국 음식점이 많다-옮긴이)였다. 곧장 스마트폰을 꺼내 사진 앱을 사용해서 녹고 있는 치즈를 순간 포착하고 있는 사야를 곁눈질하며 말했다.

"살 좀 빠졌어?"

"어, 티나? 역시 절친은 다르네. 요가 다니기 시작했어."

"요가라……."

뒤엉켜 가는 치즈와 새우, 그리고 채소……. 크고 탱탱해 보이는 새우는 냉동 새우와는 분명 다른 싱싱함이 있다. 요즘은 코로나 때문에 집에서 자숙이 권장되고 있다. 더구나 도코나시는 치즈를 싫어한다. 치즈에 대한 나의 욕망은 터지기 직전의 댐과 같았다.

"그거 꽤 힘들어."

"설마. 얼마나?"

"나, 고등학교 때 검도 배웠잖아? …… 그거 이상이야."

겁을 주듯 사야가 말했다. 스포츠 만능인 그녀가 하는 말이니 요가가 벅차다는 것은 미루어 짐작할 만하다.

사실 나도 고등학교 2학년 때까지는 육상을 했다. 큰 성과를 내지 못한 채 수험 시즌이 다가오면서 관뒀지만, 지금 생각해 보면 잘도 그런 고문 같은 연습을 견뎠다 싶다.

때마침 잘 익어 몸을 둥글게 만 새우에 치즈를 잔뜩 감아 입에 넣고 머스캣 맛이 나는 참이슬을 마셨다. 최근에 느끼한 음식을 먹으면 위에 부담이 갔지만, 참이슬과 함께 먹으니 맛이 진한 새우도 술술 들어가 신기했다.

"그러고 보니 사야, 아기는 괜찮아?"

"우린 친정이 가까우니 오늘은 엄마가 돌봐 주셔."

사야가 내민 스마트폰 화면 안에는 이미 나에게 보여 줄 작정이었는지 담요에 싸여 있는 아기 사진이 켜져 있었다.

"봐봐. 예쁘지?"

아무 말도 없이 나는 잠시 그 사진을 넋을 놓고 보았다.

천사라고는 생각하지 않는다. 그런 환상은 매일 육아라는 중대사와 고군분투하는 사야의 이야기를 실컷 들었기 때문에 쉽사리 들지 않았다. 하지만.

요가로 단련했다는 사야의 배에 시선이 갔다. 대학 시절에는 아무리 먹어도 살이 찌지 않던 그녀는 출산을 계기로 체질이 바뀌었는지 조금 살이 붙었다. 그 변화가 대단하다고 생각될 정도로 작은 백옥 같은 생물체는 위대해 보였다.

"사야는 정말 노력하고 있구나. 살아가는 것만 해도 대단한데."

그렇다. 사야는 애썼다.

대학교를 졸업한 후 대기업 여행사에 취직한 사야는 코로나로 타격을 입었다. 정말이지 '타격'이라는 말로 부족할 정도의 큰 사태였다.

2020년부터 본격화된 팬데믹으로 화장품 업계가 입은 데미지와는 비교할 수 없을 정도로 여행업계의 손해는 막심했다. 사야는 입사 후 1년 남짓한 시기에 희망퇴직에 내몰려 이후 여러 직장을 전전하는 신세가 되었다. 하지만 그녀는 말했다. 그 시련들은 자신을 남편과 만나게 한 길잡이였다고 말이다.

사야는 의류 업계에서 세 번째 직장을 얻었고, 여기서 손님으로 방문한 은행원과 알게 돼 만난 지 한 달도 되지 않아 결혼했다. 지금은 미나토구 아파트에 사는 한 아이의 어머니이자 전업주부다.

그녀의 왼손 약지에 있는 반지를 보고 목까지 나오려고 하던 질문을 삼켰다.

'그러고 보니 하카와스레 씨랑은 어떻게 됐어?'

4년 내내 물을 타이밍을 놓쳐서 앞으로도 이제 입 밖으로 꺼낼 일은 아마 없을 것이다.

"살아가는 것만으로도 대단한 건 마히루도 마찬가지야."

어째서인지 울먹이는 목소리로 서로를 칭찬했다. 서로의 존재를 인정했다. 신이 있는지 없는지는 알 수 없지만 우정이라는 이름의 기도를 서로 나누었다.

입가심으로 치킨 무를 주문하자 사야가 물었다.

"그런데 마히루는 커리어를 착착 쌓아 나가네. 아이는 생각 안 해?"

아이……

나와는 관계가 없다고 생각하고 있다. 이렇게 가까이에 출산을 경험한 사람이 있고, 한두 번은 친구의 딸을 안아본 적도 있었는데 어쩐지 실감이 나지 않았다.

어째서일까. 그에 대해서는 오늘도 알 수 없었다.

"일도 좋지만 이쪽도 은근히 즐거워."

사야는 그렇게 말하고 막차 시간보다 훨씬 일찍 서둘러 들어갔다. 그녀의 뒷모습은 자랑스러웠지만 나와는 전혀 다른 세계의 사람 같다는 느낌이 들어서 돌아가는 전철 안에서 갑자기 서글픈 생각이 덮쳐 왔다.

"마히루, 어서 와."

그의 평온한 목소리를 듣자 느닷없이 힘이 빠지고 현기증이 일었다.

"왜 그래? 어지러워?"

쿵.

그의 품이, 쓰러지는 내 어깨와 머리를 받아들였다.

"괜찮아. 아무것도 아니야."

"아무 일도 없었으면 돌아오자마자 남편의 품에 머리를 파묻진 않겠지."

그것도 그런가? 나는 코트를 벗어 던지고 그길로 그의 등에 손을 둘렀다. 여전히 도코나시의 몸은 서늘해서 기분이 좋다.

"얼른 손 씻고 와."

그의 재촉에 세면대로 향했다.

코로나 팬데믹이 심각해지기 시작하자 도코나시는 나보다 훨씬 두려워했다. 그리고 당연한 듯 나를 집에 감금시키려고 했다. 나는 그걸 이상하다고 생각했다. 하지만 그의 설명을 들어보니 사랑이 깊다든가 구속하는 타입이라든가 하는 차원의 이야기가 아니라는 걸 알았다.

결혼하기로 정한 2019년 7월 20일에 처음으로 자세히 들은 내력에 따르면, 그는 적어도 에도시대(1603~1868년)부터 살아온 모양이다. 그 이전의 기억은 애매하다고 하니 어쩌면 더 옛날부터 살아왔을지도 모른다. 그런 그가 살아오면서 제일 두려워한 것은 전염병과 기아였다.

'사람은 정말 쉽게 죽어.'

도코나시는 하루가 멀다 하고 그리 말했다. 노이로제에 걸릴 것 같았지만 실제로 도쿄에 감염자 수가 늘어나면서 내가 느끼는 공포심이 그의 공포심을 쫓아갔다.

'널 잃고 싶지 않아. 어떻게 해서든 잃을 수 없어.'

손 세정제로 손톱 틈까지 꼼꼼하게 씻어 낼 때마다 3년 전의 그의 말이 귓가에서 되살아난다.

제5의 규칙, 병에 걸려도 기도하지 않을 것.

기도는 생존하기를 포기하는 거라고 도코나시는 말했다.

병에 걸리면 기도하기에 앞서 할 수 있는 일이 많다. 우선 병에 걸리지 않기 위해 예방도 철저히 해야 한다. 도코나시가 걱정해 주니 바이러스에 감염되는 일이 한 번도 없었다.

"냄새 좋네. 잘했어, 잘했어."

도코나시는 손에서 나는 향기를 맡아 확인하더니 아이에게 하듯이 내 머리를 쓰다듬었다.

우리는 코스트코에서 사 온 팝콘을 전자레인지로 돌려 튀긴 후 소파에 웅크리고 앉아 영화를 보았다. 내가 고등학생일 무렵에 시대를 풍미한 불치병을 소재로 한 로맨스 영화였다.

오늘도 어제도 변하지 않는 도코나시……. 만났을 무렵과 아무것도 달라지지 않은 그를 곁눈질하며 나는 아까 그 화제를 꺼냈다.

"저기, 기리히토."

"무슨 일 있어?"

"무슨 일까지는 아닌데……."

망설이는 모습을 감추듯이 웅크린 자세를 풀고 양다리를 바닥에 내리고서 그를 향해 몸을 틀었다. 그리고 두근거리는 가슴을 진정시키고 간신히 말했다.

"아이 말이야."

그때였다.

그의 얼굴에서 자연스러운 미소가 사라지고 경직된 미소로 바뀌는 것이 보였다.

"아."

영혼이 빠져나가는 듯한 탄성이 흘러나왔다. 조금 당혹스러웠다.

사야가 엄마가 되면서 나한테도 엄마가 될 기회가 있을 것이라고 생각했다. 그런데 이렇게나 실감이 나지 않았던 건 어떤 이유에서였을까.

지금 그의 반응이야말로 이 물음의 답이었다.

"미안."

"아니야. 사과하지 마. 내가 사과를 받을 만한 일을 한 것도 아니니까."

"아……."

오래 만나면 앞질러 가는 기술이 몸에 밴다. 듣고 싶지 않은 말이 입에서 나오지 않도록 시선과 어감과 어조로 무의식중에 상대를 유도하고 만다.

그 결과 격렬한 침묵만이 남는다.

'아, 아이는 안 되겠구나' 하고 직감적으로 이해했다. 내가 위태로운 분위기를 만들어 내고 말았다는 것을 사과하려고 했을 때 그는 작은 목소리로 웅얼거렸다.

"그거, 다음에 이야기해도 될까?"

"아, 응……."

나 또한 기어들어 가는 목소리로 대답하자 화면 속에서 때마침 여주인공이 죽었다.

"물론 괜찮아."

3

초여름이었다. 너무 세게 틀어 놓은 에어컨이 조금 쌀쌀하게 느껴지는 오후였다.

나는 새로운 기초 화장품 아이디어를 여전히 내지 못하고 끙끙대고 있었다. 그러던 와중 민감해진 내 의식이 사무실의 술렁거리는 소리를 감지했다.

술렁이는 소리의 진원이 된 인물은 여러 사원의 시선을 모으면서 내 책상 바로 옆까지 오더니 멈추었다.

"마히루 씨."

나는 조심스럽게 고개를 들었다. 날카로운 눈매에 옅게 칠해진 아이섀도. 노안경마저 멋스럽게 보이게 하는 코디. 70대라고는 생각할 수 없는, 나이답지 않은 탱탱함과 윤기를 갖춘 피부. P&N재팬 CEO, 능력 있는 여성인 히무로 미가고의 모습이 그곳에 있었다.

"회장님."

"미가고라고 불러도 된다고 했죠?"

흠칫한 나는 목에서 이상한 소리를 내고 말았다.

"미, 미가고 씨. 오늘은 무슨 용건으로 오셨나요?"

"주주총회가 끝나고 때마침 지나가던 차였어요. 혹시 괜찮으면 점심이라도 함께하면 어떨까 싶어서요."

다른 사원들로부터 기이한 시선을 받으면서 여장부는 머뭇거리며 물었다.

사원 식당은 아무래도 눈에 띌 테니 두 블록 걸어서 유럽식 호텔 이탈리아 식당에 들어갔다. 42층. 도쿄의 마천루를 곁눈질로 볼 수 있는 런치 코스였다. 나에게는 어울리지 않는 이질적인 공간이었다.

"…… 마히루 씨. 괜찮아요? 마히루 씨?"

걱정스러워하는 히무로 씨의 목소리가 들렸다. 아무래도 내가 잠시 멍하니 있었던 모양이다.

"안색이 조금 안 좋은 것 같은데요?"

유리에 희미하게 비치는 자신의 얼굴을 응시하고 다크서클을 확인했다.

"최근에 남은 일을 집으로 가지고 가는 경우가 많아서요……."

자기관리가 부족하다는 사실을 입 밖으로 냈다는 점에

수치심이 솟구쳤다. 히무로 씨는 나이프로 썬 치킨 콩피를 입으로 옮기더니 고상한 미소를 지으며 말했다.

"프로젝트 리더가 됐다면서요? 이걸로 내 선견지명이 또 하나 증명되었단 거네요."

위엄과 장난기가 공존하는 미소로 에헴 하고 히무로 씨는 가슴을 폈다.

잊을 수 없는 최종 면접 날, 나를 추천한 사람은 히무로 씨였다고 한다. 당시 나는 그걸 일종의 낙하산 취업이라고 생각해서 어딘가 꾀를 부린 듯한 마음이었지만, 최근 들어 사실은 나의 가능성을 크게 사서 내린 결정이었단 것을 알게 되어 쑥스러워졌다. 수완가라고 불리는 경영자가 사사로운 정으로 합격시킬 리가 없었던 것이다.

"그런데 제가 잘할 수 있을까 싶은 생각이 들기도 해요. 솔직히 아직 마음의 짐이 무겁다고 해야 할까요."

사실이었다. 프레젠테이션은 2주 후인데 아직 제대로 된 아이디어도 나오지 않았다.

"신상품 개발은 몇억 엔이나 되는 돈이 움직이는 것이니 베테랑이라고 해도 짊어진 짐이 무거울 거예요. 하지만 당신은 중요한 걸, 당연한 일상의 소중함과 희귀함을 알고 있잖아요."

그건 불사신과 함께 살고 있다는 걸 말하는 걸까.

이 사람도 한때는 도코나시와 갑작스럽게 서로 알게 되었고 같이 시간을 보내고 서로를 사랑했을까. 나는 이 사람에 대해 아무것도 모른다. 하지만 기묘할 정도로 나는 이 사람이 두렵지 않다.

"그렇다고 해도 그게 일에 장점이 될까요?"

내가 묻자 히무로 씨는 장난스럽게 웃으며 대답했다.

"그야 화장품은 '당연한 것'을 만드는 '마법'이잖아요?"

의아했다. 나보다 훨씬 인간적으로 훌륭하고 지성이 넘치고 더구나 애교스러운 히무로 씨를 앞에 두고 어째서 난 냉정하게 있을 수 있을까. 남 못지않은 질투심을 느끼지 않고 세대를 뛰어넘은 친구처럼 대할 수 있는 걸까.

그런 의문을 삼켜버리듯이 나는 "화요일의 프레젠테이션 지켜봐 주세요" 하고 호언장담했다.

"아, 다행이야. 다키 씨가 자리에 없어서 사건에 휘말렸나 하고 걱정 중이었어."

사무실로 돌아가자 부장이 걱정스러운 얼굴로 맞이했다.

사건……?

낯선 말에 나는 얼굴을 찌푸렸다.

"역시 아무 일도 없을 거라고 생각했지. 요즘 시대에도 이런 수법을 쓰는 사람이 있다니. 우리한테 팩스라는 고대

유산이 있는 게 원인이지만 말이야."

부장의 책상 위를 난잡하게 점령한 종이 더미가 보였다. 무언가의 서류로도 보였지만 구겨지거나 꼬깃꼬깃 뭉쳐진 것도 있어서 묘했다.

부장은 뒤집어진 종이 한 장을 들고 떨떠름한 표정을 지으며 내게 건넸다.

"오늘 딱 12시에 도착했어. 아무도 안 믿지만 난리도 아니었어."

종이에 쓰여 있는 글을 보고 나는 말문이 막혔다.

'도코나시 마히루의 남편은 살인자다.'

뭐야.

이건 대체 뭐야.

검은색 명조체 한 줄이 A4 용지에 프린트되어 있을 뿐이었지만, 오히려 단순해서 더 불쾌한 기분이 들었다.

장난이 아니다. 악의가 제대로 담긴 문장이다.

"얼른 잊어버리는 편이 나아."

부장은 그렇게 말하며 책상에 산더미처럼 쌓인 종이를 쓰레기통에 처박아 넣었다.

나는 잠시 멍하니 있었다. 뭔가 착오가 있었다고 해도 내 이름이 쓰여 있었으니 이건 내 문제다. 그리고 내 문제 탓에 정리에 시간을 빼앗기는 사람이 생겼다. 집중력이 흐트러진 사람이 있다. 조직에게 얼마나 손해를 입힌 걸까.

"전혀 짐작이 가는 데가 없는데……. 폐를 끼쳐서 죄송합니다."

"자네가 사과할 일이 아니야."

형식적이라고 해도 부장이 그렇게 말해 줘서 조금은 마음이 가벼워졌다.

그렇다. 지금은 일하는 시간이다. 너무 깊이 생각하지 말고 일하자. 자리로 돌아가려는데 내 팔을 이번에는 마카타가 잡아당겼다.

"선배님, 저기 이거요."

마카타의 손에는 플라스틱 컵이 있었다. 흰 패키지에 굵은 빨대. '마시는 연유'라는 로고가 찍혀 있었다.

"저녁에 마시려고 했는데, 지금 선배한테 필요할 것 같아서요."

마카타는 아쉬운 듯 내밀었다. 은근히 생색내긴 했지만 그 다정함도 지금은 마음에 스며들었다.

"응. 고마워."

책상으로 돌아가 후배의 배려에 고마워하며 빨대를 꽂았다. 그리고 한 모금 마셨다.

덜 단 연유를 요구르트와 섞어 걸쭉한 농도가 느껴지는 액체가 목구멍 안으로 흘러 내려갔다. 평소에 단 음식을 별로 선호하지 않는 내가 단숨에 절반 정도나 들이켰다.

'걸쭉한 감각?'

문득 무언가가 마음에 걸려 컴퓨터 화면으로 시선을 돌렸다.

사람의 얼굴은 늘 적당한 유분에 뒤덮여 있는데 대부분은 그걸 자각하고 있지 않다. 그런데 어째서 화장품을 바르면 더 끈적끈적한 '기분'이 드는 걸까. 그건 화장품이 딱 이 연유처럼 백탁의 걸쭉한 액체여서다.

'백탁 현상이 없는 화장품을 만들 수 있다면……!'

나는 곧바로 개발부에 연락을 취해 얼른 아이디어를 전했다. 황당무계하다고도 할 수 있는 생각이었지만 의외로 개발부는 "해보도록 하죠"라며 긍정적으로 답변했다. 기획이 움직이기 시작한 순간이다.

하지만 문제도 있었다. 협박문 소문은 예상 이상으로 퍼져 나는 회사 안에서 가여운 시선을 받게 되었다. 그리고 그건 잊으려고 했던 그 문장을 떠올리게 했다.

살인자. 그 말을 듣고 부정할 수 없는 사실을 알아차렸다. 그는 옛날에 전쟁에 참전했으니 사람을 죽였다는 사실은 부인할 수 없다. 그리고 나는 바깥에서 남편의 성을 말한 적이 없는데, 보낸 사람이 '도코나시 마히루'라고 썼다는 점 또한 기분이 편치 않았다.

보낸 사람은 대체 뭘 어디까지 알고 있는 걸까. 눈에 보이지 않는 누군가가 자신을 노리는 듯한 공포심이 그 후에도 계속 따라다녔다.

어수선한 상황 속에서 프레젠테이션 당일이 되었다. 집을 나설 때는 아무렇지도 않았던 몸이 프레젠테이션이 끝날 즈음 돌연 이상을 일으키기 시작했다.

"…… 그래서 저는 백탁 현상 때문에 끈적임을 느끼기 쉬운 게 아닐까 생각했습니다. 그렇다면 백탁 현상으로 끈적이는 화장품의 이미지를 깬다면 좋지 않을까요?"

뭐가 어떻게 이상한 걸까. 제대로 말로 표현할 수 없었다. 스피커라도 된 것처럼 말은 계속했다. 하지만 심장 소리가 꺼림칙하게 크게 들렸다. 식은땀이 떨어졌다. 탈수 증상과도 비슷한 느낌. 상사와 동료의 목소리가 점점 멀어졌다.

"다음 슬라이드를……."

최근 2주간 개발부와 비밀리에 진행한 기획, 투명한 화장품 '순 투명'이었다. 끈적이는 이미지를 깨기 위해 내가 도달한 대답, 그 개요를 알리려고 한 그 순간 마치 귓가에서 폭탄이 터진 것처럼 모든 음이 사라졌다. 기울어지는 시야. 다가오는 바닥.

회의실에 있는 모두의 흠칫하는 표정이 시야 구석으로 밀려가고, 둔탁한 충격이 오른쪽 관자놀이에 꽂혔다.

잔잔한 물결 같은 정적 속에서 부장의 초조한 얼굴과 마카타의 울먹이는 얼굴이 보였고, 내 의식은 끊어졌다.

2023년

타오르는 기억 2

10가지 규칙

1. 규칙을 지킬 것

2. 성으로 부르지 않을 것

3. 기념일을 축하할 것

4.

5. 병에 걸려도 기도하지 않을 것

6. 하루하루의 잡다한 일을 기록할 것

7. 불사신 나름대로의 사정을 캐지 말 것

8. 하루에 한 접시씩 초절임을 만들 것

9.

10. 절대 '안녕'이라 말하지 않을 것

칙칙한 플라스틱판과 그곳에 뚫린 작은 사각 틀. 고무 매트 위에 놓인 손가락용 소독액.

곁에는 안절부절못하는 도코나시가 있다.

우리가 혼인신고서를 제출하자 투명한 마스크를 쓴 시청 직원이 작위적인 미소를 지으며 안쪽 방으로 사라졌고, 미심쩍은 마음으로 가득한 등을 웅크린 채 돌아왔다.

"잠시만 기다려 주세요. 전문가를 불러올 테니까요."

그 말을 듣고 2시간 반 정도가 지났다. 우리는 담배 냄새가 나는 대기실에서 기다리게 되었다.

나와 도코나시는 얼굴을 마주했다. 우리의 약지에서 백금 반지가 반짝반짝 빛나고 있어서인지 흐린 공기가 가득한 대기실마저 눈부시게 비추고 있는 듯했다.

어느 정도 시간이 지난 후 슈트 차림의 중년 여성이 와서 우리를 번갈아 보았다. 나에게는 다정한 미소를 띠는 반면 도코나시에게는 깐깐한 시선을 보냈다.

"CK에서 왔습니다. 후지와라라고 합니다. 잘 부탁드립니다."

정중한 말과 다르게 후지와라라는 여성은 인사를 설렁설렁했다. 도코나시가 토트백에서 얼어붙은 시계를 꺼내려고 하자 후지와라 씨는 됐다며 손으로 저지하고 주머니에서 체온계 같은 것을 꺼냈다.

"시험 종이를 사용합니다. 시계는 아무래도 복제가 가능해서요."

어떻게 봐도 종이로는 보이지 않는 그 도구의 뾰족한 끝을 도코나시의 엄지에 갖다 댔다.

푹.

소리가 나자 엄지에 작은 구멍이 났다. 살짝 피가 났지만 상처는 순간적으로 덮였다.

"옛날에는 리트머스 종이였어. 우리 피는 사람보다 알칼리 성분이 높거든."

흐음, 하고 흘려듣다가 나는 흠칫해서 닭 같은 엉뚱한 소리를 냈다. 불사신의 피는 알칼리성……!

도코나시는 태연하게 굉장한 소리를 한다.

"그 경험도 당신이 불사신이라는 증거 중 하나죠."

중년 여성은 냉담한 목소리로 이어 말했다.

"왜 알칼리성이라는 걸 아는 거야?"

"그걸 불사신한테 묻는 거야?"

도코나시는 미소를 지으며 내 오른손에 반지로 빛나는 왼손을 포개고 답했다.

"불사신의 몸은 끊임없이 세포의 암화와 정화를 반복하

고 있어. '니시키'는 산성인 종양 주변 환경을 중화하려고 알칼리성 성질을 가지고 있어서 '니시키'를 많이 포함하는 혈액 또한 알칼리화되지."

시험 종이가 반응하며 액정 부분에 희미하게 떠오른 3개의 테두리 중 2개가 검게 물들었다. 후지와라 씨가 납득한 표정을 짓는 것을 보아 '2개의 테두리'는 불사신이라는 증거인 모양이다.

도코나시로부터 불사신과 혼인신고를 하려면 수고가 든다고 들었지만, 최대의 난관이 될 것이라고 생각했던 제1단계가 이렇게 손쉽게 끝날 줄이야.

"뭐야. 알몸을 한 채로 가슴에 못이라도 박힐 줄 알았어?"

"거의 비슷한 걸 생각하긴 했어……."

자백하자 도코나시는 혀를 쏙 내밀며 말했다.

"응? 그건 너무 아프잖아."

후지와라 씨는 창고에서 꺼내 온 도코나시 기리히토의 호적등본의 원본과 내 등본을 나란히 놓고 혼인신고서를 기입했다.

"이미 아실 거라고 생각하지만."

후지와라 씨의 목소리는 시종 딱딱했다.

"불사신의 배우자는 을호적에 들어가게 됩니다."

을호적.

물론 이야기는 들었지만 제3자의 입으로 듣자 더 실감이
났다.

불사신은 일반인과는 다른 호적으로 관리되고 있다. 편
의상 일반인의 호적을 갑호적, 불사신의 호적은 을호적이
라고 부르며, 을호적 보유자는 갑호적에 올리지 못한다. 또
한 을호적 제도가 없는 해외에서는 결혼하는 게 허용되지
않는다.

나는 도코나시의 얼굴을 올려다보고 진심으로 미소를 지
었다. 오늘 나는 이 사람의 호적에, 을호적에 들어간다.

"각종 세금 공제나 국가 제도를 누릴 수 없는 경우가 있
으니 약관을 읽어 보세요."

후지와라 씨는 여전히 잠긴 목소리로 사전처럼 클립으로
묶어 놓은 두꺼운 서류를 내밀었다. 이미 꼼꼼하게 예습한
나는 그걸 대충 읽고 인감을 찍었다.

"결혼 축하드립니다."

우리를 배웅한 후지와라 씨는 마지막으로 입가를 희미하
게 누그러뜨리고 말했다.

"얕은 여울처럼, 대나무 숲처럼 화목하기를 바랍니다."

그건 내가 바라는 꿈의 종착점이었다.

2

나는 병실에 있다.

크림색 천장. 대학 시절에 살던 원룸을 방불케 하는 공간에는 나 말고 아무도 없었다.

앞이 벌어진 병원복은 병원에서 빌렸다.

'남편분에게 갈아입을 옷을 가지고 오라고 해 주세요'라던 간호사의 목소리가 귓가에 남았다. 어제 '내일 4인 병실로 이동하기 때문에 준비하세요'라는 말을 들었으니 이동은 이제 오늘이라는 소리인가.

어슴푸레한 기억을 더듬었다. 분명 나는 회의실B에서 의식을 잃었다. 나는 들것에 실렸고 의식을 찾았을 땐 달리는 구급차 안이었다. 이쪽을 들여다보는 구급대원의 입이 연달아 움직이는 것을 알았다. 하지만 묘했다. 목소리를 제대로 들을 수 없었다.

응급실의 간소하고 차가운 치료실에서 나는 야근하는 의사의 진찰을 받으며 왼쪽 귀가 들리지 않는다는 사실을 말했다.

"뭔가 자각되는 증상이 있나요?"

몸집이 아담하고 머리가 짧은 의사는 또랑또랑한 음색으로 물었다.

"자각 증상, 말인가요? 저기 그게……."

내 목소리가 이상했다. 하지만 그건 한쪽 귀가 들리지 않는 게 원인이라는 걸 알았다. 생각해 보면 같은 일이 히무로 씨와 함께 식사했을 때도 일어났다. 멍하니 말했지만 의식은 또렷했다.

그저 목소리가 들리지 않았다.

"내이 림프에 물집이 잡힌 상태입니다. 돌발성 난청은 그 때문입니다."

의사는 진단을 내리더니 "입원하도록 하죠"라고 말했다. 스트레스나 수면 부족, 피로가 원인이라고 한다. 그리하여 나는 이비인후과의 입원 병실인 개인실에서 잠에서 깬 것이다.

아침에 체온을 재고 약을 받고 심심풀이로 스마트폰을 보려다 전원이 꺼졌다는 사실을 깨달았다. 텔레비전을 켜려고 해도 텔레비전 카드가 없었다. 텔레비전 카드는 병동 입구의 자판기에서 구입할 수 있는 모양이지만, 기립성 현기증이 날 가능성이 있어서 병실에서 나가지 마라는 주의를 들었다.

멍하니 천장을 바라보다가 아침 식사가 와도 잠시 그대로 있었다.

내가 너무 애를 썼나.

입을 절반쯤 벌리고 응시하던 크림색 천장은 나뭇결도 없거니와 오염된 흔적도 없는 게 기분을 살짝 거스를 정도로 평탄한 모습이었다.

정신을 차리고 나니 이불이 젖어 있었다. 입안에 몹시 뜨거운 김이 난다 싶더니 콧물도 흘리고 있어서 티슈를 집으려고 몸을 일으킨 참에 거울에 비친 자신을 보았다. 그때 눈물을 흘리고 있다는 사실을 깨달았다. 울고 있다는 사실을 알고 나서는 더더욱 그걸 멈출 수가 없었다.

사야가 환하게 웃으며 보여 주던 아기 사진과 도코나시가 '미안'이라고 말할 때의 쓸쓸한 표정이 교대로 떠올라 나는 몇 장이나 되는 티슈를 눈물과 콧물로 둥글게 뭉쳤다. 후회가 물결이 되어 밀려들었다.

설령 그의 '미안'이 정면충돌을 피하기 위한 방편이었다고 해도, 그때 더욱 깊이 이야기했어야 했다. '아이를 가지고 싶다'고 그의 눈을 보고 확실한 목소리로 말하다 꺼림칙한 분위기가 조성될까 봐 피하는 게 아니었다.

그때 벌컥 하고 조금 난폭하게 미닫이문이 열리며 숨을 헐떡이는 도코나시가 들어와 순간 눈이 마주쳤다.

그에게 보이고야 말았다. 이렇게 나약하고 우울한 얼굴을…….

순간적으로 얼굴을 덮은 내 오른손을 그의 차가운 손이

떼어 냈다. 그리고 뒤에 들어온 간호사의 저지를 뿌리치고 내 등에 손을 올리고 강제적인 힘으로 끌어안았다.

"저기 남편분, 지금은 안정을 취하게 하셔야……."

간호사가 주는 주의에 도코나시는 떨리는 목소리로 읊조리며 대답했다.

"죄송합니다. 금방 끝나요. 금방이요."

그 자세 그대로 2분 정도 지났다. 불사신의 시간 감각은 정말 신뢰할 수 없다고 생각했다.

"저기 잠시만, 괜찮다니까."

솔직히 숨을 쉬기 힘들었지만 힘들다는 말을 꺼내면 간호사가 억지로라도 떼어 놓을 듯해서 나는 주인의 귀가를 맞이하는 대형견 같은 도코나시의 풍성한 머리카락을 쓰다듬었다.

간호사가 병실을 나갔다.

그의 떨림이 피부를 통해 전해져 왔다. 바로 조금 전까지 울고 있던 게 거짓말인 것처럼 그에게 다정하게 대해 줘야겠다는 사명감이 솟구쳤다.

"기리히토."

나는 갓난아이를 어르듯이 속삭였다.

"인간이 병에 걸리는 건 당연한 일이야."

"너의 그 '당연한 일'이 나한테는 너무나도 두려워."

그의 눈물이 어깨에 서서히 스며들었다. 알고 있다. 그가 나를 소중히 여기고 있다는 걸. 그가 나를 사랑하고 있다는 걸······.

하지만 그렇기에, 사랑받는다는 걸 알고 있기에······.

"기리히토. 나, 네 아이를 갖고 싶어."

이번에는 눈을 똑바로 보고 배 깊숙한 곳에서 소리를 내 전할 수 있었다.

도코나시는 내 등에서 양팔을 풀고 떨어지더니 이번에는 애매한 대답을 하지 않았다. 그대로 의자에 앉아 나를 응시 했다.

"네가 아이를 진심으로 가지고 싶어 하는 건 알고 있었 어. 나도 같은 마음이야."

지금 뭐라고 했어?

너무나도 예상 밖의 말에 현기증이 났다. 하지만 내가 설 명을 요구하기 전에 먼저 그가 말했다.

"하지만 그 전에 너한테 해야 할 말이 있어."

그렇구나. 그렇겠지. 절반은 예측하고 있던 말이라 나는 되물었다.

"네 과거에 대한 일이지?"

도코나시는 고개를 깊이 한 번 끄덕였다.

"지금까지 말하지 못해서 미안. 자세히 전하지 못해서."

"아냐. 내가 나빠!"

그냥 내버려둘 수 없다. 나는 순간적으로 대답했다. 이제 모든 것을 도코나시 탓으로 돌리지 않겠다.

도코나시는 늘 자신의 과거를 추악하다는 듯 숨겼다. 하지만 그렇게 두었던 것은 지금까지 그에게 두려운 시선을 보낸 무수한 보통 사람들이다. 그리고 나 또한 무의식 중에 그러했다.

"난 깊은 이야기를 묻는 질문에서 도망쳤어. 두렵다고 생각했을지도 몰라. 그러니 미안해. 이건 내가 하는 '사과'야."

내 눈은 도코나시의 왼쪽 눈동자에서 흘러 떨어지는 물방울을 따라갔다. 그는 일단 미소를 짓더니 티슈로 코를 풀고 나에게 몸을 다시 틀었다. 그리고 심호흡을 하고 이야기를 시작했다.

"시작부터 이야기할게. 불사신은 나라 시대(710~794년)에 하늘로부터 얻은 죽음의 약 '니시키'에서 태어났다고 해."

묵직한 답에 나는 동요하면서도 되물었다.

"하늘? 우주라는 뜻이야……?"

"천축, 즉 인도를 가리킨다는 설도 있어. 문제는 어디에서 왔는지가 아니야. 그때 유입된 '니시키'가 불사신을 만들어 냈고, 이후에 불사신이 된 사람들은 이 나라에서 계속 늘어났다는 거지."

"계속…… 늘어났다고……?"

도코나시가 고개를 끄덕였다. 농담도 그 무엇도 아니라는 듯이.

이야기는 이미 내 예상을 훨씬 뛰어넘고 있었다.

"원래는 일부 귀족의 비밀의 약으로 취급받았어. 하지만 죽지 않으면서 조금씩 흉포해진 불사신들은 점차 사족 계급으로 떨어졌지. 증가가 정점에 이른 게 에도 시대 후기야. 문제는 그들이 대로변에서 칼부림을 한 것보다 오히려 농사를 짓지 않는 게 더 컸어. 그 결과 어떻게 됐냐면……."

에도 시대에는 엄격한 신분제도가 존재했고, 1차 산업은 사족 계급의 권위와 지배하에 있었다.

"기근이 일어났어."

도코나시가 마트에 갔다가 기뻐하던 것을 귀엽게 생각하면서 봐 왔었다. 하지만 그 배경에는 무서운 기억이 있었던 것이다.

도코나시는 고개를 살짝 숙이다시피 하고 이야기를 계속 이어 나갔다.

"정말이야. 무사 계급이 늘어난 일본에서는 식량 수요만 높아지고 공급은 한계점에 도달했으니까."

그리고 재차 타격을 주듯이 무쓰국(지금의 후쿠시마현, 미야

기현, 이와테현, 아오모리현-옮긴이)과 데와국(지금의 야마가타현,
아키타현-옮긴이)이 대흉작을 맞이하게 되었다고 했다. 허공
을 응시하며 도코나시가 갈라진 목소리로 말했다.

"에도에서는 무수한 기근자가 나왔어. 거기에는…… 불
사신도 포함돼 있었지."

나는 숨을 멈추었다. 그리고 몸서리를 쳤다.

"너도 알 거야. 불사신은 죽지 않아. 죽지 않을 뿐이야.
재생에는 부품이 필요하지. 무에서 유를 만들어 낼 수 있는
게 아냐. 불사신은 기아 상태에 빠져도 죽지 않아. 하지만
몸속에 있는 에너지나 분자 수는 한정돼 있어. 그래서 '니
시키'는 몸속에서 더더욱 중요한 기관, 즉 뇌를 지키기 위
해 다른 부위에서 재료를 그러모으지. 내장이나 피부나 팔
다리에서."

떨리는 내 몸이 비교되지 않을 만큼 도코나시는 떨고 있
었다. 마치 지옥을 들여다보는 듯한 비장함을 눈에 깃들이
고서 말이다.

"에도에는 무수한 살아 있는 시체가 굴러다니고 있었지.
극한의 기근 상태지만 죽지 않은 채 썩어 가는 고기에 갇힌
불사신의 구슬픈 말로……. 최악인 건 몸통이나 사지가 죽
은 고기나 마찬가지가 되어 병원균이나 바이러스의 온상이
되었다는 거야. 쇠약해지지만 죽지는 않아. 분해되지 않으

니 흙으로도 돌아갈 수 없고."

나는 그의 까만 눈동자를 들여다보고 그 깊숙한 곳에서 몇백 년이나 사라지지 않고 불타오르던 화염의 존재를 지금 겨우 알아차렸다.

제4의 규칙, 과거를 추궁하지 않을 것.

건드려서는 안 되는 과거였다.

"그 지옥을 지금은 덴포 대기근(에도 시대 후기인 1833년부터 1837년에 걸쳐 진행된 최대 규모의 기근-옮긴이)이라고 부르고 있지."

"당신은 거기에 있었던 거네……."

고개를 든 도코나시는 완전히 야위었고 눈동자에서 빛을 잃고 있었다.

"지금도 가끔 꿈을 꿔."

나는 그의 머리를 끌어당겨 가슴으로 가져와 살포시 안아주었다. 그것 말고는 할 수 있는 일이 없었다.

잠시 시간을 두고 나서 도코나시는 이어서 말했다.

"그때 마침내 사람들은 불사신이 계속 늘어나는 것에 대한 두려움을 알았지. 만약 불사신이 불사신의 자식을 낳고 그 아이가 불사신의 자식을 낳는다면…… 식량난을 피할 수 없어."

사람은 아이를 만든다는 근사한 힘을 가지고 있지만 그건 사람이 늙거나 병이 들어서 죽는 것을 전제한 일이다. 너무나도 당연해서 잊고 있었다. 그리고 잊고 있던 자신에게 아연실색했다.

"사람들과 불사신은 서로 잘 맞춰가기 위해서 어떤 약속을 했어. 그게…… '메이지 23년(1890년) 합의'지."

마치 나와 도코나시가 인연을 맺기 위해 만든 그 10개의 규칙 같았다. 사람과 불사신 사이를 중개하는 약속이라는 이름의 신뢰 관계…….

"어떤 약속인데?"

"불사신은 신분을 숨길 자유가 보장된다. 그 대신 불사신의 수가 일정 수 이상으로 늘어나지 않을 의무가 있고 인간과는 다른 호적으로 관리받는 걸 약속했지."

"그게 을호적이구나."

도코나시는 고개를 끄덕였다.

약속은 사람과 불사신을 중개하기 위한 법이었을 것이다. 하지만 이후 불사신이 나라의 소유물이라는 듯한 인식이 횡행한 것은 부정할 수 없었다고 한다.

"드디어 본론이야."

도코나시는 내 오른손을 잡고 말을 이어 나갔다.

"당시 일본에는 아직 유전자라는 말이 없었어. 하지만 부모의 특질이 아이에게 유전된다는 건 다 알고 있었지. 그때 불사신의 자식이 언제 불사화되는지 조사가 실시되었어. 그건 인도적인 실험이었다고는 말하기 힘들지만, 어쨌거나 현대의 이름을 빌려 결론을 말하자면 불사성은 열성 유전이지만 동시에 우성으로 전이되는 조건을 알았지."

불사신의 자식이 불사신이 되는 조건.

인구가 터무니없이 증가한다면 반드시 이후에 기근이 찾아올 것이다. 도미노처럼 이어지는, 인류가 상도에서 벗어난 그 시작점은 어디였을까.

"그건 아이가 같은 피를 가진 형제자매 없이 만 5세를 맞이하는 거였어."

참으로 이해하기 힘든 규칙이었다.

제9의 규칙, 아이를 낳지 않거나 둘 이상의 아이를 가질 것.

이제는 마침내 모든 게 연결되었다.

구조 전부를 알 순 없었다. 하지만 직감적으로 외동이라는 상태는 자손 단절의 위험부담을 지게 되니 그 잠재적인 위기에 '니시키'가 반응해 불사 인자를 켠다고 생각하면 납득이 된다.

나는 몸을 앞으로 기울여서 물었다.

"그럼 내가 아이를 낳고 싶다고 하면?"

"5년 이내에 둘 이상 낳아야 해."

도코나시는 즉답했다.

"더 정확하게 말하자면 다섯 살을 맞이할 때까지 형제자매를 만나게 해야 해. 그러면 몸속의 '니시키'는 영구적인 수면에 들어가 다음 세대가 물려받게 되는 일도 사라지는 거지."

둘 이상……

다산이던 옛날에는 불사신의 아이도 대개 불사신이 되지 않았고, 그 때문에 불사신이 폭발적으로 늘지 않았을지 모른다. 다만 최근 400년간 일본인, 아니 전 세계 사람들의 생활양식은 크게 달라졌다. 전혀 다른 가치관을 가지게 되었다고 해도 좋다. 이젠 저출산 문제를 저지할 수 없게 되었다.

나는 불안한 듯 이쪽을 보는 그의 손을 잡고 활짝 웃으며 말했다.

"그러면 의논해 줬으면 되잖아. 나, 아이 낳는 거 싫어하지 않아. 아니 오히려 두 명은 낳고 싶다고 생각했어."

다시 숙이려고 하는 그의 얼굴을 양손으로 고정하고 가

만히 바라보았다.

"어쨌든 말해 줘서 고마워. 또 둘이서 의논하자."

내가 미소 짓자 도코나시도 어색하게 웃었다.

나는 4인실로 옮길 준비에 임했다.

3

나는 어쨌거나 지금은 몸이 나았고 이제 천천히 의논해 나가면 된다고 생각했다. 하지만 그때는 아직 제9의 규칙의 진짜 의미를 몰랐다.

사건이 일어난 것은 내가 4인실로 옮긴 지 사흘째 되는 날이었다.

"스가이 씨, 아드님이 오셨어요."

"네."

간호조무사의 부름에 같은 병실의 스가이 씨가 나른한 목소리로 답했다. 이어서 "흐으으" 하고 같은 병실의 다른 누군가가 잠꼬대를 했다.

그때 4인실의 사생활을 구분 짓는 얇은 커튼에 손을 대고 지갑을 한 손에 든 도코나시가 작은 목소리로 물었다.

"레몬주스면 돼? 오렌지 음료가 아니라?"

"비타민을 보충하는 편이 좋다고 하더라고."

내가 고개를 끄덕이자 그는 재빨리 마실 거리를 사러 나갔다. 곧 도코나시와 교대하듯 누군가가 병실로 들어왔다. 얼마 되지 않은 병실 공간을 걸어가는 캔버스 스니커즈가 커튼 아래로 보였다.

커튼에 생긴 그림자는 그다지 크지 않았다. 조금 전에 간호조무사가 말했던 스가이 씨의 아드님이 온 거겠지 싶었다.

아들이라는 말에 가슴이 아렸다.

좋겠다 싶은 마음과 남은 남이라고 생각하는 마음이 서로 충돌해 가슴속에서 열기를 띠었다. 그러다 얼른 나아야지 하고 억지로 긍정적으로 생각을 바꾸었다.

캔버스를 신은 아이는 창가까지 걸어가더니 그곳에서 멈춰서 다시 획 방향을 바꾸어 돌았다. 스가이 씨의 침대를 찾지 못하고 있는 것 같았다.

그림자는 점점 내 쪽으로 짙어졌다. 이윽고 나와 통로를 가로막는 커튼이 걷히고 키 160센티미터 정도 되는 잿빛 머리카락의 소년이 얼굴을 내밀었다.

"아, 스가이 씨라면 저쪽에 계세요."

4인실 침대 배치는 입구에 걸린 이름으로도 알 수 있게 되어 있다. 하지만 상대는 아이이므로 이해하기 어려울 수도 있겠다고 생각했다. 그래서 나는 침대를 착각한 이 소년에게 친절하게 안내해 주었다.

하지만 잿빛 머리 소년의 표정은 내가 생각했던 것과 달랐다.

"야, 밤에 잠은 잘 자?"

명백하게 나에게 던진 말이었다. 소년은 당혹스러워하는 나를 향해 두 걸음 정도 더 다가왔다. 그리고 커튼의 안쪽으로 들어와 커튼을 닫고 말했다.

"살인자의 여자."

"……?"

그 행동이, 그 말이 멍하니 있던 내 위기의식을 불러일으켰다. 순간적으로 뇌리에 또 다른 불사신의 충고가 울려 퍼졌다.

하카와스레 산은 핼러윈 날 밤, 나에게 두 가지 충고를 했다. 한 가지는 '도코나시 기리히토와 결혼하면 일이 제대로 흘러가지 않을 것'이라는 심한 트집이었다. 그리고 다른 하나가 더 있었다.

'아가씨. 그렇다고 해도 만약 각오를 다지고 그와 인연을 맺겠다고 한다면 당신 자신의 몸을 스스로 지켜야 할 거야. 왜냐하면 불사신을 원망하는 자는 불사신을 죽이지 않아.'

그건 분명 그 나름의 배려였다는 걸 지금 알아차렸다.

'불사신의 소중한 것을 빼앗을 테니까.'

머리 위 70센티미터 정도 되는 위치에 코드에 휘감긴 표주박 같은 간호사 호출 벨이 보였다. 나는 가늘어진 양다리를 버둥대며 움직여서 상체를 들어 올려 필사적으로 손을 뻗었다.

"어이, 어이, 어이, 지치기만 할 테니 관둬."

재빨리 소년의 손이 내 오른쪽 손목을 잡더니 호출 벨에서 떼어 놓았다.

아직이다. 나는 가슴속 깊숙이 공기를 들이마셨다. 소년의 양쪽 눈동자가 희번덕거리며 움직였다. 나는 횡격막에 힘을 실어 힘껏 소리를 지르려고 했다. 하지만 그것도 다른 하나의 팔을 재갈처럼 물리게 해서 저지당했다.

"우웁, 우웁."

입이 완전히 틀어 막혀 코로 숨을 쉬던 나는, 그림자가 진 소년의 얼굴을 노려보며 고통스러워서 뿌리칠 것을 기대하고 턱에 힘을 실었다.

웁웁웁.

탄력 있는 피부에 치아가 파고드는 감각만이 전해졌다.

"팔팔한 아가씨네. 하지만 관두는 게 좋을 걸?"

이가 파고든 감각이 멈추고 기묘하게 되돌아 압박해 오는 감각이 입안을 덮쳤다. 이상한 것은 그뿐만이 아니었다.

소년의 팔에서는 피가 나지 않았다.

"내 팔에 네 이가 박히게 될 거야."

이가 재생된 피부에 파고들어 빠지지 않았다.

"난 네 남편을 증오하는 사람이야. 그리고 넌 녀석의 아킬레스건이지. 네 직장에 협박문을 보냈는데 CK에서는 아무 조사 의뢰도 오지 않았어. 너, 남편한테 말 안 했지?"

나는 눈을 부릅떴다. 그게 상대에게 얼마나 알기 쉬운 답이었을까.

"아하하. 역시나. 그래서 네 성격을 대충 알았어. 끌어안는 타입이구나. 그러면 자질구레한 개입으로 나약하게 만들어 봤자 소용없지."

해맑게 웃는 소년은 악마의 형상으로 이쪽을 내려다보았다. 나는 어떻게든 이 위기를 전하기 위해 나오지 않는 목소리를 쥐어짰다. 동굴에서 울리는 듯한 흐릿한 소리가 병실에 물들어 갔다.

"저기, 괜찮아요……?"

이 목소리는 스가이 씨다. 신음 소리를 알아차렸는지 침대에서 몸을 일으켜 이쪽을 들여다보려는 듯이 보였다.

소년의 악력이 더해갔다. 뼈가 삐걱거렸다. 마치 공업용 기계로 찌부러지는 것처럼 몸을 버둥거려도 꼼짝도 할 수 없었다.

"회복할 수 없을 정도로 널 망가뜨려야겠군."

신발을 신은 채 침대로 올라온 소년은 그대로 말을 탄 자세를 하더니 내 오른손을 구속하고 있던 팔을 떼어 내고 그 차가운 손바닥을 내 복부에 갖다 댔다. 34도 정도 되는 불사신의 체온이 이렇게 기분 나쁘게 느껴지는 건 처음이었다.

"인섬니아!"

병원에서는 들을 수 없는 고함 소리가 쩌렁 울렸고, 잿빛 머리카락의 소년이 혀를 찼다. 그 직후 여러 사람의 발소리가 병실로 다가왔다.

나는 갑자기 편안해진 가슴에 공기를 한가득 들이쉬고 나서야 뒤늦게 몸에서 떨어진 소년의 모습을 알아차렸다. 커튼이 걷히고 필사적인 모습으로 숨을 헐떡이고 있는 건 도코나시가 아니었다.

"하카와스레 씨……!"

"아가씨, 인섬니아, 그 애는?"

나는 침대 주변을 둘러보았다. 이미 아무도 없었다. 하카와스레 씨는 병실로 들어왔다. 난 침대 철책을 잡고서 샌들을 신고 커튼을 열었다.

창문이 열려 있었다. 하지만 이곳은 12층이다.

"저쪽이에요"라고 가리키자마자 무언가가 내 눈앞을 맹

렬한 속도로 지나가더니 조금도 주저하지 않고 창틀에서 뛰어올라 그길로 하늘로 날아갔다. 너무 빨라 거의 인식하지 못했다. 그런데 공중을 헤엄치는 포니테일을 보자 그게 누구인지 확신이 들었다.

"도코나시!"

순간적으로 튀어나온 말에 입을 다물었다. 창문으로 아래를 내려다보니 이미 사람의 모습은 보이지 않았고, 병원 주차장 건너편 멀리 맹렬한 스피드로 달리는 두 남자의 등이 보였다.

도코나시다.

도코나시가 와 주었다.

그 사실만으로 내 무릎은 긴장이 풀려 온몸을 지탱할 수 없었다. 쓰러져 가는 몸을 하카와스레 씨의 통나무 같은 팔이 지탱해 주었다.

감사 인사를 하려는 나에게 하카와스레 씨는 내심 안도한 듯 읊조렸다.

"잘 버텼어. 아가씨, 용케도 살았군."

의외의 말에 나는 잠시 입을 떡 벌리고 있었다. 그는 나와 도코나시의 사이를 바람직하다고 여기지 않았을 것이다.

"너는 가만히 둬도 어차피 죽지만 지금 죽기보다는 반세기 후에 죽는 편이 더 나으니까. 다행이야. 기리히토가 아직 울지 않아도 되겠군."

어딘지 모르게 반려동물 같은 취급에는 위화감이 들었지만, 어쨌든 그가 달려와 주지 않았더라면 무슨 일을 당했을지 모른다. 침대에 앉아 있던 나는 선글라스를 낀 그 남자에게 다시 물었다.

"그런데 왜 여기에……? 애초에 하카와스레 씨는 지금까지 어디에 있었어요?"

핼러윈 이후 소식을 끊고 결혼식에도 얼굴을 비추지 않았던 도코나시 기리히토의 절친.

4년 만에 가만히 보니 일본인과 동떨어진 얼굴을 한 그 남자는 잠시 미간을 찡그린 후 "불사신은 너희처럼 빈번하게 안 만나"라고 퉁명스럽게 말하더니 이야기를 이어 나갔다.

"22일 전의 일이야. CK 보호시설에서 탈주자가 나왔어. 난 CK 임원이니까 탈주자를 데리고 돌아가기 위해 조사를 하고 있었는데 녀석의 목표가 너라는 걸 알았어. 그래서 여기서 망을 보고 있었지."

"그런데 제가 이곳에 입원했다는 건 어떻게 알았어요?"

"그건 제가 전했어요. 직권남용이지만 당면한 큰일을 위해서 작은 일은 감수해야죠."

그 목소리에 어깨가 흠칫 제멋대로 반응했다.

설마 병실에서 들을 줄 몰랐던, 애써 냉정하게 내는 얼음 같은 목소리였다. 발소리가 세 사람 몫이라는 걸 알아차렸으면서도 어째서 그 존재를 인식하지 못했을까.

고개를 돌리자 일본 최대의 화장품 회사 대표가 입구 근처에 서 있었다. 히무로 씨는 침대 가장자리까지 걸어오더니 90도로 허리를 굽혔다.

"정말 죄송합니다."

그녀는 바로 허리를 세우지 않고 꽤 오래 허리를 굽혀 진심을 전하는 듯했다. 왜 나에게 사과하는 걸까, 의아하다고 생각할 무렵 마침내 그녀도 고개를 들고 말했다.

"저 아이, 인섬니아, 히무로 우시오는 제 아들입니다."

4

랜턴에 불을 붙이자 정렬된 책장과 무수한 일기가 나타났다. 나는 1970년대 섹션에서 일기 하나를 골라 말라붙은 페이지를 넘겼다.

오사카 만국박람회 두 번째 날. 태양의 탑은 무슨 의미인지 모르겠다.

소련관 전시 탑 앞에서 히무로 미가고와 만났다.

분명 내가 쓴 글씨다. 하지만 기억은 흐렸다.

오사카 만국박람회에 갔다는 건 기억한다. 미국관에 전시된 수상비행기의 크기도, 소련관의 선명한 빨강과 하양의 외벽도 떠오른다. 다만 히무로 미가고에 관해서만큼은 몽땅 빠져 있다.

나는 일기를 거슬러 올라가 복습하기 시작했다. 자신이자 자신이 아닌 존재인 과거와 마주하기 위해서 나는 이 일기를 손에 들어야 한다.

세 권인가 더 집어 들었을 때 마침내 '우시오'라는 글자를 발견하고 눈길이 멈추었다.

히무로 우시오.

그 이름을 읊조린 순간 접혀 있던 병풍이 펼쳐지듯 우시오에 대한 기억이 되살아났다. 5년을 넘겨 버린 제한 시간……. 그때 무엇을 하려고 했더라?

나는 우시오와 히무로 미가고를 데리고 도망치려고 했다. 계속해서 도망칠 작정이었다. 하지만 그 의도는 CK에 발각되었다.

그들은 육해공의 모든 이동을 봉쇄하고 우리를 도쿄의 어느 구에 가뒀다. 포위망이 좁혀져 가는 가운데 나는 저항이 무의미하다는 걸 깨달았다. CK는 마음만 먹으면 불사신 군대도 보내올 것이다. 피하는 것은 엄두조차 나지 않았다. 나는 울고불고하는 아들의 작은 손을 놓았다.

"생각났어?"

목소리에 돌아보았다. 하카와스레 산이 컨테이너 입구에 기대 있었다. 내가 잠자코 있으니 산이 나지막하게 말했다.

"그럼 어떻게 해야 하는지 잘 알지?"

나는 내일 중요한 프레젠테이션 날이라고 말하고 평소보다 2시간 빨리 잠든 마히루를 생각했다.

"네가 할 수 있는 건 마히루를 휘말리게 하지 않는 거야."

어처구니가 없다는 모습으로 고개를 내젓고 산은 잠시 쓴웃음을 지었다.

"아니야."

허둥대는 나를 노려보고 오랜 벗은 나에게 명령했다.

"기리히토, 그렇게 어리광 부리지 마. 네가 승부를 내는 거야. 네 자신의 과거와 말이지."

'어리광 부리지 마.'

산의 말은 늘 타당했다.

내 생각이 안이했다. 우시오의 탈주를 알고 나서 습격에 대비하고 있었지만, 진심으로 신경 써야 했던 사람은 마히루였다.

"인섬니아!"

산의 노성이 귓가에 얼얼하게 울려 퍼졌다. 곧 공중으로 도약하는 소년의 뒷모습이 잠시 시야에 들어왔다. 마히루는 무사할까. 부상을 입지는 않았을까.

머릿속 사고는 불안감과 초조함에 점령당했다. 하지만 아주 잠시였다. 스쳐 지나가며 곁눈질로 들어온 마히루의 멍한 표정이 뇌리에 남았다. 그녀의 곁에 있고 싶다는 갈망을 억지로 억누르고 스위치를 누른 것처럼 머릿속에서 우선순위를 바꾸었다. 나는 인섬니아에게 초점을 맞추고 서둘러 창문에서 뛰어내렸다. 불사신의 힘으로 육체는 포물선을 그리며 10초 정도 활공하다가 120미터 정도 떨어진 거리에 착지했다. 착지하는 순간 힘을 미처 다 받아들이지 못한 두 다리가 부서졌지만, 순간적으로 재생하기 시작했다. 깜짝 놀란 군중이 스마트폰을 꺼내 촬영하려 해서 서둘러 달리기 시작했다.

시야 중심에 보이는 것은 작아지고 있는 소년의 등 한 점이었다. 나는 지면을 박차고 달렸다. 내 기척을 느낀 우시오 역시 속도를 올렸다.

둘 다 전속력으로 달렸다. 우시오는 달렸다. 계속 달리며 결코 멈추지 않았다. 신호가 빨강이 되는 것도 개의치 않고 차도를 가로질러 무수한 자동차 사고를 유발시켰다. 민가나 철도 건널목이 가로막으면 가볍게 뛰어넘어 갔다.

시속 48킬로미터. 그건 단거리 질주로 쟀을 때 인류가 낼 수 있는 순간 최고 시속과 거의 같은 것으로, 육상선수라면 쫓을 수 없는 속도는 아니었다.

하지만 오랜 시간 계속 쫓아갈 수는 없다. 경찰 차량이나 오토바이는 지속적으로 시속 50킬로미터 이상 낼 수 있지만 도로에서만 달릴 수 있고, 육상선수라도 몇 초간 옆에 나란히 서는 게 고작일 테다.

질주의 신이 된 우시오와 나는 3시간 이상 최고 시속을 계속 유지했다. 그 3시간 동안 경치는 잿빛 콘크리트 정글에서 알록달록한 민가로, 그리고 울창한 숲으로 변모했다.

마침내 우시오가 스피드를 늦추자 눈앞에는 나무와 펜스에 둘러싸인 콘크리트로 된 건물이 목적지처럼 우뚝 서 있었다.

"하아, 하아아."

온몸에 쌓인 젖산을 '니시키'가 분해하며 체내에 정전기가 도는 것 같은 감각이 느껴졌다. 피부 위에서 필름 상태로 펼쳐진 '니시키'는 증발된 수분을 조금이라도 회수하려고 애쓰고 있었다. 나는 호흡을 정리하면서 펜스 옆에 서 있는 우시오를 올려다보고 물었다.

"우시오, 뭐야. 왜 이곳에 데리고 온 거야?"

음산한 철근 건물 외에 눈에 들어온 것은 펜스에 달린 방사성 물질 주의 사항이었다. 무언가의 처리시설인 듯했다.

"그 이름으로 부르지 마. 지로."

우시오, 아니 인섬니아는 마찬가지로 숨을 가다듬더니 이쪽을 흘겨보며 말했다.

"이제 와서 나서다니 무슨 생각이야?"

마치 인섬니아에게 굴복한 듯 벌레 소리가 일제히 멈추었다. 새가 하늘로 날아올랐고 가지와 잎이 술렁였으며 잎에서 새어 나오는 빛을 받은 소년의 잿빛 머리카락이 바람에 흔들렸다.

"내가 '머무는 나무'에 잡혀가고 나서 한 번도 얼굴을 비추지 않았잖아. 내가 당신 얼굴을 어떻게 알았을 것 같아? 엄마의 휴대전화 사진이었어. 거기에 찍혀 있던 당신이 내가 아는 아빠의 전부였어."

조롱하는 그 눈에는 격렬한 화염이 불타오르고 있었다. 모든 것을 녹여버릴 듯한 증오의 새빨간 불꽃이었다.

"만나는 게 용납되지 않았어. 더구나 나를 만나선 안 됐어."

"말 한번 잘하네. 지금이라면 이해했을지도 몰라. 하지만…… 네 살이었던 나는 달랐지. 어처구니가 없을 만큼 순수했어. 그래서 아무리 기다려도 오지 않는 당신을 증오했어."

인섬니아의 얼굴에 쓸쓸함이 떠올랐다. 하지만 그것도 한순간이었다. 인간다운 표정은 해변에 쓴 글씨처럼 금방 사라지고 차가운 괴물의 형상이 되었다.

"어이, 지로, 대답해 봐. 왜 만나서는 안 된다고 생각했던 거지?"

"그건."

나는 말문이 막혔다.

잊은 채로 있으면 얼마나 좋았을까. 대답할 말이 없으면 얼마나 홀가분할까. 하지만 일기에는 모든 것이 쓰여 있었다. 망각의 끝자락에 내팽개쳐 왔던 마음마저 그곳에는 구체적으로 쓰여 있었다. 나는 주먹을 쥐고 목소리를 쥐어 짜 냈다.

"그건 내가 불사신인 괴물이기 때문이야."

"그럴 줄 알았어."

인섬니아는 실소하더니 펜스에 손을 갖다 댔다.

"그리고 당신은 그 괴물을 한 명 더 만들었던 거지!"

근육에 힘을 주며 오른팔을 흔들자 철조망 펜스가 지면에서 빠지며 마치 비닐시트를 걷어치우듯이 공중으로 내던져졌다.

"이리 와, 지로. 이야기 좀 해."

가로막는 게 사라진 시설로 인섬니아는 걷기 시작했다.

5

인섬니아.

또는 소년 우시오.

그가 자신을 해치려던 마음은 소년이 도코나시와 함께 사라진 후에도 피부를 얼얼하게 계속 찔렀다. 그런데 적어도 이 자리에 불사신 한 사람이 있어 주는 것만으로 나는 얼마나 안심하고 있는가.

두 불사신이 일으킨 소동을 수습하러 간호 실장이 찾아왔다. 비난의 화살이 향한 건 인섬니아를 들여보내 준 접수처 남성이었다. 하지만 그도 인섬니아가 어린 청소년의 모습이 아니었다면 더 경계했을 것이다. 아이의 모습은 사람을 손쉽게 방심하게 한다. 그러나 도코나시나 하카와스레 씨와 마찬가지로 소년도 불사신의 힘을 가진 존재다.

나는 당장이라도 도코나시를 쫓아가고 싶었지만, 주치의가 용납해 줄 리 없었다. 아마 따라갔다고 해도 이 몸으로는 무리였을 것이다. 그때 히무로 씨가 산책을 가자고 제안

했다. 어찌 되었거나 그녀의 이야기를 들어야 한다는 생각에 나는 고개를 끄덕였다.

쾌청한 햇살이 쏟아지는 오후였다. 우리는 병원 안 공원으로 갔다. 휠체어에 앉아서 보는 시선은 익숙해지지 않는다. 아이로 돌아온 듯한, 좀 더 다른 무언가가 된 듯한 이상한 느낌이 들었다. 하지만 지금은 그런 생각을 할 여유 따위 없다. 휠체어 손잡이를 잡고 있는 사람이 우리 회사 최고 주주이자 권력자니까.

"저기, 회장님. 역시 제가 몰게요⋯⋯."

"무슨 소리예요. 정당하게 남한테 의지하는 건 사회인에게 필요한 중요한 능력이에요. 아니면 내가 역부족하다는 건가요?"

"아니에요!"

히무로 씨는 "그럼 됐어요"라고 만족스럽게 말하고 주름이 진 입가를 살짝 누그러뜨렸다. 그녀의 기에 눌린 채 기하학적인 형태로 가지치기가 된 나지막한 나무가 늘어선 정원을 빙그르르 한 바퀴 돌았다.

"저는 처음에는 하카와스레와 사귀려고 했었어요."

갑자기 그 이야기가 나온 건 정원 주위를 세 바퀴째 돌기 시작했을 때였다. 세 걸음 뒤에서 경계하며 걷던 하카와스레 씨가 "뭐라고?" 하고 깜짝 놀라는 게 들렸다.

"그야, 저 친구 겉모습만큼은 근사하잖아요."

"잠시만, 아가씨. 그건 알맹이는 나쁘다고 말하는 거랑 똑같잖아."

"날 아가씨라고 부르는 거야?"

"그래. 그것만큼은 물러설 수 없어."

히무로 씨는 불만스럽게 목소리를 높였지만 말과 다르게 조금 기쁜 듯했다. 올려다보는 내 시선을 알아차린 히무로 씨는 부끄러워하는 기색도 없이 말을 이어 나갔다.

"우리가 만난 건 오사카 만국박람회에서였어요. 당신에 게는 기리히토지만, 저에겐 지로죠. 아무튼 지로와 태양의 탑 디자인을 두고 의견을 교환했던 건 기억해요."

만나자마자? 정말 꽤 개성적인 첫 데이트였다고 태평하 게 생각할 때가 아니다. 지금 내가 듣고 있는 건 남편과 전 처가 알콩달콩했다는 이야기가 아닌가!

"지로를 졸졸 따라다닌 게 저기 저 친구였어요. 저 친구 는 지로를 정말 좋아했어요."

"쓸데없는 소리 하지 마."

하지 말라고 말하고 있지만 사실 아무래도 상관없다는 듯 선글라스를 쓴 불사신이 나지막하게 웃었다.

"결혼하고 나는 회사를 세웠고 그게 예상 외로 성공했어 요."

1만 5천 명을 고용하고 국내외 2천 점포를 거느린 일류 기업으로까지 발전했다. 여걸의 호쾌한 진격에는 출발점이 있었다. 그리고 도코나시도 그곳에 있었다. 지금까지 느끼지 않았던 답답한 감정이 마음속에서 솟구치는 것을 느꼈다.

"그리고 난 스물아홉 살 때 아이를 낳았어요. 롤을 알고서요."

히무로 씨의 목소리 톤이 급격하게 떨어졌고 하카와스레 씨도 어딘지 모르게 겸연쩍은 듯한 얼굴을 했다. 나 또한 긴박한 분위기에 휩싸였다.

스물아홉 살 때 아이를 낳았다면 적어도 소년이 40년 가까이 살았다는 게 된다. 어쨌든 아이의 탄생이 축복 말고 다른 느낌으로 다가오다니…….

"첫아이가 1년도 되지 않아 생겨서 나는 신이 났어요. 그로부터 4년간은 정말 행복한 하루하루를 보냈죠."

"4년간인가요?"

나는 흠칫했다. 아이가 만 5세를 맞이할 때까지는 5년의 유예가 있다. 하지만 아이를 출산하려면 최소 10개월 반이 필요하다.

즉.

"4년이 지나도 형제가 생기지 않았어요."

"정확하게는 4년 1개월이지."

히무로 씨의 목소리가 더욱 잠겼다. 불사신이 계속 늘면 인구가 심각하게 증가한다. 그걸 미연에 막기 위해 인간과 불사신 사이에서 주고받은 조약이 있다. 그건 메이지 23년 합의다. 하지만 그 약속을 어기면 어떻게 되는지 나는 아직 듣지 못했다.

"어떻게 되나요?"

"'위험부담'이라고 불리는 사람이 돼. 그리고 데리고 가."

대답은 등 뒤에서 들려왔다. 하카와스레 씨는 히무로 씨를 감싸듯 중요한 부분을 내뱉었다.

"나라에서 데려가는 게 아니야. CK야. 인간 조직이 하면 충돌이 일어나겠지? 그래서 불사신은 불사신끼리 동료의 문제를 대처해."

경계를 게을리 하지 않은 채 하카와스레 씨가 휠체어 옆으로 다가와 목소리를 작게 줄여 말했다.

"'머무는 나무'라는 보호시설이 있어. '위험부담'으로 인정된 4세 아이는 시설에서 거둬들여. 그건 아무도 거부할 수 없어."

그걸 나라에서 허락할 리 없다고 반론하려고 했지만, 히무로 씨의 굳은 표정을 보고 사실임을 알았다. 이 여장부가 아들을 빼앗긴다는 걸 알고도 아무것도 하지 않았을 리 없다. 막강한 힘을 가지고 있어도 어떻게 할 수 없었다는 뜻이다.

"시설에서 거둬들인 아이는 어떻게 되나요?"

"불사화가 정식으로 인정될 때까지는 한 달에 한 번 면회와 주고받는 편지 다섯 번, 그리고 생일에 한해 외박이 허용돼요."

히무로 씨의 목소리는 평소처럼 얼음 같은 음색으로 돌아와 있었다.

"그 이후에는……."

"존재하지 않았던 게 되지."

하카와스레 씨가 다시 대신 대답했다.

존재하지 않았던 것……. 떨어지지 않는 입으로 나는 그 말을 반추했다.

"메이지 23년 합의에서 불사신은 개체수 제안을 받아들여서 존재를 인정받았어. 늘어나는 건 불사신 전체의 과오야. 그래서 존재하지 않았던 게 되어 '머무는 나무' 안에서 생애를 보내게 되지."

"생애라니…… 하지만 그래서는 불사신의 아이는……."

생이라는 말은 불사신과 인간 간의 의미가 서로 완전히 다르다. 인간의 삶은 끝난다. 하지만 불사신의 삶은 영원하다.

보호시설이라는 건 이름뿐 '머무는 나무'는 감옥이다. 불사신이 동족이 저지른 과오를 씻어 없애기 위해 수를 맞추기 위한 수용소다. 그곳에서 평생 나갈 수 없게 되면 그건 끝나지 않는 지옥 같은 게 아닐까.

하카와스레 씨가 입을 다물고 고개를 숙였다.

"그래서 나와 지로는 그 아이에게 원망을 받는 게 당연해요."

맑았던 하늘이 어느새 두꺼운 구름에 뒤덮여 있었다. 내내 병실에 있을 거라고 생각해 일기예보를 제대로 보지 않았다.

나는 휠체어의 레버를 잡아당겨 스토퍼를 걸고 말했다.

"그럼 가요."

머리를 숙이고 있던 히무로 씨가 고개를 들었다. 윤기가 도는 앞머리 아래에 '어디로?' 하는 표정을 짓고 있다는 걸 알았다.

"정해져 있잖아요. 이야기를 하러 말이에요."

"그래도 난 미움받고 있어요. 그리고 이제 속죄할 수단이 없어요."

아, 그런가. 내내 품고 있던 위화감의 정체를 마침내 알아냈다. 나는 처음 이 여성을 만났을 때부터 질투조차 느끼지 않았다. 어째서일까?

다른 세상의 사람이라고 어딘가 생각했던 것이다. 인간으로서의 됨됨이가 근본부터 다르다고, 사는 세계가 완전히 다르다고 생각했다. 하지만 그럴 리가 있겠는가. 나는 자신의 치명적인 생각의 차이를 머릿속에서 수정했다.

"그러니까 내가 나설 자리는 이제……."

그녀의 떨리는 목소리가 내 가슴을 먹먹하게 했다. 히무로 씨도 실수를 저지른다. 히무로 씨도 나약해질 때가 있다. 그런 '당연한 일'을 느끼지 못할 만큼 나는 이 사람과 대등한 입장이 된다는 사실이 두려웠다. 단순한 두 여성으로서 도코나시의 앞에 나란히 서서 비교당하는 게 너무나도 자신이 없어서 두려웠다.

하지만.

"실례를 무릅쓰고 말씀드리지만 아무리 괴로워도 부모 자식 관계는 끊을 수 없지 않을까요? 이야기하기에 너무 늦었다는 건 말도 안 되지 않을까요? 히무로 씨가 말씀하셨죠? 당연한 행복은 소중한 만큼 얻기 힘들다고요."

누구나 평범해지려고 발버둥 친다. 평범한 가정은 어디에도 없다. 자신들만이 특별하다고 믿는 건 분명 노력을 방치하는 것이다.

나는 측면 손잡이를 잡고 일어서서 말했다.

"그런데 이런 곳에서 당사자를 빼고 시간을 소모해도 될까요?"

히무로 씨가 흠칫했다. 나도 조금 말이 심했나 싶어 흠칫한 표정을 지었다.

입을 떡 벌린 두 여성이 구름 긴 하늘 아래에서 마주하고 잠시 서로를 바라보았다. 우르르, 하고 하늘이 울렸다.

"고마워요, 마히루 씨. 결심이 섰어요."

그 한마디가 출발의 신호였다.

6

입원 기간은 아직 사흘 정도 남아 있었지만 퇴원동의서에 서명을 하니 퇴원할 수 있었다. 나는 병원에서 약을 처방받아 클러치 목발을 짚고 병원을 뒤로했다.

"오쿠타마요?"

뒷좌석에 앉은 나는 앞좌석의 머리 받침대를 잡고 물었다.

"네. 오쿠타마라고 나와 있어요."

조수석에 앉은 히무로 씨가 태블릿에 비치는 지도를 확인하고 답했다. 도코나시가 가지고 있는 스마트폰을 추적한 결과 알아낸 위치였다.

"그런데 왜 오쿠타마에 가 있는 거죠?"

자신의 차인 재규어 마크 2의 핸들을 잡은 하카와스레 씨는 잠시 생각에 잠겼다.

"인섬니아의 최근 2주일간의 행동은 대략 파악하고 있어. 녀석은 도야마의 구로베 댐, 도치기의 오야 채석장, 니가타 뱌쿠렌 동굴 등을 답사했어."

"스케일이 큰 시설뿐이란 게 신경이 쓰이네요."

하카와스레 씨가 어깨를 으쓱했다.

"뭘 하려고 하든 난 녀석을 잡아야 해. 제길, 내가 쫓으면 되는 걸 그 녀석이 뛰쳐나가기나 하고."

도코나시는 내 곁에 있기보다 쫓는 것을 택했다. 그만큼 인섬니아가 위험하다고 판단한 것이다. 그리고 그 악의는 진짜였다.

하지만 도코나시는 불사신이다. 잘못돼도 죽지는 않는다. 그래서 어떤 결말을 맞이하든 내 앞에서 사라지는 일은 있을 수 없다.

그럴 것이다……. 머리로는 알고 있지만 어째서인지 술렁이는 가슴이 멎지 않았다.

차로 두 시간 가까이 달렸다. 경사가 심해지고 주변이 완전히 초록으로 둘러싸였을 무렵 내비게이션의 현재 위치를 표시하는 마크와 목적지를 표시하는 마크가 겹쳤다.

우리는 차에서 내려 언덕 위에 서서 콘크리트 건축물을

올려다보았다. 태블릿상의 지도에는 '(주)요르젠 건설'이라는 희미한 글자뿐이었다. 이곳은 대체 무엇을 위한 시설일까.

둔탁한 색깔의 하늘이 다시 소리를 냈다. 마치 당장이라도 천장이 무너져 대량의 물이 쏟아질 조짐인 듯했다. 시설 입구 부근에는 절단되어 벗겨진 펜스의 잔해가 있었다. 그건 명백하게 사람이 뛰어넘은 흔적이었다.

"제길, 일을 엉망진창으로 만들고 있군."

하카와스레 씨는 분노가 치민다는 듯이 말하더니 몸을 낮게 숙이고 시설 안으로 발걸음을 내디뎠고, 우리도 그 뒤를 이었다. 불사신을 선두로 손에 든 태블릿으로 위치 정보를 그때그때 확인하면서 줄을 지어 어둑어둑한 통로를 나아갔다. 그때였다.

쿵!

뱃속을 도려내는 듯한 충격이 발 언저리에서 등줄기를 가로질렀다. 땅울림은 연속으로 세 번 더 울렸고, 천장에서 모래가 부스스 떨어졌다.

"단순한 대화는 아닌 듯하네요."

히무로 씨가 작게 속삭였다.

"말해 둘게. 최악의 경우 난 가차 없이 나올 거야."

늘 초연하던 하카와스레 씨가 진지한 표정으로 말했다.

온화한 도코나시가 싸움에 휘말리다니 지금도 믿을 수 없다. 하지만 동시에 알고 있다. 그가 아랫배에 나무가 박힌 채 맹렬한 불길 속에서 위기에 처한 가족을 업고 나왔던 것을……. 인섬니아를 쫓기 위해 지상 12층의 병실에서 주저하지 않고 뛰어내렸다는 것을…….

페인트칠이 되지 않은 노출된 콘크리트 철골이 뒤엉킨 통로에는 전기가 통하지 않아 조명 기구가 들어와 있지 않았다. 벽에 걸린 시설 안내판에도 정작 지금 필요한 지도는 빠져 있었다. 나아가면 나아갈수록 어두워져서 중간부터 스마트폰 불빛이 필수였다. 요컨대 이 시설은 미완성이었다. 뭔가의 이유로 시공 중지가 된 지 오래된 것이다.

통로를 빠져나가자 마침내 제대로 된 채광이 들어오는 넓은 공간이 나왔다. 그리고 우리는 발걸음을 멈추었다.

"…… 미안하구나."

몹시 울려 퍼지는 도코나시의 목소리에 우리는 순간적으로 벽을 등졌다. 하카와스레 씨가 수신호를 한 후에 땅을 기어가 녹이 슨 거대한 굴삭기 같은 기계에 숨자 우리도 그 동선을 따라서 이동했다.

"뭐가 미안하다는 소리야?"

인섬니아의 목소리 또한 플루트처럼 높게 울려 퍼졌다.

공간의 중앙 부근, 이곳에서 100미터 정도 떨어진 거리에서 불사신 부자는 서로 마주하고 있었다.

"날 만든 게? 아니면 '머무는 나무'로 내쫓은 게?"

인섬니아가 따지는 소리가 울려 퍼졌다. 도코나시는 말문이 막힌 채 우두커니 서 있었다.

"지로, 충분해. 참회는 이제 듣기 질렸어. 이제 행동으로 보여 줘."

문맥을 잘 모르더라도 그게 최후의 말이라는 건 명백했다. 인섬니아는 천천히 공간의 중심을 가리켰다.

그곳에는 구멍이 있었다. 어두워서 잘 보이지 않았지만, 노란색과 검은색의 점선으로 테두리가 쳐진 지름 10미터 정도 되는 육각형 구멍이 있었다. 목소리가 매우 울려 퍼졌던 것은 이 구멍 때문이었다.

눈을 가늘게 뜨고 어디까지 이어져 있는지 내다볼 수조차 없는 지옥의 입구 같은 어둠을 지그시 응시했다. 그리고 인섬니아가 손가락으로 가리키는 의도를 마침내 이해했다. 댐, 채석장, 동굴…… 중요한 것은 크기가 아니었다.

"이곳에는 핵폐기물 최종처리장이 건설될 예정이었어. 지역 주민의 반대가 끈질겨서 시공은 무기한으로 중단된 모양이지만 건물 자체는 완성돼서 이곳에 있지. 잘 들어, 지로. 이 갱도는 지하 300미터까지 뻗어 있어."

도코나시를 응시하는 인섬니아의 얼굴이 괴물처럼 일그

러졌다.

"뛰어내려."

그가 끌어안은 고요한 분노가 내 고막을 때렸다.

중요한 것은 바로…….

깊이다.

불사신이 두려워하는 것은 자연재해다. 가장 두려운 것
은 지진과 동결처럼 꼼짝도 하지 못하고 죽지도 못한 채로
마음이 육체에 계속 붙들려 있는 것이다. 인섬니아가 바라
는 것은 죽이는 것보다 훨씬 잔인한 복수였다.

"만약 아직 아버지다운 행동을 나한테 해 줄 마음이 있
다면 앞으로 '머무는 나무'에서 평생을 보내게 될 나를 그
몸으로 위로해 줘."

핼러윈 날 하카와스레 씨가 "일이 제대로 풀릴 리가 없
다"고 말했다. 그건 하카와스레 씨 나름대로의 다정함이었
다. 부부는 당연한 듯이 사랑하고 아이를 낳아 행복하게 살
지만, 불사신 사회에 당연한 행복이란 주어져 있지 않다.
하카와스레 씨는 나에게 이런 지옥을 보여 주고 싶지 않았
던 것이다.

"아빠, 응?"

인섬니아가 웃었다. 마치 어린아이가 아빠에게 크리스마
스 선물을 조르는 듯한 해맑은 미소로 말이다.

도코나시는 어깨를 떨며 구멍으로 걸어가기 시작했다. 그로부터 5초 정도 나는 숨을 쉬는 것조차 잊었다. 도코나시는 한 걸음, 또 한 걸음, 구멍으로 다가가서 무한의 어둠을 들여다보더니 뒤돌아서 말했다.

"못해."

"뭐라고……?"

인섬니아의 미소에 균열이 일었다.

"못한다고 했어. 나 혼자라면 그 부탁, 들어줬을 거야. 하지만 이번 생의 나는 마히루를 만났어. 그녀는 분명 내가 돌아오기를 기다릴 거야."

나는 거부하는 그를 가슴속으로 되새겼다. 소년은 잠시 무표정으로 허공을 응시한 후 온몸에서 털썩 힘이 빠진 채 괴물의 얼굴을 드러냈다.

"너…… 그렇게 사람을 사랑하면서…… 왜…….."

한 걸음, 도코나시를 향해 내딛기 시작했다. 두 걸음, 세 걸음 나아와서 그는 발을 동동 굴렀다. 이윽고 총성 같은 소리가 울려 퍼지며 건물 전체가 흔들리고 바닥에 금이 갔다. 조금 전의 진동은 이거였구나!

"…… 왜 엄마를 버렸어! 대답해! 이 멍청한 자식아!"

그는 주먹을 쥐고 지면을 걷어찼다. 그 시선은 구멍과 도코나시를 일직선으로 보고 있었다. 30미터 정도 되는 거리는 불사신에게는 있으나 마나 한 거리였다.

나는 숨어 있던 굴삭기에서 일어났다. 반사적으로 한 행동이었다. 그 행동이 무모했다는 것은 모습을 드러내고 나서 깨달았다. 등 뒤에서 부르는 하카와스레 씨의 목소리는 의식 밖에 있었다.

나와 소년의 시선이 뒤엉켰다.

"거기 있었구나!"

도코나시를 향해 일직선으로 나아가던 소년의 몸이 진로를 획 바꾸었다. 그러자 하카와스레 씨가 내 머리 위를 성큼성큼 뛰어 넘어갔다. 하지만 소년은 속도를 늦추지 않고 발 언저리에 있는 무언가를 주워 몸을 틀며 그것을 던졌다. 착지 직전이던 하카와스레 씨의 몸이 주먹 크기의 자갈에 맞아 땅에 내동댕이쳐졌다.

그 순간이었다. 1초 후에 나는, 나를 향해 살기를 띤 소년의 표정과 마주했다. 그곳에 있던 건 반항심으로 불타오르는 아이의 모습이 아니었다. 자해에 가까운 무언가였다.

"……!"

무엇인가가 내 몸을 등 뒤에서 잡아당겼다. 다음으로 본 것은 주먹을 휘두른 채 경직된 인섬니아와 자신의 몸을 방패삼아 막아선 히무로 씨의 등이었다.

인섬니아의 얼굴이 경련했다. 소년의 등 뒤 5미터까지

쫓아온 도코나시 또한 상황을 보고 움직임을 멈추었다.

"우시오."

히무로 씨의 목소리는 두려움을 품고 있지 않았다.

"오랜만이네. 나 기억하니?"

어머니의 목소리를 듣고도 인섬니아는 여전히 주먹을 내리지 않았다. 다만 불과 몇 초 전까지 명확한 악의를 품고 있던 소년의 눈동자가 지금은 마치 나는 안중에도 없다는 듯 이상한 고요함을 가지고 어머니 얼굴을 응시하고 있었다.

"엄마."

"그래. 엄마야."

볼의 경련을 통해 히무로 씨가 웃고 있다는 걸 알았다. 인섬니아의 표정은 경직되어 움직이지 않았다. 하지만 목소리는 살짝 부드러움을 띠고 "보고 싶었어. 전에는 그렇게…… 그렇게 주름이 있지 않았는데"라고 말했다.

"10년 만인가?"라고 묻는 아들에게 히무로 씨는 고개를 천천히 가로저었다.

"아니, 33년 만이야."

33년.

거대하게 축적된 세월에 말이 없었다. 인섬니아 또한 내심 의외라는 얼굴을 하고 자조적인 미소를 지었다. 그는 이미 불사신 시간의 감각으로 살아가고 있었다.

"엄마, 비켜. 난 이 여자를 이 녀석한테서 빼앗고 싶어."

"이 친구는 내 부하 직원이야. 비킬 수 없어."

"엄마는 처음부터 그랬어. 늘 혼자서 책임을 지려고 해."

소년은 자신의 일 역시 그랬다고 눈으로 말하고 있었다.

"우시오, 그건 아니야."

히무로 씨가 단언했다. 그 말에 인섬니아가 인상을 찌푸렸다.

"난 네가 태어나서 정말 행복했어. 그래서 네가 끌려갔을 때 인생이 끝났다고 느꼈어. 먼저 견딜 수 없어진 건 내 쪽이었어."

인섬니아의 눈동자가 커졌다.

"난 내 나약함 때문에 네 아빠랑 관계를 스스로 끊었어. 그와의 추억을, 그 모든 것을 스스로 가슴 속에 파묻었어."

히무로 씨가 먼저 이별을 고했다. 그건 내가 히무로 씨와 처음에 만났을 때 그녀의 입으로 들었던 말이다. 하지만 그 말은 인섬니아의 오래된 신념을 위협하는 잔인한 진실이었다.

"바보 같은 소리 하지 마. 하지만 저 녀석은 얼굴도 비추지 않았어."

"내가 거부했으니까. 네 친권은 지금도 나한테 있어. CK

의 제도상 나와 이혼한 지로한테 면회 권리는 없었어."

아버지에게 버려졌다는 전제가 붕괴되자 소년은 부들부들 떨면서 한 걸음 두 걸음 물러났다.

"왜…… 그런 짓을……."

"그건."

히무로 씨는 입을 한 번 굳게 다물더니 깊게 심호흡을 하고 말했다.

"불임이 내 몸 때문이었으니까. 자궁내막증 때문에 둘째를 가질 수 없었어. 내 쪽의 문제였어."

히무로 씨는 양팔로 자신의 배를 감싸더니 쓸쓸한 듯 고개를 숙였다. 그리고 인섬니아의 등 뒤에 선 도코나시를 찌릿 노려보더니 말을 이어 나갔다.

"하지만 모든 걸 자신의 책임이라고 말하고 싶어 하는 당신도 같은 죄를 짓고 있는 거겠지. 지로."

인섬니아는 고개를 돌려서 그를 보았다. 도코나시는 입을 열려고 했지만 곧바로 한일자로 다물고 히무로 씨와 마주했다.

"당신이 자신 탓이라고 생각했으니 우시오는 당신 탓이라며 증오한 거야. 당신이 불사신이라는 걸 비하해서 그게 우시오를 괜히 더 괴롭게 만들었어. 그래서 우리는 같은 무게의 죄를 지고 있어."

하지만.

히무로 씨는 떨리는 목소리를 간신히 붙잡고 이어 나갔다.

"하지만 우시오, 네 존재는 '책임'이 아니야. 넌 내 '빛'이야."

등 뒤에서 일어나는 소리가 들렸다. 하카와스레 씨가 배를 꿰뚫은 자갈을 치우고 똑바로 서려고 했다.

"괜찮아요. 둘 다 괜찮아요."

히무로 씨의 저지에 하카와스레 씨와 도코나시가 서로 인섬니아로부터 한 걸음씩 물러났다.

그녀는 지면에 뚫린 거대한 구멍을 응시하며 말했다.

"지로를 생매장해서 넌 마음이 없는, 말 그대로 '괴물'이 되고 싶었던 거지?"

인섬니아가 나를 노렸을 때 나는 그에게서 자해 의식을 느꼈다. 인간다운 마음을 포기하기 위해서 그는 자신의 손으로 그의 아버지를 구멍에 빠뜨릴 필요가 있었던 것이다.

히무로 씨가 다정한 말로 소년의 핵심을 지적했다.

"하지만 괴물은 될 수 없어. 그 증거로 넌 일반인이 휘말릴 가능성이 있는 다른 세 후보지를 버리고 인적이 드문 이곳을 선택했으니까. 설령 마히루 씨를 죽이거나 나를 죽인다고 해도 네 마음은 인간 그대로일 거야. 절대 괴물은 될 수 없어."

"제기랄."

사라져가는 화염 같은 욕설과 더불어 인섬니아의 눈동자에 눈물이 글썽였다.

"난 딱히 아무래도 상관없었어. 지로도, 지로의 새로운 여자도……. 난 그냥……."

무릎부터 무너져 내린 인섬니아는 평범한 소년으로 보였다. 울먹이며 그는 말했다.

"엄마랑 둘이 있을 수 있다면 그걸로 좋았어."

"그래, 그러니까……."

히무로 씨도 쪼그리고 앉아 아들의 등에 손을 댔다. 마치 프레스코화의 한 장면처럼 아이를 생각하는 엄마의 동작이었다. 그녀의 일거수일투족에는 조금의 망설임도 없었다.

"앞으로는 나랑 둘이서 살자."

"아가씨, 그런데 그건……."

몸을 내미는 선글라스 낀 남자가 반론의 말을 하려 하자 히무로 씨가 말했다.

"아뇨, 방법은 딱 하나 있을 거예요."

그리고 그녀는 전략을 카랑카랑하게 말했다.

"나도 '머무는 나무'에 갈게요."

7

그날 우리 전원은 한 여성의 각오 덕분에 구원받았다.

히무로 미가고. 화장품 회사 P&N재팬 CEO인 그녀는 인섬니아와 함께 하카와스레 산이 운전하는 헬리콥터를 타고 간토 지방 어딘가에 있다는 '머무는 나무'로 사라졌다.

그녀의 결단이 없었더라면 나는 머지않아 살해당했을 것이다. 도코나시는 깊은 상처를 입었을 것이고, 친구를 상처 입힌 복수로 하카와스레 씨가 인섬니아를 해쳤을 것이다. 연쇄적으로 일어날 괴로움을 그녀는 혼자서 막아냈다.

하지만 그 대가로 사회는 히무로 미가고라는 위대한 여성 리더를 잃었다. 더 이상 주간 여성지에 실리는 일도, TV 프로그램에 출연하는 일도 없을 것이다. 일부에서는 느닷없이 미디어에서 사라진 그녀의 존재를 기묘하게 여겼지만, 대부분 자유롭게 여생을 보내는 자랑스러운 선택일 거라고 선뜻 받아들였다.

놀랄 만한 일은 그녀는 그 결과를 예상했다는 점이다. 그 증거로 대표 이사장 사임 결의는 이미 주주총회에서 통과되어 있었다. 차기 대표 이사장 선출과 계승을 완료한 데다가 자택과 차 등의 자산도 모두 시한적으로 처분하는 구조를 짜두었다.

여장부가 사라졌다. '머무는 나무'에 수용되어 '존재하지 않았던 것'이 되었다. 그건 행동의 자유를 포기하고 정보적으로도, 사회적으로도 완전히 폐쇄된 미니어처 가든 안에서 여생을 보내게 된다는 걸 의미한다. 하지만 뒤집어 보면 사회와의 교류를 단절할 각오만 있으면 '머무는 나무'에 이주하는 것 자체는 그다지 곤란하지 않았다.

나는 집으로 돌아가 불판에 고기를 구웠다. 장거리 달리기로 도코나시의 근육은 보이는 것 이상으로 상처를 입어서 등심과 간, 연골 등을 구워 대량의 수분과 함께 먹었다.

얼마 지나지 않아 뉴스에서 오늘 새벽에 오쿠타마에서 대규모 지반 침하가 일어났다는 소식이 나와 깜짝 놀랐다. 화면에는 진상을 규명하기 위해 지질조사 연구원이 시설로 들어가는 모습이 나왔는데, 그 무리 중에 나루미 씨 같은 사람이 보여서 나는 "아" 하고 소리를 냈다. 그건 CK가 파견한 가짜 조사단이었다.

"저 녀석들은 속이는 것만큼은 잘해."

도코나시가 어깨를 으쓱했다. 동료가 일으킨 문제를 무마하는 건 불사신의 일이지만 CK에는 인간 직원도 많은 듯했다.

식탁을 정리하니 도코나시의 재생이 완전히 끝났다. 나

도 처방받은 약을 챙겨 먹고 나자 평소와 다름없는 밤이 돌아왔다. 우리는 바로 잠이 들었다.

그로부터 석 달이 지났다.

직장으로 복귀한 나는 투명한 화장품 '순 투명' 프로젝트를 실물로 구현해 사내에서의 신뢰와 마카타 아사히의 뜨거운 시선을 받았다. 예전보다 더 중요한 일을 맡게 되었고, 지위도 올라가 실로 탄탄대로의 길을 걷게 됐다. 다만 히무로 씨의 부재는 마음 한편에 계속 남아 있었다.

히무로 씨와 인섬니아 두 사람은 지금 행복할까. 아니 그전에 확실히 살아 있을까. 그건 상상에 맡기는 수밖에 없었다.

하지만 나는 한 가지 확실한 걸 알고 있다. 히무로 미가고라는 여성은 내가 아는 한 누구보다도 만만치 않고 흔들리지 않는 각오를 가진 여성이다. 그녀가 고삐를 쥐지 않는 상황은 있을 리 없다.

방울벌레 우는 소리가 들리는 어느 밤이었다.

베란다에 나와서 시원한 바람을 쐬고 있는데 도코나시가 쟁반에 치즈와 살라미, 와인 잔 2개를 가지고 다가왔다. 잠시 저녁 반주를 즐기며 대수롭지 않은 이야기를 하다가 화제가 넘어가는 틈에 도코나시가 말했다.

"내내 생각했어."

나는 고개를 갸웃거리며 그의 말을 기다렸다.

"내 자기혐오가 우시오를 괴롭게 했다는 히무로 미가고의 말 말이야."

"응."

"그 말이 맞다고 생각해."

도코나시는 와인을 한 모금 마신 후 잔을 놓고 하늘을 올려다보았다.

"난 나를 내내 괴물이라고 생각했어. 불사신이 오싹한 병이라고. 그래서 나를 괴물로 취급하지 않는 널 좋아하게 됐어. 하지만……."

도코나시는 고개를 가로저었다.

"그럼 안 된다고 마침내 깨달았어."

도코나시는 나를 지그시 응시하더니 고개를 끄덕였다. 나를 보는 그 눈에는 이제 망설임이 없었다.

"난 널 사랑하기 위해서 나 자신을 사랑해 볼게. 이번 생을, 이 생명을 자랑스럽게 생각할게."

그의 말이 기뻐서 순간 히무로 씨를 내버려두고 자신만 행복해져도 되는가 하는 생각이 스쳐 지나갔지만, 곧바로 그 생각을 지웠다. 히무로 씨는 히무로 씨의 행복과 마주한 결과 '머무는 나무'에 간다는 선택을 했다. 그러니 나는 나의 행복과 마주해야만 한다.

"너랑 있으면 이게 사랑이구나, 하고 생각하게 돼."

나는 잠시 별을 올려다보고 곁에서 잔에 와인을 따르는 그의 얼굴을 보았다.

"하지만 그렇기에 지금 한껏 행복하게 지내고 싶다고 생각하게 돼. 그래서 고마워."

도코나시가 미소를 지었다.

우리는 그날 아이를 만들기로 정했다.

돌고 도는 생명 1

10가지 규칙

1. 규칙을 지킬 것

2. 성으로 부르지 않을 것

3. 기념일을 축하할 것

4. 과거를 추궁하지 않을 것

5. 병에 걸려도 기도하지 않을 것

6. 하루하루의 잡다한 일을 기록할 것

7. 불사신 나름대로의 사정을 캐지 말 것

8. 하루에 한 접시씩 초절임을 만들 것

9. 아이를 낳지 않거나 둘 이상의 아이를 가질 것

10. 절대 '안녕'이라 말하지 않을 것

1

방은 목소리로 가득 차 있었다. 끊임없이 목에서 쥐어짜져 나오는 단말마 같은 나의 비명이었다.

걷어 올린 옅은 복숭앗빛 수술복 안에서 의사와 조산사가 씨름하고 있었다. 한 사람은 내가 M자로 벌린 양 다리를 붙들고 있고, 다른 한 사람은 이제 막 다 열린 자궁 입구에서 보이는 아기의 머리와 몸통을 들고 조심스럽게 잡아당기고 있었다.

"후…… 후……."

나는 나대로 복부에 느껴지는 통증과 싸우고 있었다. 간호사가 옆에 서서 호흡법을 알려 주었다. 배에 힘을 주는 정확한 방법이 조화를 이루자 몸의 균형을 잡는 데 온 신경이 쏟아져서인지 분만 직전만큼 통증을 느끼지 않게 되었다.

곁에서 지켜보는 남편 또한 고군분투하고 있었다. 병에 걸려도 신에게 빌지 말라는 규칙을 정했던 그는 지금 경건한 성직자처럼 신에게 기도를 올리고 있다. 조금 이상한 그림이 그려진 벽에 기대어 양손을 모으고 그 위에 이마를 올린 채 그 또한 역시 싸우고 있었다.

그리고 무엇보다…… 아기가 싸우고 있다. 10개월 남짓한 여행을 마친 아기가 이 세상에 나오려고 한다. 그 소리

없는 투지에 모두가 고무되어 있다. 이 방에 싸우지 않는 사람은 없었다.

"네! 이제 괜찮아요, 괜찮아요!"

문득 갑자기 하반신에 걸려 있던 압박이 가벼워진 느낌이 들었다. 그리고 안개가 낀 시야 가운데 의사가 양수로 젖은 아기를 끌어안는 게 보였다. 곧 "응애" 하고 울음소리가 터져 나왔다. 그건 10개월간 탯줄로 산소를 공급받던 아기가 폐호흡을 처음 시작한 것을 의미했다. 방을 채우는 목소리의 주인이 바뀌었다.

나는 몸 마디마디에 남은 통증의 찌꺼기를 내뱉듯이 숨을 가다듬고 천천히 심호흡을 했다. 한편 아기는 태어난 기쁨을 곱씹듯이 계속 울었다.

해냈다.

나는 해냈다.

출산이 잘 이루어졌다는 실감과 더불어 아기를 빨리 안아보고 싶다는 강렬한 욕구가 가슴속에 맺히기 시작했다. 나와 도코나시의 아이를 얼른 만져보고 싶었다. 나와 도코나시가 만나 서로 사랑했다는 증거인 그 작은 얼굴을 얼른 보여 줬으면 했다. 빨리 그 심장 소리를 근처에서 들려주었으면 했다. 하지만 아무리 기다려도 간호사가 아기를 내 곁으로 데리고 오지 않았다. 뭔가 이상하다. 방이 한없이 어두워진 것처럼 느껴졌다.

몸을 비틀어서 주변을 둘러보았다. 벽에 기대어 있던 도코나시가 없었다.

응애, 응애, 응애.

아기 목소리가 들린다. 그러니 아직 괜찮다. 만사가 괜찮을 것이다. 마침내 간호사가 나타나 타월에 싸인 아기를 내 앞으로 내밀려고 했다.

하지만 그 타월을 양손으로 받기 전에 두꺼운 팔이 내 시야를 가렸다.

"아쉽군."

고개를 들었다. 번쩍이는 선글라스를 낀 남성이 아기를 받아 들고 말했다.

하카와스레 산이었다. CK에 충성을 맹세한 불사신이 내 아기를 빼앗으려는 것이다.

"너무 안타깝군, 아가씨."

하카와스레 산은 아기를 안은 채 사라져 갔다.

"저기 잠시만요."

나는 이를 악물면서 상체를 일으켜 갈라진 목소리로 힘껏 외쳤다.

"잠시만요. 안 돼요. 데리고 가지 마요."

하카와스레 산의 등이 작아졌다. 나는 손을 뻗었다. 닿을

리 없는 거리인데 손을 뻗었다.

분만실 문이 허무하게 닫혔다.

안 돼!

"헉!"

마치 낭떠러지에서 굴러 떨어진 것처럼 현실 세계의 바
닥으로 굴러 떨어졌다.

꿈이었다. 그것도 너무 실감 나는 꿈이었다.

흐트러진 호흡도 꿈과 같았다. 이제 11월인데 베개가 흠
뻑 젖어 있었고 앞머리는 남김없이 이마에 들러붙어 있었
다. 타이머를 맞춰 놓았던 난방기구는 어느새 꺼져 있었다.
그리고 아랫배에 묘한 감각이 자리 잡았다.

서둘러 충전 중이던 스마트폰을 집어 들었다. 한 시간 반
후로 맞춰 놓았던 알람은 아직 남은 시간 42분을 가리키고
있었다. 그때 아랫배에 차가운 것이 타고 흘렀다.

"호노카!"

나는 자리에서 벌떡 일어나 문을 열어젖혔다. 호노카가
없다. 곁에서 자고 있던 호노카의 모습이 어디에도 없었다.

옅어져 가는 기억 속에 악몽의 생생한 인상이 남아 있었
다. 그건 분명 아이를 빼앗긴 부모의 꿈이었다. 현실과 일

치하는 꿈이라니, 그런 어리석은 일이 있을 리가 없다는 걸 머릿속으로는 알고 있다. 하지만 그렇다면 왜 이렇게 가슴이 고동치는 걸까.

거실 불빛을 투과하는 불투명 창으로 된 문의 손잡이를 밀어서 여는 것과 거의 동시에 소리가 들렸다.

"응애."

요란한 울음소리가 내 고막을 흔들었다. 그러자 호노카를 안아서 어르고 있던 도코나시가 흠칫 놀라며 고개를 돌렸다.

"깨웠어? 귀중한 수면시간인데 미안."

도코나시가 미안한 듯한 얼굴을 했다. 그러자 안도감이 몸을 훑으며 허리부터 몸이 무너져 내리는 것 같았다.

그랬다. 도코나시는 나보다 훨씬 육아에 익숙했다. 그것도 그럴 것이 그는 적어도 에도 시대부터 살아 있었다. 지금처럼 영유아 제품이 발전하지 않은 시대부터 아기와 마주했다. '그는 과거에 대체 얼마나 많은 아이를 낳았을까……?' 하고 괜한 생각을 하려다가 바로 관뒀다. 그런 조사는 시간이 남아돌 때 하도록 하자. 지금의 나한테는 더 중요한 게 있다.

나는 헐떡이면서 달려가 갓 10개월이 된 아이를 받아 안았다. 저번 주에 쟀을 때 이미 8킬로그램 가까이 되어 비틀거리지 않도록 주의가 필요했다.

"호노카……."

딸의 무사한 모습을 보고 안심하자 도코나시가 나와 호노카를 끌어안았다.

"또 악몽 꿨어?"

품속에서 점차 얌전해져 가는 딸아이의 모습과 그 무게를 느끼고 아랫배에 자리한 서늘한 위화감이 가시는 걸 느꼈다.

다시 잠이 든 호노카를 요람에 눕히고 나는 소파에 앉았다. 옆에 앉은 도코나시의 팔이 어깨까지 뻗어 와서 나를 끌어당겼다.

"오늘은 어떤 꿈이었어?"

도코나시가 다정한 목소리로 물었다. 나는 어깨 위에 있던 그의 손을 꼭 잡았다.

"호노카를 낳고 있었어. 분만실에서."

"'태반' 그림이 그려진 기분 나쁜 거기?"

"응. '태반'. 벽에 있었어."

내가 미소를 짓자 도코나시도 표정을 살짝 누그러뜨렸다. 나는 악몽의 내용을 이야기했다. 시간으로는 고작 50분밖에 안 되는 짧은 수면시간 중에 내가 경험하지 않은 출산의 기억이 악몽이 되어 나타났다. 그리고 그 기억은 절망으로 바뀌어 자리 잡았다. 심한 일 아니냐며 불만을 터뜨리려 했지만 악몽을 만들어 낸 건 결국 내 마음이었다.

"홍차 우려 줄게."

"아기한테 카페인은 나쁘니까 관둘래."

내 배를 힐끗 본 도코나시가 일어나서 부엌으로 걸어갔다.

"그래서 디카페인 홍차를 사 뒀어."

나는 아직 평평한 배에 손을 대고 안에서 일어나고 있는 일을 필사적으로 알아내려고 했다. 하지만 아직 고작 4주다. 아기라고 불러도 될지 모를 그것에게 대답이 있을 리 없다.

"자."

도코나시가 쟁반에서 김이 모락모락 나는 머그잔을 나지막한 테이블에 놓더니 무릎을 꿇고 내 배에 귀를 댔다. 그래 봤자 들리는 것은 고작 장의 연동 운동 소리 정도일 텐데 말이다. 그는 잠시 그대로 사랑스럽다는 듯이 귀를 기울였다.

"마히루."

"응?"

"이름은 뭐로 할까?"

"그러게. 남자애라면 소라."

"여자애라면?"

"히카리?"

"히카리라……."

잠시 두 이름을 입안에서 굴리던 그는 고개를 들고 눈치를 살피듯 말했다.

"사랑해. 어떤 시대의 누구보다도."

나도 몇 번인가 그의 머리를 손가락으로 빗겨 주고 같은 말을 했다.

"나도야."

2

어느 날 저녁 무렵 인터폰이 울렸다. 스마트폰에 표시된 '배달까지 앞으로 50분'이라는 표시가 '배달 완료'로 바뀌어 있기에 인터폰 화면을 들여다보았다. 큰 종이봉투를 들고 바람막이를 입은 여성의 모습이 보였다.

"배달 왔습니다."

나는 인터폰을 입체 영상으로 바꾸고 배달원의 모습을 전방위로 확인한 후 문을 열어 주었다. 아파트 보안 강화와 더불어 2년 전에 추가된 3D 스캔 기술을 이용한 입체 카메라 덕분에 삶의 안전도가 훨씬 올라갔다.

어쨌든 배달이 이렇게 빨리 올 줄 몰랐기 때문에 신이 나 배달원에게서 유기농 반찬가게 도시락을 받아 들고 손잡이를 잡았다. 배달원이 돌아가고 문을 닫기까지 얼마 안 되는

짧은 사이, 문틈에 무언가가 쓱 들어와서 문이 닫히는 것을
막았다.

"쉿……."

좁은 틈 사이에 선글라스를 낀 남자가 두툼한 입술에 검
지를 대고 있었다.

하카와스레 산.

억지로 닫으려고 해도 신발이 껴 있었다.

"이제 배달은 안 시키는 편이 낫지 않아?"

하카와스레는 히죽 웃었다. 등장 방법은 여전했다.

"사람 놀라게 하지 마요!"

철판 같은 가슴팍을 치자 그는 하하하 웃더니 거구를 흔
들며 큰 종이봉투를 들이밀었다. 안에는 다량의 기저귀와
분유가 들어 있었다.

"때마침 다 떨어졌는데 센스가 넘치시네요."

찰칵, 찰칵, 찰칵, 카메라 촬영음이 머리 위에서 작은 소
리를 냈다. 현관 앞에서 너무 오래 이야기하고 있으면 AI
리얼 타임 위험 감지 프로그램이 작동해 감시 카메라 동영
상이 관리회사로 송신된다. 그건 불사신과 같이 살고 있는
처지로서는 피하고 싶었다. 나는 하카와스레에게 집 안으
로 들어오라고 말했다.

"비행기."

거실에서는 호노카가 발랄한 목소리를 내며 뛰어다니고 있었다.

"비해앵기, 부우웅."

호노카가 최근에 빠진 것은 여러 가지 탈것을 소개하는 유튜브였다. 화면에 나오는 모형 비행기의 움직임에 맞춰서 양손을 수평으로 뻗어 하늘을 나는 흉내를 내고 있던 호노카는 하카와스레 씨를 발견하더니 발걸음을 멈추고 소리를 냈다.

"엄청 큰 삼촌."

호노카는 다시 양팔을 펼쳐서 하카와스레 씨의 발 언저리로 돌격했다. 쪼그려 앉아 호노카를 끌어안은 하카와스레 씨는 어린 딸의 어깨에 손을 살포시 얹었다.

"이야, 이야, 이야, 내가 아는 호노카는 대체 어디로 간 거지?!"

하카와스레 씨는 진심으로 경탄했다.

"많이 컸네. 이런 상태라면 나보다 커질지도 모르겠군!"

도코나시도 그렇고 하카와스레 씨도 그렇고 왜 불사신 남자들은 이렇게 아이들을 다루는 데 익숙할까. 아이가 따르는 모습에 엄마인 나조차 가끔 질투를 느낄 정도다.

"엄마, 대빵 큰 삼촌."

"하카와스레 삼촌, 따라 해 봐."

"하카 삼촌."

하카 삼촌. 묘하게 웃음보가 터져서(일본어로 하카는 무덤을 뜻한다-옮긴이) 나는 5분 정도 깔깔대며 웃었다.

하카와스레 씨를 새로운 장난감이나 무언가로 생각했는지 멈출 줄 모르는 호노카의 호기심을 억누르기 위해 나는 비밀병기를 가지러 부엌으로 향했다.

"차분히 이야기를 나눌 수가 없네. 잠시 기다려 봐요."

냉동고에서 앙금빵을 꺼내 전자레인지로 데워서 접시에 올렸다. 좋아하는 간식의 등장에 호노카는 얌전해졌다.

"마치 천사의 노랫소리군."

의자에 앉은 하카와스레 씨가 호노카를 바라보면서 말했다. 나도 하카와스레 씨의 곁에 앉아서 컵에 보리차를 따랐다.

"매일 듣고 있으면 그렇지도 않아요. 그래도 세상에서 제일 행복하지만요."

내가 감개무량한 듯 읊조리자 하카와스레 씨는 선글라스 밑에서 눈가를 누그러뜨리고 웃었다. 하지만 히무로 미가고와 인섬니아가 사라진 것, 그 이후 일절 연락이 되지 않는 것, CK가 정한 규칙은 절대적이라는 것⋯⋯ 그 사건들을 마음에 새기고 한시도 잊지 말자고 다짐했다.

"충고하러 왔어요? 둘째가 잘 크고 있는지⋯⋯."

나는 하카와스레 씨를 곁눈질하며 조심스럽게 물었다.
하카와스레 씨는 나를 보지 않은 채 "글쎄"라고 말했다.

"이제 곧 6개월이 돼요."

아직 완만한 아랫배에 손을 대고 말했다. 그 순간 창피함
과 함께 자랑스러움이 솟구치는 걸 느꼈다.

"응. 그 정도는 이쪽도 파악하고 있어."

"그런가. 그렇겠네요."

CK는 불사신과 인간 사이를 중재하기 위해 있다. 그리고
불사신이 인간의 생존을 위협하지 않도록 그들의 존재를
용납받기 위한 최저 조건은 '늘지 않는 것'이다.

가령 이 아이가 무사히 태어난다고 해도 그걸로 걱정거
리가 완전히 사라지는 것은 아니다. 생각하고 싶지 않은 일
이지만 이 아이가 다섯 살을 맞이하기 전에 호노카가 우리
곁에서 사라지게 된다면…… 불사신의 위험부담은 이번엔
이 아이에게 덮치게 된다.

그래서 적어도 앞으로 6년. CK의 감시는 계속된다.

"저기, 아가씨."

하카와스레 씨는 조용히 말하더니 나에게 까만 선글라스
너머로 시선을 보냈다. 그와 어울리지 않는 다정한 목소리
가 조금 무서웠다.

"넌 잘 해내고 있어. 불사신과 사귀는 건 힘든 법이지. 그

노력이 결실을 이루기를 바라고 있어. 하지만 그런데도 어
떻게 할 수 없는 일이 있지."

그러니 마지막까지 바짝 신경 쓰라고 했다.

그 불사신은 저주 같은 격려를 남기고 사라졌다.

3

소중함은 자칫 잃어버리고 난 뒤에 비로소 깨닫기도 한다.

여름은 도코나시가 제일 바쁠 때다. 그날도 아이돌 성우
의 스케줄에 맞춰 헤어스타일을 스타일링하기 위해 사무실
에 머물러 있었다.

도코나시가 없는 밤은 오랜만이었다. 그리고 이렇게나
피폐한 날 또한 오랜만이었다.

나는 잠에서 깨자마자 가벼운 입덧이 덮쳐 와서 냉동해
둔 오니기리를 겨우 구워 담아 호노카를 어린이집으로 보
낸 후 평소보다 한 시간 늦게 출근했다. 오전 중에는 시장
마케팅 자료를 만들고, 오후에는 쇼핑몰에서 열리는 캠페
인에 대해 광고회사와 회의를 할 예정이었다.

정기 회의를 마치자 바로 마카타 아사히가 달려와 서류
에 대한 질문을 던졌다. 나는 자료를 만드는 데 쫓기고 있

어서 다른 사람에게 물으라고 했다. 오전 중에 분주한 일은 그 정도였다.

정오가 지났을 무렵, 광고업체와의 회의가 일단락되자 휴식을 취하기 위해 책상으로 돌아온 나는 고양이 동영상을 보려고 꺼낸 스마트폰을 보고 경악했다. 어린이집에서 전화가 9통이나 와 있었던 것이다. 서둘러 흡연실과 탕비실을 잇는 통로에 기대서 전화를 걸었다.

"겨우 연결됐네요."

어린이집에서는 발신음이 세 번 울리기도 전에 전화를 받고 안도하는 목소리로 말했다. 나는 오히려 불안감이 솟구쳤다. 어린이집 선생님은 조금 머뭇거리더니 말을 이어 나갔다.

"실은 호노카가 정글짐에서 떨어졌어요."

심장이 덜컹 내려앉았다. 나는 곧장 달려갈 기세로 지금 어떻게 됐는지 물었다.

"머리를 박은 곳은 냉찜질을 해서 지금은 혹이 생긴 정도예요. 다만 불안한지 엄마를 내내 찾고 있어서요."

어린이집 선생님은 죄송한 듯 말했다.

"그래서 몇 번이나 전화를 했어요."

"일하는 중에는 스마트폰을 넣어 놓고 있어서요. 저야말로 죄송합니다."

"그러셨어요? 회사에도 몇 번인가 전화를 해서 '전해드리겠습니다'라는 말을 들었는데."

"네……?"

그런 이야기는 여태껏 누구에게도 듣지 못했다. 나는 전화를 받은 사람의 이름을 물었다. 그러자 어린이집 선생님이 마카타라고 답했다. 바로 부장과 상담해서 조퇴 허가를 받은 나는 집으로 돌아가기 전에 마카타를 불러 세웠다.

"왜 안 알려 줬어?"

마카타는 겁에 질린 듯한 표정으로 조심스럽게 답했다.

"집으로 바로 들어가실 것 같아서요."

나는 입을 떡 벌리고 "뭐?" 하고 얼이 나간 목소리를 냈다. 이런 목소리를 낸 건 대학생 때 이후 처음일지도 모른다.

"저는 마히루 선배 말고는 의지할 수 있는 사람이 없어서요……. 서류의 이 부분을 못 물어보게 되면 오늘은 전혀 일의 진척이 없을 거라고 생각했어요."

"그래서 일부러 안 알려 줬다 이거야?"

온몸에 핏기가 가시는 게 느껴졌다. 육아라는 건 가정 내의 사정이며 확실히 회사로 끌어들이면 안 되는 문제다. 하지만 이 후배는 만약 호노카에게 무슨 일이 생겼다면 어떻게 책임을 질 작정이었을까.

"죄송합니다!"

훨씬 뒤쪽에서 들리는 사과에 나는 대답을 하지 않고 차로 뛰어들어 어린이집으로 서둘러 출발했다.

빨간 신호로 멈출 때마다 나는 '마카타에게도 아이가 생긴다면 이런 어처구니없는 생각은 하지 않겠지'라고 생각했다. 또 한편으로 너무 심하게 다그친 건 아닌가 걱정도 했다. 하지만 그런 답답한 마음은 호노카의 모습을 다시 본 순간에 날아가 버렸다. 어리둥절해하는 사랑하는 딸을 끌어안고 나는 딸이 무사하다는 사실에 신에게 감사했다.

호노카를 태우고 돌아가는 도중에 마트에 들러 냉동 앙금빵과 따뜻한 다코야키를 사서 저녁 식사로 먹기로 했다. 그리고 우리는 단둘만의 밤을 보냈고, 잠에 들지 못하고 잠투정하며 칭얼대는 호노카를 겨우 재운 후 침대에 들어갔다. 시계는 3시 30분을 가리키고 있었다.

나는 다사다난했던 하루를 돌아보다가 결국 도코나시의 소중함에 생각이 다다랐다. 작년에 사야와 아이 엄마 친구들의 모임에 참석했는데, 모두가 남편에 대한 불만을 털어놓고 있었다. 나도 이 흐름에 편승해서 도코나시에 대한 불평을 말했다. 기념일을 잊으면 사흘 정도 계속 침울해한다든가 초절임에 잔소리가 심하다든가 말이다.

그 결과는.

젊디젊은 미남에 폭력적이지 않으며 마히루를 소중히 대

해 주고 더군다나 집안일이나 육아를 솔선해서 하는 완벽한 남편에 대해 불평을 부리다니, 욕심이 과하다고 뭇매를 맞았다.

그때는 석연치 않았지만 오늘은 큰 소리로 말할 수 있다. 하루에 하나씩 초절임을 만드는 게 어떻단 말인가. 기념일을 신경 쓰는 게 어떻단 말인가. 우리 남편은 최강이지 않은가!

사야에게 노골적으로 질투를 살 만한 꽃미남인 도코나시의 위대함을 재차 곱씹으면서 녹아내릴 듯이 잠이 들었던 게 새벽 4시 정도였다.

맴, 맴, 매앰…….

아침을 맞이한 것은 요란한 매미 소리였다. 반쯤 열린 커튼으로 비쳐 드는 햇살이 멍하니 뜬 눈을 따끔따끔하게 했다. 꿈의 내용을 조금도 떠올릴 수 없을 정도로 깊은 잠을 잤다.

나는 몸을 일으켜 곁에 설치한 아기 침대를 확인했다. 유아용이라서 호노카의 양 다리가 이미 비어져 나와 있었다. 슬슬 호노카에게 필요 없으려나. 그런 생각을 하면서 일어서는데 갑자기 아랫배에 위화감이 느껴졌다. 그리고 위화감은 바로 둔탁한 통증으로 바뀌었다.

심한 생리통 같은, 그대로는 서는 것조차 힘든 통증이었다. 직후에 뭔가 걸쭉한 것이 몸안에서 흘러내리는 감각이 들었다. 점차 통증보다도 불쾌함이 더해갔다.

하반신을 덮고 있던 이불을 걷어냈다.

"윽."

침대에 피 웅덩이가 있었다. 순간적으로 배에 손을 갖다 댔다. 전에도 부정 출혈은 몇 번인가 있었기 때문에 안정기까지는 수면용 생리대를 늘 사용하고 있었지만, 오늘은 명백하게 양이 많았다. 더구나 이 복통. 무언가 이상한 일이 일어난 게 명확했다. 구급차를 불러야 하나? 잠시 생각한 끝에 도코나시에게 전화를 걸었다. 도코나시는 서둘러 이쪽으로 오겠다고 했다.

병원에도 전화를 걸자 의사는 바로 병원으로 오라고 했고, 다음과 같이 덧붙였다.

"샤워하지 말고 바로 오세요. 배출된 핏덩어리도 가능하면 지참하시고요."

나는 침대에 생긴 피 웅덩이의 피를 지퍼락에 담아 밀봉하고, 더럽혀져도 되는 저렴한 옷으로 갈아입고 도코나시가 운전하는 차를 타고 병원으로 향했다.

산부인과 긴급 외래를 접수한 나는 지퍼락을 건네고 혈액검사와 초음파 검사를 받은 후 의사와 대면했다. 배 속의 아이에게 좋지 않은 일이 일어난 걸까. 그렇다면 그건 얼마나 좋지 않은 일인 걸까. 몸을 사리고 있던 나에게 의사는 안타까운 얼굴로 말했다.

"유산됐습니다."

말이 허공에 울렸다.

유산.

물론 아이를 가지기로 결정한 뒤 조사를 해 뒀다. 임신 후 40퍼센트는 유산을 경험한다고 했고 15퍼센트는 자연 유산에 도달하는 모양이었다.

"조기 유산은 태아 측에 문제가 있는 게 대부분입니다. 모체에는 아무 책임도 없으니 모쪼록 심각하게 생각하지 마세요."

의사의 목소리가 귀를 그대로 통과했다. 도코나시의 팔이 내려와 내 어깨에 놓였다. '아직 괜찮아'라고 말하는 것 같았다. 상처에 바르는 약 같은 다정함이었다.

그 반응들은 모두 내 상상에서 벗어나 있었다. 이상하다고 생각했다. 자신을 둘러싼 모든 것이 자신의 생각과 결정적으로 어긋나 있다.

"사망한 아기와 태반이 아직 체내에 남아 있습니다. 이번 같은 형태는 불완전유산이라고 해서 남아 있는 내용물을 수술로 빼내는 방법과 자연적으로 배출되기를 기다리는 방법이 있고……."

단어가 서로 산산이 흩어져 각각 전혀 다른 것처럼 느껴졌다.

이건 이상하다. 뭔가 어긋나 있다.

곁에 앉은 사랑하는 사람에게 시선으로 도움을 요청했다. 하지만 그 또한 이미 먼 곳의 무언가를 응시하는 듯한 표정을 짓고 있었다. 갓 알게 된 생명을 쉽게 버리고 없었던 것으로 취급했다.

"왜 그러세요?"

"왜라니……."

애매한 대답밖에 할 수 없었다. 그쯤에서 나는 정신이 퍼뜩 들었다.

의사도 도코나시도 그곳에 있는 내가 아닌 모두가 유산을 당연한 듯 받아들이고 있다는 사실이 내 생각과 결정적으로 어긋나 있다.

내가 너무 무겁게 생각하지 않도록 의사와 도코나시가 애써 밝게 대하고 있다는 것은 알고 있다. 하지만 적어도 나라도 기도를 하지 않으면 싹이 나기 시작한 생명이 너무나도 허망하다. 나는 아랫배를 움켜잡고 지금도 어딘가 아프지 않은지 계속해서 묻는 도코나시의 말을 의식 한구석으로 쫓아내고서 잠시 사라져 간 생명에 묵도했다.

마음이 진정되자 나는 그 짧은 시간에 수술로 아이의 '잔해'를 꺼낼지 아니면 자연스럽게 자궁에서 배출되기를 기다릴지 선택해야 했다. 우리는 기다리기를 선택했다. 다음 임신 성공률을 조금이라도 높이기 위해서였다.

빈혈 예방약을 처방받아 흔들리는 차에 몸을 싣고 돌아오는 길이었다. 나는 뒷좌석 어린이 시트에 앉아 있던 호노카의 잠을 방해하지 않도록 애쓰며, 이미 생물이 아닌 것이 들어 있는 평탄한 배를 문지르면서 억누른 소리로 울었다.

귀가 후, 거실에서 축 늘어진 내 눈앞까지 호노카가 걸어와서 잠시 가만히 있기에 무슨 일이냐고 물었다. 호노카의 작은 몸이 경직돼 있었다. 무언가를 자신의 등 뒤에 감추고 있는 것처럼 보였다. 요전번에 사준 웰시코기 인형의 단추가 잘 떨어져서 어차피 또 꿰매 달라고 하는 것일 테다. 그렇게 생각하고 나는 냉담하게 말했다.

"미안. 엄마 좀 피곤해서."

"아니야."

호노카는 고개를 가로젓고 등 뒤에 감추고 있던 것을 내 눈앞에 내밀었다. 그건 개별 포장된 냉동 앙금빵이었다.

"엄마 아파 보여."

호노카는 누운 내 품에 절반은 던지다시피 꽁꽁 언 앙금빵을 내려놓고 내 눈을 큰 눈동자로 들여다보았다.

"주는 거야?"

호노카는 고개를 크게 끄덕이고 웃었다.

"아파 보이니 엄마 줄게."

앙금빵은 호노카가 제일 좋아하는 것이다. 텔레비전에서 본 후 마트에 갈 때마다 늘 사달라고 조른다. 아끼는 앙금빵을 주다니……. 지금까지는 한 번도 없었던 일이다.

나는 갑자기 눈가가 서서히 뜨거워지는 것을 느끼고 이런 모습을 보이고 싶지 않아서 고개를 숙였다. 그러자 호노카의 작은 손이 내 팔을 다정하게 감쌌다.

"미안. 정말 미안."

나는 무심코 딸을 끌어안았다. 그리고 아무것도 모르는 두 살짜리 여자아이의 귓가에 사과했다.

"반드시 널 지킬게. 어디에도 끌려가지 않게 할 거야."

자신의 한심함과 무능력함을 꾸짖듯이 나는 몇 번이고 사과했다.

2개월 후 우리는 아이 계획을 다시 세웠다. 아이를 가진 건 그로부터 2개월 후였다.

하지만 그 아이 또한 유산되었다.

나는 불육증(불임이거나 임신을 하여도 곧 유산을 하는 증상-옮긴이)이라는 진단을 받았다.

4

2027년 7월 7일

마히루

하필이면 칠석에 세 번째 유산을 알게 됐다. 15주 차였다.
완전히 습관이 된 듯했다. 하지만 낙심해서는 안 된다.
자연임신을 포기하고 인공수정도 고려해 보기로 했다.

2027년 11월 5일

마히루

불임 치료로 유명한 병원에 가서 상담을 받았다.
내 쪽에 염색체 이상 징후가 보인다고 했다.
하지만 아직 임신 가능성이 있으니 끈기 있게 치료를 이어
나가기로 했다.

2027년 11월 14일

마히루

오늘 우리 가족은 시치고산(3세, 5세, 7세가 되는 어린이의 성장

을 축하하기 위해 신사나 절에 참배하는 행사-옮긴이) 참배를 하러 갔다.

동네 사진관에서 기념사진을 찍은 후 우리는 근처 신사를 방문하기 위해 전철을 탔다. 우리 말고도 정장을 입은 4인 가족이 있었다.

화기애애하게 이야기하는 부모 사이에 있는 남매를 보았다. 전통 의상을 입은 오빠는 인형처럼 차려입은 여동생을 마치 보디가드처럼 자신의 팔을 이용해 지키고 있었다. 그런 모습을 보고 심란해하는 자신이 한심했다.

오늘은 11월치고는 무척이나 더웠다. 역에서 신사로 이동하는 도중에 언덕으로 접어들자 호노카는 두루마기를 벗고 말았다. 일찌감치 짐이 된 두루마기를 개서 가방에 넣고 한 번 절을 하고 신사 입구를 지나자 도코나시가 말했다.

"원래는 귀족들이 상속자를 위한 축제로 성대하게 열었던 의식인데 일반인에게도 퍼졌어. 옛날에는 아이의 머리에 실로 만든 와타시라가(綿白髮)라는 것을 얹고 장수를 기도했지. 흰머리가 될 때까지 살도록 말이야. 그게 머리 얹기 의식, 시치고산의 기원이야."

맞장구를 치면서 나는 오랜 기억과 재회했다. 그게 언제였더라. 우리가 사귀고 얼마 되지 않았을 무렵이다. 그에게 머리를 염색해 달라고 부탁했던 적이 있다. 미용실에서 염색을 하면 비싼 점심을 세 번 먹는 정도의 값이 들어서 돈이 없던 나는 그의 기술을 이용하지 않을 수 없었다. 하지만 대부분 조르면 들어주던 도코나시가 그것만큼은 거절했다. 그때 그는 이렇게 말했다.

"머리색은 금방 바뀌잖아. 지금은 아직 네 검은 머리가 보고 싶어."

그 후로 꽤 시간이 흐른 것 같다. 하지만 도코나시에게는 얼마 되지 않은 일일까.

나와 도코나시의 인생이 만나고 그곳에 호노카가 태어났다. 나에게는 길고 긴 여정으로 여겨지는 이야기도 그에게는 심심풀이 같은 하나의 막일까.

그럴 리가 없다. 나는 지금이라면 확신을 가지고 말할 수 있다. 자문자답이 어리석게 여겨질 만큼 나는 도코나시를 믿는다. 믿을 수 있다. 그게 얼마나 고마운 일인가. 그가 우리의 시간을 잊어버렸다고는 말하지 못하게 할 테다.

"흰머리?"

아래에서 목소리가 들렸다. 호노카가 의아한 듯 고개를 갸웃거리며 도코나시를 올려다보고 있었다.

"응. 흰머리. 그건 아름다워. 인간만이 가진 특권이지."

"인간은 대단한 것 같아……."

"그렇지. 인간은 대단해."

호노카가 또박또박하는 말에 도코나시가 복창했다.

신사에는 가족 단위의 인파가 많았고 그중에는 당연히 몇 쌍의 형제자매도 있었다. 신전에 서서 두 번 절을 하고 두 번 박수를 치고 한 번 절을 한 뒤 말했다.

"저기, 기리히토."

"왜?"

"우리는 가족이지?"

"그렇지. 왜 그런 당연한 소리를 하고 그래."

도코나시는 흠칫한 얼굴을 했다. 나도 그의 말에 일말의 희망을 보았다.

"그거 대단하지 않아?"

조금씩 줄고 있지만 확실히 가슴속에 희망은 남아 있었다. 그 작은 불씨에 장작을 지피듯이 나는 미소를 한껏 지어 그곳에 있을 신에게 이것 보라는 듯이 보여 주었다.

"나랑 기리히토랑 호노카는 가족이야. 우리는 지금 당연한 듯 가족으로 지내고 있어. 이렇게 대단한 일을 해내고 있어. 그러니 우리는 분명 괜찮을 거야."

스스로 한 말에 가슴속이 확 뜨거워져서 나는 호노카의 손을 세게 잡았다. 꺼져가던 양초에 다시 불이 붙는 듯했다.

"그래. 그 말이 맞아. 괜찮아. 다 잘 될 거야."

도코나시가 메아리치듯 대답했다. 그의 얼굴에 또다시 태양 같은 미소가 돌아와 있었다.

나는 오랜만에 하늘을 올려다보고 돌아갔다.

2028년 1월 20일

마히루

오늘은 호노카의 세 살 생일날이다. 마음먹고 아오야마의 가게에서 케이크를 사 왔다. 도코나시에게 받은 선물을 재빨리 연 호노카는 가지고 싶었던 말하는 테디베어가 나오자 아주 만족하는 모양이었다.

'괜찮아, 다 잘 될 거야'라는 말은 최근 나만의 유행어다.

나는 이 벽을 뛰어넘어 보일 테다.

2028년 4월 30일

마히루

일이 잘 풀리지 않는다.

하지만 아직 시간은 있다. 올해가 마지막이라고 해도 올해 어떻게든 하면 된다.

호노카, 기다리렴. 내일은 좋은 소식을 들으러 오사카까지 다녀올게.

2028년 9월 30일

마히루

오늘은 원격으로 임신을 바라는 여성들의 모임에 참가했다.
결론부터 말하자면 심한 소리를 들었다. '당신은 이미 아이
가 하나 있는데 왜 그렇게까지 둘째를 원하냐?', '아이가 있
는 것만으로도 얼마나 행복한 일인데 왜 모르는 거냐?'라는
질책을 받았다.
그다지 보람찬 시간이 아니었다.

2028년 11월 5일

마히루

나약한 소리는 하지 않을 것이다.
하지만 조금 지쳤다.

2029년 2월 20일

기리히토

하카와스레 산이 찾아왔다.

5

빠져나갈 수 없는 터널에 들어간 것처럼 긴 이명이 이어졌다. 시야는 한없이 새까맸고 이따금 지나가는 빛의 점만이 자신이 살아 있다는 것을 알려 주었다. 머릿속에서 반복되는 것은 2029년 2월 20일 오후 2시 59분이었다. 그 순간까지 나는 마음속 어딘가 이렇게 생각했다.

'그래도 어떻게든 되겠지'라고…….

아니, 더욱 구체적으로 말하자. 정확하게는 '도코나시가 딸을 지켜줄 것'이라고…….

하카와스레 산은 부하인 듯한 두 남녀를 데리고 왔다. 둘 다 슈트 차림에 선글라스를 끼고 있었고, 남자 부하는 아파트 앞에 댄 차에서 기다리고 있었다.

아마 도망칠 수는 있을 것이다. 하지만 나 혼자서는 도저히 무리였다. 나는 당연한 듯 도코나시의 힘을 필요로 하고 있었다. 하지만 현관을 열어준 사람은 다름 아닌 도코나시였다.

"아가씨, 잘 지냈어?"

하카와스레의 질문이 나를 향한 것인지, 호노카를 향한 것인지 구분이 가지 않았다. 그가 지은 미소가 무엇보다 불쾌했다.

"오늘은 언니랑 아이스크림 공장에 가자."

슈트 차림의 여성은 호노카에게 다가갔다. 호노카는 인상을 찡그리고 당장이라도 울음을 터뜨릴 것 같은 소리를 내더니 내 등 뒤에 섰다. 나는 절반은 패닉 상태가 되어 외쳤다.

"부…… 부탁이야, 기다려 줘!"

그리고 다음 순간, 나는 슈트를 차려입은 악마들을 향해 소리를 질렀다.

"인간이 되는 건…… 언제부터야……?"

그 자리에 있던 모두가, 나조차도 어리둥절한 표정으로 근처에 선 사람과 얼굴을 마주하고 있었다. 모두가 내 의도를 그 한마디로는 파악할 수 없었던 것이다.

"그러니까 사람이 되는 건 언제부터냐고."

"어이, 무슨 소리를 하는 거야?"

하카와스레 산이 나지막한 목소리로 물었다. 나는 과호흡을 하듯이 입을 뻐끔거렸다. 맴도는 말을 입안에서 웅얼대다가 말했다.

"이, 임신 22주 이후라면 태아는 이미…… 사람이지?"

마침내 내 의도를 파악한 하카와스레가 순간 아연실색한 표정으로 경련을 일으킨 후 선글라스를 벗고 눈을 크게 떴다.

"인간, 이제 관둬. 불사신한테도 어느 정도 논리는 있다고."

"형제자매와 접하면 되는 거잖아……. 그럼 지금부터 임신해서 호노카가 다섯 살이 되기 전에 돌려받으면 되고!"

등 뒤에서 툭 하는 무게를 느꼈다. 내내 가구처럼 그 자리에서 방관하고 있던 도코나시가 등 뒤에서 나를 끌어안았다.

"마히루, 이제 됐어. 그만하자."

도코나시의 기어들어 가는 듯한 목소리에 나는 흠칫해서 시선을 하카와스레와 그의 부하에게 돌렸다. 두 사람의 괴물을 보는 듯한 시선이 지금도 떠오른다.

길을 잘못 들어서고 있는 나를 도코나시는 그런데도 사랑스럽다는 듯이 끌어안았다. 그의 체온이 나를 현실로 데리고 돌아왔다. 나에게 사람의 정을 다시 불 피워 주었다.

"그럼 호노카, 가자."

슈트 차림의 여성이 호노카의 손을 잡았다.

"호노카는 어떤 아이스크림을 좋아해? 언니는 카페모카를 좋아해."

기다려. 손을 뻗었다. 안 된다. 닿지 않았다.

그럼 안 돼. 한 번 더 손을 뻗었다. 거짓말이다. 닿지 않았다.

틀렸다. 문이 열렸다. 가지 마. 문이 닫혔다.

돌아와. 부탁이니 제발,

날 용서해 줘.

일기3

덴포 5년(1834년)
도코나시 무겐

닛코 가도의 명승지라고도 일컬어지는, 환상적인 삼목 가로수의 약 9리(35킬로미터) 길을 빠져나가면 날벌레가 많이 날아다니는 곳이 나온다.

구름 한 점 없는 하늘은 한없이 맑고 푸르렀다. 금이 쩍쩍 간 논 위로 까마귀에 쪼이는 허수아비와 바짝 말라 버린 지렁이의 흩어진 유해가 보였다. 작년에 발생한 홍수와 냉해로 도호쿠의 무쓰국과 데와국은 기록적인 흉작을 겪었고, 벼농사에만 힘쓰던 센다이 번의 피해는 몹시 컸다. 올봄부터는 가뭄까지 이어져 모내기 시기에도 비가 전혀 오지 않았다. 에도에서는 무장봉기나 파괴 행위가 횡행하고 있다고 한다. 나는 그렇게 무너져가는 막부 성곽도시를 목표로 향했다.

아지랑이가 일렁이는 길을 1리도 나아가기 전에 무명으로 된 속옷과 겉옷 차림의 남자가 길가에 쓰러져 있는 것을 발견하고, 열병에 전염될까 걱정되어 목도리를 끌어 올려 코끝까지 가렸다.

"이보시오."

말을 걸었다. 하지만 대답이 없었다.

"어이, 이보시오."

실례라는 것을 알면서도 나는 지팡이로 그 사람의 배를 두세 번 찌르고 지레의 원리를 이용해 뒤집었다. 넘쳐흐르는 습기와 함께 날벌레가 날아가자 죽은 사람의 일그러진 얼굴이 드러났다. 함몰된 안구를 중심으로 구더기가 솟구치고 있었고, 눈구멍에서는 투명한 액체가 새어 나왔다. 비참한 광경이었지만 이제 익숙해졌다. 그래서 안도감이 가슴을 가로질렀다.

안구에서 새어 나오는 액체는 분해된 뇌가 녹은 것일 테다. 불사신이면 적어도 머리가 썩어서 문드러지는 걸 피할 수 있다. 즉 이 사람은……

"인간이구나. 나무아미타불 관세음보살."

형식적이라고 생각하면서도 나는 염불을 외웠다. 실제로 법의, 그리고 육각형의 두건을 착용하고 있으니 딱히 염불을 외우는 일은 잘못되지 않았지만, 나는 긴 머리를 풀어헤치고 있었다. 아이의 키 정도 되는 크기의 약상자를 짊어지고 있으니 지금 나는 의사로도, 중으로도 보이지 않을 거라고 생각했다.

"법사님."

그런데도 가끔 이렇게 지나가던 사람이 불러 세울 때가 있다. 그럴 때마다 나는 지팡이를 쨍하고 울려서 그럴듯하게 행동하고 있다.

"무슨 일인가요?"

무명옷을 걸친 상인으로 보이는 남자가 물었다.

"법사님. 모쪼록 설법을 들려주십시오."

그런 건 내가 알 바가 아니다.

"기근은 조만간 멈출 테니 견디라고 하십니다."

바라는 대답을 해 주었더니 이 남자는 얼굴을 찡그렸다.

"무슨 하나마나한 소리를 하는 거야. 이 땡중이."

"……"

말을 내뱉듯이 남기고 가버린 남자의 등을 쳐다보며 나는 아무 말 없이 한숨을 깊이 쉬었다. 역시 나한테 설법 능력은 없는 모양이다.

에도의 요쓰야 문에 도착하자 곧바로 참혹한 광경이 눈에 들어와 숨을 삼켰다. 무수한 죽은 이의 시체가 길을 메우고 있었고 송장 썩는 냄새가 도시 전체를 뒤덮었다. 그리고 풍토병을 일으키는 습기와 더위……. 이런 지옥 같은 장소가 막부의 소재지라는 것인가.

소문으로 들은 것 이상의 비참함에 나는 재빨리 약상자를 어깨에서 내리고 목도리를 코까지 덮었다.

지팡이를 굴려서 머리가 부패한 상태를 확인했다. 구더기가 솟구쳤다.

지팡이를 굴려서 머리가 부패한 상태를 확인했다. 구더기가 솟구쳤다.

지팡이를 굴려서 머리가 부패한 정도를 확인했다. 구더기가…… 나오지 않았다.

그 얼굴에는 아직 온전하고 탄력 있는 안구가 있었고 쭈그러든 입이 천천히 움직였다.

"당신이 '배웅인'인가?"

내가 고개를 끄덕이자 이 세상의 모든 고통이 뒤섞인 비장함을 띠고 있던 남자는 안심한 듯이 표정을 누그러뜨렸다.

"다행이야. 다행이야."

불사신인 듯한 그는 나뭇가지처럼 가늘어진 사지는 아무 활력도 없는데 머리만큼은 건강한 사람인 채로 보존되고 있었다. '니시키'가 몸속에서 활동해서 몸통을 희생하여 머리를 계속 살리고 있었던 것이다.

불사신은 죽지 않는다. 다만 '죽지 않을 뿐'이다.

활동에는 인간과 마찬가지로 음식을 필요로 하고, 체내에 영양분이 없으면 사지나 내장은 움직이지 않게 된다. 이 상태가 되었으니 회복할 가망은 없을 것이다.

나는 약상자에서 칼을 꺼냈다. '배웅'은 유능한 한 명의 자식에게만 전승되는 기술이다. 정신력을 크게 소모하기 때문에 하루에 몇 번이나 할 수 있는 일이 아니다. 더구나 원래라면 배웅받는 쪽은 앉은 자세를 하고 뒤통수를 이쪽으로 향하고 있어야 한다. 하지만 지금의 참상에선 그렇게 할 수 없었다.

"그럼 갑니다."

나는 남자의 머리를 무릎에 얹고 적당한 위치를 찾아 칼을 댔다.

"보살님. 정말 감사합니다."

명이 다하는 때는 마치 바람과 같다. 목숨이 무릎 위에서 바람에 날려 사라졌다. 하지만 남자가 남긴 말은 지금도 귓가에 들러붙어 있다.

그 뒤로 나는 때를 놓친 불사신을 발견할 때마다 '배웅'했다. 개인의 차가 있지만 대부분 기쁜 표정을 지어 보였다. 마침내 고통에서 해방되었다고 눈물을 흘리는 자도 있었다. 하지만 나는 그때마다 자신에게 무언가가 결여되어 가는 걸 느꼈다. 보살이라고 불리고 감사를 받는 순간마다 조금씩 괴물에 가까워지는 기분이 들었다. 그러던 어느 날, 13명째 불사신을 발견해서 칼을 갖다 댄 그때였다.

"어이 거기, 거기 두건을 쓴 당신 말이야."

나를 부르는 소리라는 것을 알아차리고 고개를 들었다. 렌즈가 까만 이국적인 둥근 안경을 낀 거구의 남자가 서 있었다. 기묘한 장식도 하고 있고 체격이 일본인과는 명백하게 달라서 외국인인가 생각했다.

"눈을 제대로 보고 말하자는 건가? 미안하게 됐어. 좀 튀는 눈을 하고 있어서."

남자는 까만 안경을 벗어서 검푸른 눈동자를 태양 아래에 드러내 보였다.

"무슨 용건인가?"

나는 칼 가는 손을 쉬지 않은 채 물었다. 송장을 앞에 두고 무엇을 하느냐는 질문을 받으면 이게 이 나라의 애도 방법이라고 말해줄 작정이었다. 하지만 남자는 꺼리지 않고 멸시하지도 않고 그 푸른 눈동자에 심연의 어둠을 띠고 가여운 듯이 말했다.

"당신, 정말 좋은 사람이군. 자신의 손을 더럽히면서까지 동료를 보내 주다니."

그의 말을 통해 같은 종족임을 알게 됐다.

"난 이 나라에 온 지 아직 한 세기도 지나지 않았지만 이렇게 심한 일은 처음이야. 하지만 덴마가 더 심해."

"덴마라면……. 오사카에서 온 건가?"

"응. 그쪽은 벼슬아치의 부패가 심해. 그래서 오시오 헤이하치로라는 관리에게 민심이 모이고 있어. 조만간 큰 다툼이 벌어질 게야."

오시오 헤이하치로. 들은 적이 있다. 마을 봉행소(행정을 담당하는 관공서—옮긴이)에서 일하는 정의로운 사람으로, 부정을 적발하는 데 전력을 다하고 있다고 했다.

사람은 짧은 생애 동안에 부를 축적해야 한다. 하지만 부를 낳기 위해서는 기초 자금이 되는 부가 필요하다. 긴 생애를 거쳐 부를 축적하기 때문에 필연적으로 부를 얻게 되는 불사신과 다르게 사람은 늘 초조해한다. 그래서 나는 그들에게 과오를 탓할 마음은 들지 않았다.

"여기저기 할 것 없이 온통 전쟁이라서 신물이 나려고 해. 무기의 진보는 놀라울 정도야. 조만간 인간은 하늘에서도 혈투를 벌이지 않으려나……. 다만 그들도 이 기근을 만들고 있는 게 불사신의 대량 발생 때문이라고는 조금도 생각지 않겠지."

그렇다.

비난해야 한다면 그건 동족의 과오일 것이다. 무분별하게 '니시키'를 넘겨주어 개체수를 늘린 불사신의 죄다. 그리고 불사신이 초래한 재앙은 불사신의 손으로 진압해야 한다.

"그래서 넌 동족을 주저하지 않고 죽이는 건가?"

나는 머뭇거렸다.

푸른 눈의 생각은 타당하다. 나는 상대가 원하는지 원하지 않는지 개의치 않고 동족을 죽이고 다니고 있다. 그 사실만큼은 변하지 않는다.

남자는 곁에 쪼그리고 앉더니 칼을 빼앗았다.

"뭐 하는 거야?"

"넌 아무래도 너무 다정한 것 같아."

남자는 쓰러져 있는 불사신의 목덜미에 칼을 대고 '배웅'을 행했다.

"너 혼자 이 업을 짊어지게 할 순 없지."

푸른 눈의 남자는 그렇게 말하고 다정한 시선을 한 채 내 곁을 떠나지 않았다. 그게 도코나시 무겐과 푸른 눈의 불사신 생제르맹 하쿠와의 첫 만남이었다.

2029년

돌고 도는 생명 2

10가지 규칙

1. 규칙을 지킬 것

2. 성으로 부르지 않을 것

3. 기념일을 축하할 것

4. 과거를 추궁하지 않을 것

5. 병에 걸려도 기도하지 않을 것

6. 하루하루의 잡다한 일을 기록할 것

7. 불사신 나름대로의 사정을 캐지 말 것

8. 하루에 한 접시씩 초절임을 만들 것

9. 아이를 낳지 않거나 둘 이상의 아이를 가질 것

10. 절대 '안녕'이라 말하지 않을 것

1

"데려 가지 마! 안 돼에에에에!"

몸을 벌떡 일으키다 소파에서 굴러 떨어져 이마를 바닥에 찧었다. 온 피부에 서서히 맺힌 땀의 불쾌함을 실내의 자욱한 습기가 악화시켰다.

벚꽃도 보지 못한 채 정신을 차리고 보니 장마가 찾아왔다. 바깥은 어두웠지만 집 안의 어둠보다는 어느 정도 나았다.

호노카가 이 집에서 사라진 지 벌써 4개월이 지나고 있었다. 고개를 들고 닫힌 커튼을 통해 비쳐 들어오는 어둡고 푸른빛에 눈을 가늘게 떴다. 방에 남은 자신의 카랑카랑한 비명이 여전히 식기 선반의 유리문을 웅웅거리며 흔들고 있는 듯했다. 그 칙칙한 유리를 사이에 두고 건너편에 쌓인 식기가 보여 잠시 멍하니 그걸 바라보고 있는데, 갑자기 무언가가 척추를 가로질러 자리에서 일어났다.

"씨."

한숨처럼 새어 나온 말의 의미를 스스로 생각했다.

씨. 루이치로 씨. 나루미 씨. 하카와스레 씨.

부장. 마케팅부의 모두. 마카타 씨.

회사 동료의 얼굴이 이제 떠오르지 않았다. 다만 곧 유급

휴가가 끝난다는 것만큼은 달력의 빨간 엑스 표시로 알고 있다.

아니다. 그 '씨'가 아니다.

다시 식기 선반을 보았다. 그리고 보고 전율했다.

쌓인 식기 수는 모두 3[일본에서 숫자 3(さん)과 씨(さん)는 발음이 같다-옮긴이]의 배수였다. 밥공기 3개, 작은 접시 6장, 컵 6개, 그라탱용의 깊은 접시 3장, 머그잔 3개, 모닝 플레이트도, 간장 종지도, 라면 그릇도……

거실 의자의 개수도, 침실 베개 수도, 세면대 칫솔 수도 모두 3개다.

나는 식기 선반으로 달려가서 닥치는 대로 내던졌다. 발언저리에 흩어진 도자기 파편이 맨발을 찔러 피가 흘렀다. 그래도 상관없었다.

나는 자책했다. 3이라는 숫자를 가진 모든 것에서 질책받고 있었다. 아니 그러기는커녕 이 집 자체가 나를 규탄하고 참회하기를 요구했다.

"마히루!"

세탁 바구니를 내던진 도코나시가 달려와 내 양팔을 부여잡았다. 하지만 나는 움직이기를 멈추지 않았다.

"관둬. 이거 놔. 무슨 의미가 있어?"

"마히루, 진정해. 진정하라고."

도코나시의 힘이 강하면 강할수록 나는 그에 반발했다.

"당신이 말했잖아. 식사 예절은 중요하니 부모와 세트인 식기를 빨리 마련하자고. 와인 잔까지는 필요 없다고 하니 주스를 따르면 되지 않느냐고 해서 억지로 사게 한 것도 당신이잖아! 전부…… 당신이 그랬잖아……!"

이런 게 무슨 의미가 있냐고 따졌다.

실컷 고함을 지른 나는 도코나시의 품에 기대 울었다. 너무 운 나머지 눈물도 제대로 나오지 않았지만, 울부짖으며 그의 셔츠를 찢을 정도로 잡아당겼다.

"다음 면회는 언제야? 다음 편지가 도착하는 건……? 나, 이제 무리야."

도코나시는 침묵을 삼키더니 내 어깨를 지탱하고 침실로 이동했다. 그리고 침대에 앉힌 후 손을 잡고 조용히 말했다.

"우리 전에 연애할 때 기억나?"

고개를 숙이고 있던 나는 흔들흔들 가로저었다. 도코나시는 내 앞머리를 걷어 올리더니 뺨에 손을 갖다 댔다.

"마히루는 사람의 죽음에 겁을 내고 있었어. 죽지 않는 나는, 죽지 않는 걸로 너를 위할 수 있다고 마음속 어딘가 생각했지."

그러고 보니 그런 일이 있었다. 소꿉친구가 마지막으로

남긴 작위적인 미소를 마치 자신이 행복해져서는 안 된다는 충고라고 믿어 의심치 않을 때가 있었다.

"하지만 아니었어."

도코나시의 목소리는 의외로 맑았다. 내가 예전에 좋아했던 눈동자로 그는 말했다.

"구원받은 건 나였어. 나는 너한테 받기만 했어."

"나는 아무것도 못 줬어. 나는 아이를……."

"아니. 받았어. 난 생명을 받았어."

"생명?"

무심코 되물었다. 그것만큼은 도코나시가 받을 필요가 없는 것 중에 가장 1순위 아닐까. 바닷가 주민을 바다에 데려가는 듯한, 귤 농사를 짓는 사람에게 귤을 선물하는 것과 같은 참으로 얼토당토않은 이야기였다. 영문을 알 수 없던 나는 목소리가 떨렸다.

"당신한테는 이미 있는 거잖아. 난 준 적 없어."

"그런데 받았어."

도코나시가 강하게 말했다.

"당신이랑 사귀기로 결정했던 그날, 이번 생의 나는 살아갈 의미를 찾았어. 그저 하루하루 몸이 나를 살아가게 하는 시간은 끝났어. 난 이제야 진정한 의미로 삶을 살아가기 시작한 거지. 알아? 불사신에게 그건 생명을 받는 거나 마찬가지야."

도코나시는 그런 쑥스러운 이야기를 진지한 얼굴로 하더니, 일어나서 주변을 두리번거리다가 침대 옆에 있던 작은 램프를 들었다. 분명 캐나다 여행 선물로 받은 거다. 그는 램프의 전원 코드를 빼고 전선에서 무언가 작은 덩어리를 꺼내더니 내 눈앞에 보여 주었다.

"CK가 설치했어. 불사신 일가를 감시하기 위해서지."

육면체 형태의 검은 장치에 작은 마이크 같은 것이 보였다. 그는 그것을 으스러뜨렸다.

"도청기는 어차피 하나가 아닐 테지만 이게 선전포고야."

손바닥 안에서 검은 가루가 된 마이크를 창밖으로 던져 버리고 도코나시가 선언했다.

"지금부터 '머무는 나무'에 쳐들어가서 호노카를 빼앗아 올 거야."

나는 잠시 그의 얼굴을 올려다보다 입을 떡 벌렸다. 지금 이 남자가 무슨 소리를 한 거지? 빼앗아 온다고 했나? 왜 이제 와서? 벌써 반년이나 지났는데…….

하고픈 말이 샘처럼 솟구쳤다.

"하지만 그런 짓을 하면 당신은 불사신 무리에서 버림받게 되잖아……?"

"그렇겠지."

"'그렇겠지'가 아냐. 애초에 그게 가능하다면 지금까지 왜 그렇게 하지 않았어?"

"결심이 서지 않았어. 산과, 친구와 싸우는 거니까."

"그럼 왜 이제 와서?"

그는 트레이닝복 주머니에서 갈색 편지 봉투를 꺼내더니 내 눈앞에 치켜들었다. 거기에는 볼펜으로 '10년 후의 나에게'라고 쓴 일그러진 글자가 있었다.

처음에는 뭔지 짐작이 가지 않았다. 하지만 안에 들어 있는 편지를 펼치자 기억과 함께 그때의 기분이 선명하게 되살아났다.

10년 후의 나에게

다키 마히루

10년 후라고 해도 달라질 리 없을 테지만

이러니저러니 해도 잘해 나가고 있을 거라고 생각해요.

존댓말을 쓰는 건 성장했을 나에게 갖추는 예의입니다.

열심히 일하는 전문직 여성까지는 아니더라도 일은 제대로 하고 있기를 바랍니다.

하나 묻고 싶은데 잠버릇은 고쳤나요?

고쳤다면 그건 앞으로의 내가 노력한 덕분이니 정말 감사하길 바랍니다.

그리고 하나만 더.

도코나시와 잘 지내고 있나요?

규칙은 잘 지키고 있나요?

구직 활동은 잘 되고 있나요?

쓰다 보니 아무래도 하나로는 부족하네요!

하지만 기껏 4천 엔이나 지불하는 거니까 이것만큼은 이루 었으면 하는 것에 대해 딱 한 가지만 더 물을게요.

부디 얼굴이 파래지지는 말아줘요. 서른한 살의 나.

'두려워하지 않고 누군가를 제대로 사랑하고 있나요?'

편지를 든 손이 떨리고 코를 훌쩍였다. 가뜩이나 엉망인 글자가 눈물 때문에 점점 일그러져 보였다. 도코나시의 팔이 어느새 등을 두르고 있었다. 힘이 세고 온도가 다정했다.

"마히루, 어떻게 생각해……?"

도코나시가 물었다.

나는 편지를 접어 봉투에 넣은 후 마음속 답을 찾기 시작했다. 이 편지는 반짝반짝 빛나는 과거의 우리로부터 온 도전장이다. 그리고 그 도전에서 나는 이미 이겼다. 10년 전의 내가 가장 두려워하던 것을 이미 훨씬 예전에 뛰어넘었다.

"나…… 당신을 사랑해."

울먹이는 가운데 답을 찾아내자 그 또한 눈물을 흘리며 말했다.

"그래, 마히루. 그렇다니까."

도코나시의 힘찬 긍정에 태풍 같던 마음이 점차 차분해져 갔다. 그때와 지금은 확실히 인생의 색채가 다르다. 나는 누군가를 사랑하는 방법을 안다. 아니 알고 말았다. 그것만큼은 자랑스러운 일이었다.

"넌 달라졌어. 트라우마와 싸워서 이겼어. 대단한 일을 한 거야."

하지만 그뿐만이 아니라며 도코나시는 하던 말을 이어 갔다.

"사람은 변하는 생물이라는 걸 나한테 보여 줬어."

나는 고개를 들고 눈물을 훔쳤다. 명료해진 시야에는 평소처럼 듬직한 남편의 모습이 있었다.

"반년이나 기다리게 해서 미안. 이번에는 내가 너한테 보여 줄 차례야."

"나도 갈래. 방해되겠지만 여기에 있는 것보다는 나아."

막을 거라고 생각했다. 하지만 도코나시는 내 손을 세게 부여잡았다.

"당신이 맨 처음에 나한테 해 준 말을 지금 돌려줄게. 나랑 넌 대등해. 그러니 같이 가자, 마히루."

천둥소리가 아무리 위협해도 우리는 이제 흔들리지 않
았다.

2

차를 몬 지 2시간 반이 지났다. 애원하는 마음으로 다녔
던 한 달에 한 번 있는 면회와는 전혀 다른 의미의, 다른 차
원의 긴장감이 내 몸을 감싸고 있었다.

'머무는 나무'는 도심에서 가깝지도 멀지도 않은 장소에
있었다. 다마코 호수와 세이부엔 유원지를 바라볼 수 있는
산기슭에 위치해, 이것만으로도 자연스럽게 격리 봉쇄하는
효과가 있었다. 겉으로는 다마시 커뮤니케이션센터라고 되
어 있지만 실제는 불사신과 장래에 불사신이 될 가능성을
감추고 있는 인간을 가두기 위한 요새다. 여기에 지금부터
인간과 불사신 부부가 뛰어들려고 한다.

"저기, 기리히토."

고속도로를 타고서 오래 이어지던 침묵을 핸들을 잡은
내가 깼다.

"응."

"승산이 있겠지?"

지금 상황에 물어봤자 의미가 없다는 건 알고 있다. 하지만 조금이라도 그에게 희망적인 말을 듣고 싶었다.

"인간과 불사신은 서로가 조화롭게 살기 위해서 예전에 규칙을 정했어."

인간과 불사신 사이에 주고받은 규칙인 메이지 23년 합의, 불사신의 증가를 막기 위한 법. 도코나시가 '제9의 규칙'을 설정해야만 했던 원인이다.

"그리고 '머무는 나무'는 이른바 규칙을 지키는 곳이야. CK는 불사신 자체 조직이지만 '머무는 나무'는 인간과 불사신이 공동으로 관리하고 있어. 최악의 경우 불사신과 인간 양쪽을 상대하게 되는 거지."

불사신은 인간을 상대로 실력을 행사할 수 없다. 나는 이미 두 번 보았기 때문에 안다. 불사신은 그럴 마음만 먹으면 인간을 간단히 죽일 수 있다. 하지만 만약 인간을 한 명이라도 죽이면 도코나시는 인류의 적, '위험부담'이라는 낙인을 받게 된다. 그렇게 되면 가족 셋이서 사는 미래는 이룰 수 없는 꿈이 된다. 그래서 인간을 상대하는 것만으로 핸디캡이 된다. 하지만 불안 요소는 그뿐만이 아닌 모양이다.

"CK는 평의회 권한을 이용하면 불사신의 병력 '혁귀대'를 움직이게 할 수 있어."

"혁귀대?"

"이이 나오타카의 붉은 갑옷의 발단이 되었던 비밀 부대야."

"어…… 그건 다케다 군단을 말하는 거야?"

예상하지도 못한 곳에서 이어진 역사적 사실에 나는 무심코 목소리를 높였다. 동시에 지난날의 기억이 되살아나 내 뺨은 붉게 물들었다.

"으악, 지금 생각났어. 당신을 만났던 날."

멋쩍은 표정을 감추려고 큰 반응을 보이자 도코나시도 제스처를 요란하게 취했다.

"나도 생각났어. 마히루, 말을 엄청 잘했었지."

"지금 그런 소리 하지 마!"

스무 살의 나는 분명 너무나도 잘생긴 도코나시를 처음 만났을 때 움직임이 어색하긴 했다……. 그런데 시간이 순식간에 흘러 그와 벌써 10년 이상을 함께 보냈다.

내가 왼손을 조수석으로 뻗자 도코나시의 서늘한 손이 포개어졌다.

"만약 혁귀대가 나서는 일이 생기면 분명 나 혼자 힘으로는 감당하지 못할 거야. 그러니 마히루, 이건 시간과의 승부야."

"우리 또 엄청난 일을 저지르려고 하네."

"그러게. 이런 행동을 하는 건 500년 만에 처음이야."

도코나시의 말이 진심이든 아니든 아무래도 상관없었다. 나는 액셀을 밟았다.

'머무는 나무'에 있는 단 하나의 입구에는 작업복 차림의 남자들이 다섯 명 있었다. 겉으로는 허름한 커뮤니케이션 센터이기 때문에 버젓한 경비복을 입은 사람 하나를 제외하고 남은 네 사람은 하늘색 작업복을 걸치고 청소를 하고 있었다.

초목 그늘에서 망원경을 들여다보고 우리는 사람 수와 장비를 확인했다. 대걸레나 집게를 든 경비원도 유심히 관찰해 보니 허리에 무음 전기총을 차고 있었다.

"기리히토, 저기……."

나는 낯익은 얼굴을 발견하고 무심코 소리를 냈다. 루이치로의 아들이자 나와 도코나시를 이어 준 장본인, 불사신의 숙명을 불쌍히 여겨 도코나시의 안위를 걱정하던 나루미 씨였다. 모습을 본 건 인섬니아 소동을 은폐할 때 봤던 뉴스 이후인가. 몇 년 만에 본 그는 머리가 하얗게 세어 있었고, 살이 빠진 몸에는 그전에는 없던 위엄이 깃들어 있었다. 그가 청소복을 입고 무음 전기총을 차고 올지 안 올지 확실치 않은, 전부터 알고 지내던 불사신과의 대결을 대비하고 있었다.

"마히루, 준비 됐어?"

나는 고개를 끄덕였다.

오늘은 7월 8일이다. 도코나시는 계절에 어긋난 코트를 휘날리며 가드레일을 타고 넘었다. 차도를 사이에 두고 앞의 정원수 옆에 서 있던 작업복 입은 남자가 이쪽으로 희번 덕거리며 시선을 보냈다.

"도, 도코나시 기리히토 목격!"

다른 작업복을 입은 사람은 무선으로 이같이 보고하고 전기총을 빼 들었다. 이제 돌이킬 수 없는 일이 되었다.

나는 도코나시를 시야 중심에 두고, 그들의 사각지대로 돌아가 자판기 뒤로 몸을 숨기며 유리문으로 다가갔다.

"정말 오고 말았군요."

엄중한 경계 태세를 취한 경비를 옆에 거느리며 나루미 씨가 천천히 나왔다.

"여길 정면 돌파할 생각인가요?"

"네가 가로막는다면."

도코나시가 코트 깃에 손을 갖다 댔다. 그건 공격 신고와 동시에 작전 실행 신고이기도 했다. 나 또한 일어나 바로 달리기 시작할 태세를 취했다.

나루미 씨는 말했다.

"들어오세요."

"…… 뭐라고?"

"들어오세요. 간부가 기다리십니다."

그때 나와 도코나시는 분명 완전히 같은 표정을 짓고 있었을 것이다. 너무나도 예상 밖의 상황에 그 자리에서 잠시 침묵을 지켰다.

"왜지? 너희는 여기를 지키는 파수꾼이잖아."

도코나시가 묻자마자 나루미 씨가 총을 넣으라고 경비에게 지시를 내렸다.

"무익한 싸움을 피하는 게 저희의 사명입니다. 총을 뺀 건 당신이 될 대로 되라는 식으로 돌진해 올 경우를 대비한 보험이었습니다."

모든 경비원이 무장을 해제하자 도코나시가 눈빛으로 신호를 보내왔다. 나는 자판기 그늘에서 나와 그 이상한 분위기 속으로 조심스럽게 발을 내디뎠다.

'머무는 나무'에 면회를 온 부모는 우선 1층 접수처에서 확인을 받은 후 승강기로 지하 2층까지 내려가 긴 복도를 걸어야 한다. 커뮤니케이션센터로 위장한 것은 지상 부분 뿐으로, 지하로 들어가면 노출된 콘크리트가 보이는 요새 같은 구조가 모습을 드러낸다.

평소라면 형광등이 오렌지색이었을 텐데 지금은 경계 상

황이라 그런지 빨간색으로 변해 있었다. 그러나 그 음산함과는 대조적으로 내부 경비원은 평상시보다 적었다.

앞서 걷던 나루미 씨에게 경계의 기색은 없었다. 하지만 우리의 행동 전부를 수긍하는 분위기는 아니었다.

잠시 걷는 동안에 나루미 씨가 물었다.

"우리가 만약 철저하게 항전을 벌였다면 어떡하려고 했습니까?"

실제로 경비원들의 움직임은 프로 그 자체였다. 우리의 침입을 막으려고 했다면 가능했을 것이다.

"그건……."

도코나시는 잠시 머뭇거리더니 눈으로 나를 확인하고 코트 앞을 열었다. 부풀어 오른 조끼 위에 갈색으로 된 지름 10센티미터 정도 되는 구 형태의 유리병을 가슴과 등에 12개씩, 총 24개를 걸친 몸이 드러났다. 그리고 그것들을 바로 깰 수 있도록 도코나시의 손에는 스위치가 쥐어져 있었다.

"이걸로 협박할 작정이었어."

"그렇군요. '기이 2호'인가요?"

납득이 간다는 듯 나루미 씨가 고개를 끄덕였다. 옛날 일본군이 제조한 기이 2호는 피부에 침투함과 동시에 눈과 호흡기를 상하게 하며 비소를 포함해 치사율이 높은 독가스라고 한다. 어젯밤 도코나시와 함께 만들 때 그에게 설명을 들었다.

"분명 CK 사람이라면 당신이 옛 일본군에 소속되었었다는 걸 아니까 연기에 따라서는 속았을지도 모르죠."

나루미 씨가 엷은 미소를 지은 얼굴로 "가짜죠?" 하고 물었다.

도코나시는 조끼를 벗더니 그걸 힘껏 벽에다 내동댕이쳤다. 하지만 유리병이 깨지는 새된 소리만 울릴 뿐 아무 일도 일어나지 않았다.

정답이었다.

"저기, 나루미. 난……."

"참회라면 모든 게 끝나고 나서 하세요. 그리고 앞으로 무슨 일이 일어나도 시간이 그만큼 남지 않았다는 걸 유의해 주시고요."

"무슨 뜻이야?"

"이건 어디까지나 '머무는 나무'와 당신 사이에서 문제를 조용히 처리하려고 하는 임원의 '조치'라는 겁니다."

통로를 빠져나가자 철문 몇 개가 이어진 큰 공간이 나왔다. 중앙에는 인공 잔디가 깔려 있었는데 카페의 테이블과 벤치는 물론, 백화점에서 볼 수 있을 법한 아이들을 위한 놀이기구가 있었다. 이 공간 전체가 면회실이었다.

안내 역할로 내려온 나루미 씨가 온 길로 돌아가자 나는 방을 응시했다. 호노카의 방 번호는 23이다. 아직 300미터 정도 거리가 있다.

그때였다.

23호실까지의 최단 루트를 찾던 시야에 명백하게 이질적인 존재가 나타났다.

"결국엔 여기까지 온 건가?"

투구의 끈을 졸라매고 검은색 빛을 내는 갑옷을 두르고 큰 칼 2개를 허리에 차고 있었지만 선글라스만큼은 당연한 듯이 쓴 하카와스레 산이 그곳에 있었다.

"산……."

도코나시가 괴로운 목소리로 이름을 불렀다.

갑옷과 투구에 선글라스라는 터무니없는 차림을 한 그는 주변에 호위하는 사람 한 명도 거느리고 있지 않은, 완전히 혼자였다.

"오랜만에 입어봤는데 이렇게 무거웠던가?"

하카와스레 씨는 양손을 펼치고 갑옷과 투구를 과시하더니 몸을 움직여 보였다. 찰캉찰캉하고 갑옷의 접합 부분에서 특유의 소리가 났다. 친구의 행동을 보고 도코나시는 몇 번인가 고개를 끄덕이며 확신을 가지고 물었다.

"이곳으로 안내한 건 너구나."

"일단 친구니까. 너한테 결정적인 질문을 던지는 역할을 하는 사람은 나이고 싶었어."

그는 곧 눈썹을 날카로운 사선으로 만들더니 물었다.

"네가 지금부터 어떻게 될지 알고 있지?"

협박하지도, 위압을 가하지도 않았다. 그건 길에서 벗어나려고 하는 친구를 말리려고 애원하는 물음이었다.

"CK와의 연을 앞으로 완전히 잃게 되겠지."

"그뿐만이 아니잖아. 넌 '위험부담'이라고 불리게 될 거야. 인간의 적이 되겠지."

도코나시에게 이미 들었지만 하카와스레 씨의 입으로 듣는 건 의미가 달랐다. 강렬한 현실감이 해일처럼 밀려와 굳은 결심이 집어삼켜질 듯했다.

불사신은 생각보다 훨씬 강력하게 CK에게 보호받고 있다. 그걸 우리는 진절머리가 날 만큼 알고 있다. CK의 도움이 없으면 우리는 혼인신고조차 할 수 없다. 불사신이 인간 사회에 섞여서 살 수 있는 건 CK의 도움이 있기 때문이다.

그 보호막을 완전히 잃는다는 것. 그건 어찌 되었든 '당연한 일상'이 당연하지 않게 되는 걸 의미한다.

"알아. 하지만 아직 다섯 살도 안 된 딸아이에게 인생을 뺏는 것보다는 나을 거라고 생각해."

요새 같은 잿빛 감옥.

구조만 보면 일본의 교도소보다 훨씬 견고한 불사신 전

용 수용 구역이다. 예전에 인섬니아가 휘두른 힘을 생각하면 경비는 너무 약하다.

인간의 성격은 유아기의 경험에 크게 좌우된다. 그 당연한 것이 불사신에게 얼마나 통할지는 확실하지 않지만, 호노카가 외로울 거라는 점은 명확했다.

하카와스레 씨가 어처구니없다는 듯 한숨을 쉬었다.

"넌 정말 특이한 녀석이야, 기리히토. 아니, 그때는 무겐이라고 이름을 댔지."

"산, 그러는 넌 생제르맹이라고 이름을 댔잖아."

마치 어린 시절의 별명을 부르는 듯한 두 사람만의 대화가 오갔다. 하카와스레는 향수에 젖어 "그리운 이름이군"이라고 말했다.

"넌 정말 이상한 녀석이야. 오래 살게 되면 보통은 과거에 얽매이지. 그런데 넌 우리랑 달리 그때 막부 측에 서지 않았어."

막부와 도코나시가 관계되는 거라면 생각나는 게 한 가지 있었다. 바로 무진 전쟁(1868년부터 1869년에 걸쳐 벌어진 일본의 내전-옮긴이)이다.

막부군과 사쓰마·초슈 연합군이 대정봉환(에도 막부 시대 말기인 1867년 10월 14일, 막부의 쇼군 도쿠가와 요시노부가 천황에게 국가통치권을 돌려준 사건-옮긴이)이라는 이름으로 싸워서 메이지유신의 흐름을 낳은, 일본의 근대화로 향한 첫걸음이라고 일컬어지는 정변이다. 무인이 통치하는 국가였던 일본이 다시 천황을 지도자로 모시게 된 싸움으로, 막부 측에 서지 않았다는 건 도코나시가 사카모토 료마나 사이고 다카모리 진영에 섰다는 뜻이다. 그 이야기 또한 방대한 책장 어딘가에 일기로 잠들어 있을까.

"난 프랑스 혁명을 가까이에서 보고 내심 두려웠어. 변화해 가는 인간의 세계가 말이지……. 그래서 4세기 가까이 정변이 일어나지 않던 안정된 나라를 찾아 왔는데 결국 또 전쟁에 휘말리고 말았지."

하카와스레는 어깨를 으쓱했다.

불사신은 한때 병기였다. 덴포 기근의 원인인 불사신의 이상 증가를 막부가 알고 있었다면, 정부가 불사신의 존재를 인지하고 있었다는 뜻이다.

죽지 않는 병사. 이렇게 유용한 인재를 싸우지 않게 했을 리가 없다. 그런데도 막부 측은 패배했다.

무진 전쟁은 일본사에서 칼과 갑옷과 투구가 주전력으로 사용된 최후의 전쟁이라고 일컬어진다. 이후 칼을 사용한 전쟁은 사쓰마·초슈 연합군이 해외에서 들인 근대 병기로 대체되어 역사의 무대에서 모습을 감추었다. 모든 것은 길고 긴 역사의 소용돌이 속 한 페이지다. 불사신의 신체 능력도 지금은 근대화되어 전쟁에서 거의 유효성을 잃었다.

"이봐, 기리히토. 넌 세상이 변하는 게 두렵지 않았어?"

"글쎄. 그때의 나한테 물어봐."

도코나시는 냉담하게 고개를 내저었다.

나는 그 순간 '무언가 중대한 사실'을 깨달았다. 그의 동작, 표정, 음색 모두 계속 기억에 남을 정도로……. 하지만 당시 나는 그저 대치하는 두 사람을 지켜보는 것만으로도 벅찼다.

하카와스레 씨는 도코나시의 대답에 만족한 듯했다.

"난 그런 널 상당히 좋아했어."

그는 큰 칼 한 자루를 허리에서 빼내더니 도코나시 쪽으로 던져서 건넸다. 그리고 자신 또한 칼을 칼집에서 빼냈다.

"그때는 너희가 기관총을 사용해서 졌지. 이번에는 정정당당하게 승부를 보자고."

분한 마음 반, 그리운 마음 반이 뒤섞인 표정으로 하카와스레 씨가 말했다.

"이게 '결정적인 물음'이야? 어째서 싸워야 하지?"

"입장상 그래. 그건 어쩔 수 없어."

하카와스레 씨는 어깨를 으쓱하더니 껄껄 웃고 나를 힐끗 보았다.

기묘했다. 그는 지금 적인데 그의 시선에서 다정함을 느낄 수 있는 건, 안심하고 지켜보라고 말하는 것처럼 보인 것은 왜일까.

"간다!"

소리와 함께 불사신들은 짐승 소리를 냈다.

3

산의 몸이 바람을 가르고 나를 향해 돌진했다.

몸 위쪽.

검술은 경신명지류(鏡新明智流)를 기초로 한 듯하나, 불사신은 아무래도 방대한 경험을 쌓은 덕분인지 독자적인 느낌이 더해진 프리스타일이었다. 사실 그 점에선 나도 남의 말을 할 처지가 아니다.

체중을 실은 묵직한 일격을 날렸다. 검이 흔들리며 쨍 소리를 냈다. 곧 중심이 무너져 바깥으로 공격을 받아넘겼다. 휘어지는 검을 자루를 강하게 쥐고 제어했다.

"정말 날 죽일 생각이야?"

그가 물었다. 그건 단순한 공기의 진동이었지만 어떤 화살보다도 심장을 손쉽게 꿰뚫었다.

"'파트너'인 나를……"

"그러고 싶지 않아. 그러니 비켜줘, 산."

아래에서부터 가르고 들어오는 검을 신음하며 피했지만, 앞머리에 조금 닿아 머리카락이 검은 가루가 되어 팔랑팔랑 흩날리며 떨어졌다. 곧 몸을 접어서 상대에 닿던 신체를 작고 좁게 만들었다.

"그러니까 그건 무리라잖아, 이 멍청아!"

산의 목소리가 울려 퍼졌다. 지금까지 몇 번이나 나를 꾸짖어 주던 절친한 벗의 외침이었다.

핼러윈 날, 그가 마히루에게 무언가 싫은 소리를 했다는 걸 나는 알고 있다. 분명 심한 말이었을 것이다. 마히루의 모습이 이상해서 바로 알았다. 하지만 원망하지 않았다. 그는 내가 하지 못한 말을 대신해서 한 것일 테다. 그는 내가 불사신으로서 가진 양심이자 이론 그 자체다.

"제멋대로 구는 널 허용하면 CK의 권위가 떨어져! CK가 타락하면 불사신 전체가 위험에 노출된다고!"

곧이어 변칙적인 방향으로 검이 날아왔다. 트레이드마크인 선글라스가 눈언저리를 보이지 않게 해주어 공격이 어느 방향에서 날아올지 의도를 감추는 역할을 하고 있었다.

"그때는 동족을 구한 주제에 왜 지금은 그렇게 하지 않는 거야?"

덴포 5년. 거부하는 내 의견은 조금도 듣지 않은 채 산은

'배웅'을 도왔다. 몇 사람의 동족을 더불어 보냈다. 얼마나 많은 업을 같이 짊어졌단 말인가.

하지만 그런 벗도 무진 전쟁에서는 적이 되었다. 그는 프랑스에서 온 몸이다. 신세를 진 막부에게 등을 돌릴 순 없었다. 한편 나는 정체된 막부의 방식이 지긋지긋했다.

그는 늘 약속을 지키는 쪽이었다. 그리고 나는 늘 약속을 깨는 쪽이었다.

맹공이 펼쳐졌다.

그의 공격은 늘 정공법이었다. 이게 책임을 짊어진 인간이 가진 기백이라고 나는 쭉 그렇게 생각했다.

"하지만 사람을 사랑한 불사신은 어떻게 되는 거지? 불사신을 사랑한 사람은 어떻게 되냐고! 아이를 둘 이상 낳지 못한 게 죄라고 할 수 있어?"

감정이 평행선을 이루고 있다. 아니, 어쩌면 꼬여 있을 뿐이라는 걸 알고 있다. 같은 거리에 있지만 도저히 이야기를 나눌 수 없었다. 그가 신봉하는 건 종족의 가치관이고 내가 목숨을 바치는 건 개인의 바람이기 때문이다.

그 사실은 처음부터 알고 있다. …… 알고 있지만 말이다.

"그런 규칙은 말도 안 돼!"

반론했다.

갑옷과 투구를 걸쳐 둔해진 움직임을 틈타 나는 그를 사각으로 몰아넣으려 애썼다. 불사신에게 칼싸움이란 무엇인가. 그것은 상대의 육체를 베어 작게 만들어 가는 거나 마찬가지다.

지켜야 하는 건 목과 사지다. 몸통을 베는 것만으론 부족하다. 그저 불사신의 피부를 가르는 것으로는 크게 해를 입힐 수 없다. 나는 이미 등을 두 번, 가슴을 한 번 베였지만 피부와 점막을 덮으면 피가 새는 것도 막을 수 있다.

활활 타오르는 기억이 되살아났다. 상대를 격멸하라고. 모두를 파괴하라고.

난폭하게 떠오르는 과거를 억눌렀다.

"너 같은 친구를 둔 내가 얼마나 버거운지 넌 상상한 적도 없겠지!"

하카와스레 산. 규칙의 파수꾼. 그의 사고방식은 심리와 연결되어 있다. 겉으로는 형태를 파괴하는 것처럼 보이지만 사실 그의 싸움은 리듬이 있고 명확한 규칙성을 따르고 있었다.

산의 검법은 시간이 갈수록 읽을 수 있게 되었다. 앞으로 내가 하려고 하는 것을 생각할 때 그건 큰 기회였다.

불사신을 베는 것은 '배웅'이라고 불리는 특수기능이 필요하다. 하지만 남겨진 고통이나 후처리의 버거움을 고려한다면 단순히 머리를 베는 것만으로는 부족하다. 책임감이 강한 산이라면 내가 쳐들어온다는 것을 알고 대기하고 있을 거라는 것 정도는 이미 알고 있었다. 그리고 산이라면 일대일 대결을 바랄 거라는 사실도 말이다.

대부분의 조각이 모였다. 목적은 아주 가까이에 있다. 남은 건 이제 어떻게 그의 검을 내 목덜미로 유인하는지다.

"이런 녀석이라서 미안하게 됐어!"

나의 행위가, 긍지 높은 불사신끼리의 결투가 자해로 보여서는 안 된다. 모두가 납득할 수 있는 유일한 결론…….

내가 처절히 싸우다 죽었다는 사실이 산이 호노카를 해방시키는 결과를 불러올 것이다. 벗의 마음을 이용하다니 비겁한 방법일까. 하지만 달리 방법이 없다.

나는 일부러 틈이 생기도록 검을 크게 휘둘렀다. 예상대로 거의 수평으로 산의 검이 뚫고 들어왔다.

그의 검이 내 경동맥을 끊을 수 있도록, 오른쪽 목덜미로 들어가 왼쪽으로 빠져나오는 아름다운 궤적이 그려지도록 움직임을 이끌었다. 하지만 그 순간, 마히루의 얼굴이 곁눈질로 보였다.

나를 믿어 의심치 않는 순진무구한 신뢰가 그곳에 있었다.

그때 나는 이게 최악의 수라는 사실을 깨달았다.

다가오는 칼끝.

나는 내렸던 검을 다시 휘두르려 했지만 닿을 만한 거리가 아니었다. 일부러 비워 놓은 목이다. 늦지 않았다고 해도 막을 틈은 이제 없었다.

미안, 마히루.

그렇게 마음속으로 읊조린 순간 산의 검이 내 목 앞에서 딱 멈추었다. 나는 순간적으로 검을 휘둘러 산의 검을 튕겨 냈고, 그대로 그를 덮치며 외쳤다.

"산, 너 이 자식!"

거친 숨이 교대로 새어 나와 서로의 얼굴에 걸쳐졌다. 나는 코끝을 타고 내려오는 땀을 개의치 않고 선글라스 사무라이에게 호통을 쳤다.

"왜 거기서 멈춘 거야! 넌 날 죽일 수 있었잖아!"

자신의 이런 얼빠진 소리가 마히루에게 들린다고 생각하자 창피해서 얼굴에서 불이 날 듯했다. 하지만 어떤 수치심보다도 지금은 절친에 대한 의문이 먼저였다.

"기리히토. 넌 알잖아."

"아직 아무것도 몰라. 이 선글라스 때문에 감정 따위 보이지 않으니까!"

산의 선글라스를 벗겨 냈다.

나는 숨을 멈추었다. 본 적 없던 온화한 눈이었다.

"난 네 각오를 확인하고 싶었을 뿐이야."

"이건 결투가 아니었어?"

"아니라니까!"

"그럼 뭐란 말이야!"

힘을 가해도 아무 반응이 없는 공허한 문답 끝에 산은 그의 진정한 바람을 말했다.

"네가 '배웅'하는 거야. 오늘 나를."

4

"손님, 이 정도 길이 괜찮으세요?"

"네, 괜찮아요."

"혹시 불편하신 부분 있으시면 말씀하세요."

"네, 잘 부탁합니다."

어느새 도코나시가 내 머리를 잘라 주고 있다.

가위가 서걱서걱 움직이자 무릎으로 까만 머리카락이 떨어지는 게 보였다. 그때마다 나는 내가 살아온 시간이 몸에서 분리돼 발 언저리로 떨어져 가는 것을 느끼고 있었다.

"저기, 마히루. 머리는 생명의 상징이야."

"시간의 상징이라고도 말하려고 했지? 그거 몇 번이나 들어서 외웠어."

"미안. 몇 번이나 말해서."

도코나시가 진심으로 미안해해서 나는 살짝 웃었다.

머리카락은 생명의 상징으로 살아 있다는 증명이며 가미유이는 그것을 끊어 내는 일이라고 도코나시는 말했다. 평소 모습은 젊디젊은 그가 같은 말을 반복하는 점이 할아버지 같아서 귀여웠다.

격렬한 사투 후였지만 추억이 떠올랐다. 취조실 같은 아담한 방에 네 사람이 모였다. 한 사람은 갑옷 차림을 한 하카와스레 산으로, 그는 어린이용 나무 의자에 앉아 있었다. 또 한 사람은 도코나시로, 앉아 있는 하카와스레 씨의 뒤에 가만히 서 있었다. 또 한 사람은 나루미 씨로, 벽에 등을 기댄 채 CK평의회에 보낼 보고서를 쓰기 위해 두 사람의 일거수일투족을 지켜보고 있었다.

그리고 마지막 한 사람인 나는 두 불사신의 결단을 지켜보기 위해 이곳에 있다.

"산."

싸움을 끝낸 후 전혀 말을 섞지 않았던 두 사람이 대화를 시작했다. 그건 도코나시의 질문으로 시작됐다.

"한 가지 가르쳐 줄래?"

"뭔데?"

"넌 내내 바라고 있었어? 죽기 위해 내 친구가 된 거야?"

칼을 들고 있던 도코나시가 잠시 손을 멈추고 나지막한 목소리로 물었다. 대답은 침묵이었다.

도코나시는 의자 등받이를 잡고 하카와스레 씨의 몸을 흔들었다.

"그건 이상한 거잖아."

"기리히토, 이게 우리 삶의 방식이잖아. 이게 정상이야."

"뭐가 정상이야! 친구한테 살해당하는 게?"

"죽는 의미를 찾는 거 말이야."

하카와스레 씨는 그렇게 단언하더니 나를 쳐다보았다. 선글라스 없이 그의 눈동자를 보는 건 이게 몇 번째일까.

도코나시와는 다른, 고요한 푸른 화염이 그의 눈 안에서 일렁였다.

"아가씨, 인간은 죽음을 어떻게 느끼고 있어?"

하카와스레 씨의 질문에 나는 고개를 갸웃거렸다. 죽음은 두렵지만 언젠가 반드시 찾아오는 법이다. 그래서 우리는 죽음을 다양한 이야기로 비유해서 어떻게든 배우려고 하는 거라고 본다.

"인간에 따라서 죽음은 갑작스럽게 찾아오는 폭풍이거나 언젠가 돌아오는 인생의 겨울이겠지. 하지만 우리한테 죽음은 그렇지 않아. 선택하지 않으면 평생 찾아오지 않는 화려한 무대 같은 거야."

그리고 덧붙였다.

"나는 오늘 근사한 무대에 서는 거야."

하카와스레 씨는 만족스럽게 웃었다.

"그래서 나한테 '배웅하게' 하는 건가?"

"물었잖아. 날 죽일 수 있냐고."

하카와스레 씨의 선택은 무척이나 심플했다. 단순한 덧셈과 뺄셈의 문제. 생명의 수가 한정돼 있다면 늘어난 만큼 줄이면 된다.

죽음과 삶은 어떤 세계든 세트다. 인간의 탄생을 축하하는 건 노쇠와 병과 사고로 인해 인간이 죽기 때문이다. 절망 때문에 축복이 있다. 불사신은 그런 순환의 바깥에 있다고 나는 오랫동안 착각하고 있었다.

하지만 틀렸다. 불사신에게도 생명의 순환은 있다. 그게 신의 의지에 따라 행해지는지 불사신 자신의 선택에 따라 행해지는지의 차이일 뿐이었다.

"이게 불사신에게는 생명의 순환이야. 줄지 않으면 늘 수 없어. 그리고 네가 생명을 이어 나간 덕분에 나는 마침내 의미가 있는 죽음을 찾을 수 있는 거지."

방은 고요해졌다. 더 이상 나눌 말이 필요 없었다.

도코나시는 고개를 들고 각오를 다진 듯 입을 다물더니

칼을 하카와스레의 목덜미에 갖다 댔다.

머리를 자른다는 건 생명의 연속을 단절하는 것을 상징한다. 그리고 가미유이에서 일할 때 서는 위치는 기묘하게도 불사신의 생명을 끊는 '배웅' 의식을 행할 때의 위치와 매우 닮았다.

그건 우연일까, 아니면 필연일까.

"만났을 때부터 언젠가 네가 날 목표 지점에 데리고 가 줄 거라고 생각했어. 그건 정답이었지. 넌 확실히 생명의 테두리 안에 있어. 널 만난 건 내 인생 최대의 행운이야."

"……"

도코나시는 무언가 말하려던 입을 억지로 닫고 잠자코 있었다.

"그리고 둘에게 말하려다가 잊었는데 결혼, 그리고 출산 모두 축하해. 난 진심으로 너희를 축복해."

하카와스레 씨는 나와 도코나시를 힐끗 본 후 어색하게 미소를 지었다. 처음부터 이게 이 사람의 진짜 본심이었다.

하지만 그는 도코나시가 걱정이었다. 불안해서 참을 수 없었다. 나라는, 인간이라고 하는…… 그들에게 있어서 '이상'한 존재와 잘해 나갈 수 있을지 없을지, 상처를 받지 않을지 진심으로 걱정했다. 내 친구 오가와 사야가 나를 염려했던 것과 마찬가지로 말이다.

그들이 느끼던 불안은 내가 느끼고 있던 것보다 어쩌면 훨씬 클지도 모른다. 그리고 어쩌면 불사신은 무척이나 섬세한 종족일지도 모른다.

"그리고 아가씨."

하카와스레 씨는 이번에는 나에게만 시선을 보내더니 "아니, 마히루 씨"라고 일부러 고쳐 말했다.

"이 외로움쟁이 바보를 잘 부탁해요."

나는 떨리는 입술을 깨물고 새어 나오는 눈물을 참으면서 지금만큼은 그를 불안하게 만들지 않도록 애써 성실히 답했다.

"네. 맡겨 주세요."

하카와스레 산이 천천히 눈을 감았다.

"자, 친구, 잘 지내라고."

도코나시와 눈이 마주쳤다. 그 또한 순간 눈을 감았다.

인간을 사랑하는, 생명의 테두리 안에 선 희귀한 불사신. 그의 눈에서 흘러내리는 물방울은 살포시 뺨을 타고 내려가 발 언저리에 떨어져 갔다.

이윽고 눈을 떴을 때 도코나시의 눈동자에는 활활 타오르는 화염이 깃들어 있었다.

살포시 내려친 날카로운 칼날이 목덜미 안에 녹아 갔다.

도코나시는 오랜 벗을 그렇게 보내 주었다.

2041년

얕은 여울과 대나무 숲

10가지 규칙

1. 규칙을 지킬 것

2. 성으로 부르지 않을 것

3. 기념일을 축하할 것

4. 과거를 추궁하지 않을 것

5. 병에 걸려도 기도하지 않을 것

6. 하루하루의 잡다한 일을 기록할 것

7. 불사신 나름대로의 사정을 캐지 말 것

8. 하루에 한 접시씩 초절임을 만들 것

9. 아이를 낳지 않거나 둘 이상의 아이를 가질 것

10. 절대 '안녕'이라 말하지 않을 것

1

바람이 기분 좋은 봄이었다.

우리는 와카야마현 고야산에서 녹음으로 둘러싸인 돌층계를 걷고 있었다. 나와 내 곁을 걷고 있는 도코나시의 보폭은 이미 익숙해져 완전히 일치하지만, 우리 앞을 걷는 호노카는 그렇지 않다.

발랄한 걸음걸이로 성큼성큼 앞서 나아가는 모습은 보고 있기만 해도 어딘가 기분 좋았다. 하지만 이따금 그 걸음이 위험하다고 생각될 때도 있다.

예를 들어 저번 주에는 우리에게 상담도 하지 않고 다네가섬에서 개최하는 중고등학생 대상 우주 세미나에 참가한다고 선언한 것이다. 더구나 모레부터였다.

와카야마에 방문하는 것도 원래는 3주 후로 예정되어 있던 것을 호노카의 선언에 맞춰 급하게 일정을 당겼다. 다행히 도코나시의 일은 지금 비수기이고, 나도 회사에서 어느 정도 위치에 있다 보니 원격으로 지시를 내릴 수 있어서 다행이었다. 아무튼 호노카의 방식은 조금 지나치게 돌발적이었다.

"정말이지 누굴 닮았는지, 원……."

"누구인지 난 알 것 같은데."

내 질문에 도코나시가 답했다.

하여튼 간에.

태평하게 말하는 동안 그녀는 눈 깜짝할 사이에 거리를 벌리고 말아 쫓아가기 위해 종종걸음으로 걸어야 했다. 숨을 헐떡이는 내 등에 손을 대고 도코나시가 조금 걱정스러운 듯이 들여다보았다. 나는 등에 두른 손을 살포시 떼어내고 그의 코에 검지를 갖다 댔다.

"그런 표정 짓지 말라고 했잖아. 달리면 헐떡이는 건 당연한 일이니까."

"그래그래. 그럼 헬스장에 열심히 다니도록 해."

그의 대답에 찍소리도 내지 못하고 물러났다. 나도 이제 마흔네 살이다. 최근엔 다시 해이해지는 듯하다. 하는 수 없다. 다음 달부터 PT를 받아볼까.

우리를 기다리고 있던 호노카와 합류 후 함께 주위를 둘러보았다. 그곳에는 무수한 무덤이 있었다. 유명한 무장들의 묘지였다.

고야산 깊숙한 곳에 있는 묘지는 고등학교 시절에 한 번와 본 적 있지만, 너무나도 많은 묘비 중에서 찾던 무장을 찾을 수 없어서 체념했던 기억이 있다.

잠시 그 장엄한 분위기를 음미하면서 10분 정도 더 나아가 고뵤바시라는 목조 다리에 도달했다. 다리를 건너면 등

롱당(燈籠堂)이라고 하는 유서 깊은 절에 도착하지만 우리는 그 루트를 벗어나 숲속에 만들어진 목조로 된 가느다란 계단을 올라갔다.

휴식을 취하면서 그 긴 오르막을 다 올라가자 대나무 숲이 나왔다. 낙엽 카펫에 일렁이는, 나뭇잎 사이에서 새어 나오는 빛이 떨어지는 온화한 공간을 몇십 걸음 나아가자 높이 2미터 정도 되는 돌무덤이 나타났다. 그 가장자리에는 선글라스가 놓여 있었다.

비바람에 노출되어 외관이 벗겨지고 한쪽 렌즈는 깨져 있었지만 선글라스를 보고 도코나시는 그리운 듯한 얼굴로 "오랜만이야"라고 말했다.

"자, 얼른 해."

내가 재촉하자 호노카는 손에 든 국화꽃 다발을 돌무덤 앞에 바쳤다. 그리고 우리는 잠시 눈을 감고 합장했다.

"이제 호노카는 고등학생이 됐어요."

내가 돌무덤을 향해 말하자 마치 대답 같은 바람이 불어와 국화 꽃잎이 흔들렸다.

돌아오는 길에도 호노카는 명랑하게 노래를 부르면서 앞서 걸었다. 나와 도코나시는 잠시 대화 없이 우리 딸에게 '자리'를 양보한 남자를 생각했다.

그의 시체는 그 장소에 없다. 불사신의 몸은 '니시키'라는 초현실적인 물질에 잠겨 있기 때문에 생명을 마쳤다고 해도 엄중하게 관리되어 흔적이 남지 않도록 처분된다. 더구나 을호적도 말소되었다. 그래서 그가 살았다는 증거는 추억 말고는 어디에도 없다.

"저 사람, 나한테 기회를 준 사람이지?"

그렇게 물은 건 몇 걸음 앞서 걷던 호노카였다.

기회라는 말이 적합한지 아닌지는 난해하지만 분명 틀리지는 않다.

"그래."

"흐음."

호노카는 코로 소리를 내더니 빙그르르 돌아서 대나무가 한없이 뻗은 하늘을 응시하며 말했다.

"감사하는 것도 왠지 이상하네. 그야 그 사람은 스스로 그러고 싶어서 그랬잖아."

"그렇지."

"그래도 난 감사해. 나한테 이 넓은 세상을 준 사람이니까. 이름 정도는 쭉 기억해 주고 싶어."

여고생에게 기억되는 것만으로도 감사해 줬으면 한다며 호노카는 왠지 조금 기쁜 듯이 덧붙여 말했다.

하카와스레 산은 호노카에게 '자리'를 양보했다. 그의 선택이 없었더라면 우리 딸은 지금도 잿빛 감옥에 있었을 것이다. 그렇게 생각하자 깊이를 알 수 없는 공포에 휩싸였다. 하지만 동시에 이 넓은 세계를 만끽하고 있는 호노카의 등을 보며 문득 생각이 들었다.

그녀는 언젠가 불사신이 된다.

지금은 아직 그 조짐이 보이지 않지만 형제를 접하지 않고 다섯 살을 맞이한 그녀의 몸속에는 언젠가 싹이 틀 불사의 씨앗이 심겨 있다.

"있잖아, 호노카."

"지금 내가 불사신이 되면 어쩌나 생각했어?"

생각을 먼저 읽힌 나는 말문이 막혔다. 내 표정의 변화를 읽은 호노카가 "역시" 하며 웃었다. 그리고 그 미소를 단단한 결의가 담긴 표정으로 바꾸곤 "나는 무슨 일이 있어도 엄마 아빠를 원망 안 해. 나는 자존감도 엄청 높고 말이야"라고 씩씩하게 말했다.

나는 도코나시와 얼굴을 마주하며 '배겨 낼 수 없네'라고 눈빛을 주고받았다.

호노카는 잠시 짓궂은 얼굴로 "그래도 어차피 불사신이 된다면 젊은 편이 낫겠지?"라기에 우리는 다시 얼굴을 마주하고 웃었다.

그건 그렇지.

산길을 빠져나가자 도로가에 노점상이 나와 있었다. 요즘 시대에 보기 힘든 것이었다. 뭘 팔고 있는지 흥미로워하던 호노카가 천진난만한 소리를 냈다.

"앗, 앙금빵을 팔고 있어!"

우리는 앙금빵 3개를 샀다.

2

2047년 7월 20일. 아사쿠사역 2번 출구에서 지상으로 올라가 몇 분을 걸었다.

나는 배수로 가장자리의 좁은 골목에 있다. 보이는 것은 놀이기구 없는 공원과 까마귀가 앉아 있는 굴뚝, 언덕 좌우로 늘어선 주택이다.

시야에 들어온 세 가지 색 이발소 표시등에 발걸음을 멈추었다. 비바람의 흔적이 남은 칙칙한 아케이드. 그 위에는 가미유이라는 글자가 있었다.

옛날 영화 세트장처럼 아담한 외관도 이제 마지막으로 보는 건가 하고 감개무량한 마음이 들었다. 스마트 안경 카메라 기능을 켰다.

찰칵.

내가 보는 세계가 이걸로 또 한 장의 일기 속 삽화가 되었다.

노크를 하지 않고 들어가자 안에는 젊은 남성이 서 있었다. 어깨까지 기른 까만 머리를 등 쪽에서 묶은 잘생긴 남자였다. 가게에는 나와 그 둘뿐이었다. 왠지 조금 쑥스러워졌다.

내 체중을 실은 미용실 의자가 가라앉자 그는 내 등 뒤에 섰다.

"손님, 아시나요? 머리는 생명의 상징으로 살아 있다는 증거이며 가미유이는 그걸 잘라내는 일입니다."

"그거 이미 100번 정도 들었어요."

내가 불만을 터뜨리자 그는 진짜 손님을 대하듯이 산뜻하게 미소 지었다.

"저기, 기리히토."

"응."

"또 이곳으로 돌아왔네. 우리 다시 이곳으로."

도코나시는 커트하던 손을 멈추고 공간을 둘러보았다. 이번 달 말에 철거가 결정된 가미유이 안은 타임캡슐처럼 만났을 무렵 그대로 거의 달라지지 않았다.

그곳에는 분명 스무 살이던 나와 그가 있었다.

그리고 지금은 쉰을 맞이한 나와 당신이 있다.

올봄 호노카는 항공 우주학을 공부하러 미국 대학원으로 떠났다.

"쓸쓸하겠어."

"그렇지?" 하고 고개를 갸웃거리는 그……. 나는 살짝 웃고 고쳐 주었다.

"거짓말. 다시 둘이 있는 게 좀 기대되면서."

그는 고개를 깊이 끄덕이더니 뒤에서 손을 둘러 내 목에 입맞춤했다. 그는 가위를 들고 물었다.

"자, 손님. 오늘은 어떤 느낌으로 잘라 드릴까요?"

지금부터 시작되는 건 지금까지와 같으면서도 다른 이야 기다.

죽지 않는 그를, 죽는 나는 사랑했다.

그래서 앞으로 찾아올 두 사람의 시간을 1초라도 헛되이 쓰지 않을 테다.

"당신이 제일 예쁘다고 생각하는 제 모습으로 부탁해요."

나도 살짝 신이 나서 답했다. 가위가 움직이기 시작했다.

3

2084년 4월 7일 14시 39분

말기 췌장암이라는 진단을 받고 본격적으로 치료를 시작하기 전, 입원을 4일 정도 미뤘다. 그가 나에게 입원 전에 밖에서 할 수 있는 것 중 하고 싶은 게 없냐고 물었기 때문이다. 나는 그에게 세 가지 부탁을 했다.

하나는 해산물 가게에서 가리비 버터구이를 먹는 것이었다. 그래서 지바현 미나미보소시의 소박한 조개구이집에서 최고로 맛있는 가리비 버터구이를 먹었다.

다음은 가족 셋이서 사진을 찍는 것이었다. 우리는 긴자의 사진관에서 그의 오랜 지인이라고 하는 업계 굴지의 스타일리스트에게 치장을 받고 최고의 한 장을 찍었다.

마지막 하나는 프러포즈를 받았을 때 데리고 가 주었던 그 컨테이너로 한 번 더 데리고 가달라고 했다. 하지만 컨테이너는 이미 해약했다고 했다. 무덤이라고 불렀던 장소를 그리 간단히 손에서 놓았을까 의아하게 생각했지만, 의문은 바로 해결되었다. 그는 데이터를 다 옮겨 놓았던 것이다. 도코나시는 10년 가까운 세월에 걸쳐 일기의 데이터화를 끝냈다.

"방대하네."

스마트 안경을 끼고 나는 늘 그 서고에 드나들 수 있다.

가상공간에 만들어진 서고는 참으로 넓어서 이제는 도서관 못지않다.

담겨 있는 정보의 대부분은 텍스트 데이터였다. 사진이 발명된 것도 19세기다. 동영상이 생긴 건 불사신의 기준으로 보면 참으로 지극히 최근의 일이니 당연한 것인가.

스마트 안경은 텍스트를 음독할 수 있지만, 나는 애초에 그의 과거를 차분히 읽진 않았다. 그러면 한도 끝도 없어서였다.

그에게 컨테이너는 여기 하나만 있는 게 아니라 실은 도내 스무 군데에 분산해 있다는 걸 들었을 때 나는 그 엄청난 스케일에 현기증을 느꼈지만, 그렇게까지 놀라지는 않았다. 500년 가까운 시간을 살아온 그가 가능한 한 쉬지 않고 써온 일기다. 물론 종이가 안정적으로 공급된 시대에 한해서지만 말이다. 처음부터 그 어마어마한 양이 컨테이너 하나에 담길 리 없었다고 생각했다.

나는 조금 원망스러운 듯이 속닥였다.

"고작 8,952기가바이트라……."

그가 순간 흠칫한 표정을 지었다. 나는 다시 한번 더 "8,952기가바이트"라고 말했다. 의도를 마침내 이해한 그가 쓴웃음을 지었다.

그의 과거가 담긴 서고다. 그의 말로 표현하자면 이야기의 무덤이다. 이제 곧 과거가 될 나의 이야기는 8,952기가바이트나 되는데, 그 데이터 양은 서고에 보존된 다른 모든 이야기를 합쳐도 전혀 부족한 용량이다.

하지만 그건 내가 그의 과거를 점유한다는 뜻이 아니다. 입체 사진이라는 놀라운 기술의 대두와 반도체 분야의 발전에 따라 정보량이 비약적으로 늘었을 뿐이다. 하지만 그의 과거가 되면 서고에 있는 자료와 마찬가지 입장이 될 것이다.

"마히루."

"응?"

"내 이번 생은 마지막까지 네 것이었어."

"······."

나는 창문을 향해 잠시 입을 다물고 있었다. 그를 곤란하게 만들려고 한 건 아니다. '참으로 그랬을까'라고 생각했기 때문이다. 정말 당신은 나의 것이었을까.

"자, 정답 맞추기를 하자."

확실히 하기 위해서라도 나는 규칙이 무슨 의미였을까 하는 결론을 내야만 한다. 그 결과로 열 번째 규칙에 도달해야만 한다.

"'제4의 규칙, 과거를 추궁하지 않을 것'은 당신에게 견디기 힘든 과거가 있으니까."

어떤 때는 아군을 사지로 모는 선전 활동으로 이용당했다. 어떤 때는 불사신 병사로 무공을 세우려고 칼을 휘둘렀다. 그리고 어떤 때는 기근 지옥을 봤다.

"제5의 규칙, 병에 걸려도 기도하지 않을 것'은 생을 포기하지 않기 위해."

당신은 늘 인간의 '당연한 것'을 두려워했다. 당연히 감기에 걸리고 당연히 병에 걸린다. 양초의 불이 꺼지는 것처럼 목숨이 다하는 우리가 그 생을 간단히 손에서 놓지 않기 위해서.

"당신 때문에 몇 번이나 조마조마했는지 몰라."

그는 조금 원망스러운 듯 나를 보았다. 이런 내 모습으로는 미소를 지을 수밖에 없지만······.

"'제6의 규칙, 하루하루의 잡다한 일을 기록할 것'은 과거를 잊지 않기 위해."

2017년에 만나 오늘인 2084년까지. 그 장대한 이야기를 지금 이렇게 회고할 수 있는 건 그 규칙 덕분이다.

"'제7의 규칙, 불사신 나름대로의 사정을 캐지 말 것'은 안전하게 살기 위해서지?"

내가 확인하듯이 묻자 그가 고개를 끄덕였다. 불사신과 같이 사는 것은 편하지 않다. 때로는 목숨을 노리는 사람도 있다. '당연한' 일상은 얻기 힘든 만큼 소중하다. 그래서 눈에 띄지 않는 게 제일이다.

"'제9의 규칙, 아이를 낳지 않거나 둘 이상의 아이를 가질 것'은 불사신이 인간 세계에서 살아가기 위해서지."

나는 그때 말을 끊고 그를 응시했다.

"그렇지. 나라와 불사신이 나눈 최초의 규칙이니까. 어떤 의미에서 제일 중요한 규칙이지. 다만 난 이렇게도 생각해. 불사신이 인간 세계에서 살아가기 위해서이면서도 동시에 인간이 불사신의 세계에서 살아가기 위해서이기도 하다고."

아, 그렇구나.

나는 이 나이가 되어서도 아직 독선적인 생각을 버리지 못했다.

그가 내 세계에 발 내디뎠다는 건 나 또한 그의 세계에 발을 내디뎠다는 것이다. 그렇지 않으면 나는 CK와 엮이는 일도 없었을 테고, 하카와스레 산이나 인섬니아를 알지도 못했을 것이다. 나 또한 불사신의 세계에 발 내디딘 탐험가였다.

이걸로 9개의 규칙이 모였다. 남은 건 마지막 제10의 규칙뿐이다.

"마히루. 슬슬 눈이 피곤할 때가 되지 않았어?"

"알고 있었어?"

"보면 알아."

도코나시가 미소 지으며 건넨 말에 나는 스마트 안경을 벗고 눈을 끔벅거렸다.

"조금 쉬자."

그의 목소리에 나는 눈을 잠시 감았다.

◆ ◆ ◆

2084년 4월 7일 17시 55분

같은 병실

길고 긴 일기의 여행을 마친 후 올려다본 하늘은 50년 전과 다름없이 불그스름해져 있었다.

회광반조 현상으로 솟던 힘은 해가 지면서 녹아들어 이제 곧 내게 닥칠 죽음의 온기를 장기 곳곳으로 느끼고 있었다. 하지만 이상하리만큼 두렵지 않았다.

나는 회고한 끝에 '한 가지 사실'에 도달했다.

"도코나시 씨."

그때였다. 조금 전에 도코나시를 불러들인 것과 같은 목소리였다. 잘 아는 간호조무사가 출입구에서 병실 안으로 반걸음 들어와서 알려 주었다.

"따님도 오셨어요."

나는 남은 힘을 쥐어짜 고개를 세로로 살짝 움직여 알겠다는 신호를 전했다. 잠시 기다리니 입구에서 고개를 살짝 내미는 여성의 모습이 보였다. 50대 초반의 여성이 모습을 보였을 때 안도한 나머지 표정이 누그러드는 것을 참을 수 없었다.

"엄마, 늦어서 미안. 아빠도 미안."

어김없이 명랑한 표정에 쾌활한 목소리. 성급한 면과 눈매는 나를 닮았고 사람을 좋아하는 면과 귀 모양은 그를 닮았다. 나와 그의 사랑스러운 보물, 호노카는 의자를 당겨서 내 곁에 앉았다.

"그리고 아들도 데리고 왔어."

이윽고 출입구에서 사람 그림자가 모습을 드러냈다. 그는 팔짱을 끼고 벽에 기대 있었다.

"어이, 호노카, 날 아들이라고 부르지 마. 네 오빠거든?"

팔짱을 낀 잿빛 머리 소년은 한심한 표정으로 호노카를 흘겨보며 한없이 토라진 표정을 지었지만 호노카도 전혀 지지 않았다.

"뭐? 호적상 내가 보호자거든?"

나는 그와 얼굴을 마주했다. 저런 저런. 두 사람은 늘 이렇다.

"그건 네가 나보다 먼저 을호적에 등록됐으니까 그런 거잖아. 이쪽은 40년 이상이나 너보다 더 오래 살았거든?"

"불사신 입에서 고작 40년으로 자기가 더 우위에 있다고 상대를 깎아내리는 말이 나오는 건 어떻게 봐야 하지? 아빠, 뭐라고 좀 해 봐."

도코나시의 이마에 한줄기의 땀이 번졌다. 나는 내심 의기양양한 미소를 지었다. 가끔은 난감해하는 도코나시의 얼굴을 보는 게 나쁘지 않다.

"그것보다 호노카, 조짐은 없어?"

말을 끊고 도코나시가 묻자 호노카는 스마트워치 화면을 보이며 고개를 저었다.

"전혀. 시험 종이도 전혀 반응 없어."

현재는 국제연합 우주공사에서 일하며 다네가섬과 하와이를 주된 활동 장소로 삼은 호노카와 만날 때마다 묻지만, 스마트워치에 탑재된 '모바일 시험 종이'를 매일 빼놓지 않고 체크해도 전혀 불사화 징후가 보이지 않는다고 한다.

"아, 어차피 불사화된다면 20대가 낫지."

그 말도 호노카는 이래저래 20년 이상이나 계속하고 있다. 불사화되는 게 확정된다고 해도 그 타이밍은 사람마다 다르다.

잿빛 머리의 소년, 우시오 또는 인섬니아가 '머무는 나무'에서 나온 건 17년 전이다. 특례라거나 탈주한 건 아니었다. 그는 정규 수순을 밟아 머무는 나무를 나왔다. 그건 삶에 지친 불사신이 머무는 나무를 방문해 인섬니아에게 배웅을 부탁해 이루어진 것이었다. 늘기 위해서는 줄어야 한다. 인섬니아는 그렇게 다른 불사신으로부터 자리를 양보 받았다.

하지만 자유의 몸이 된 후에도 그가 머무는 나무에서 나가는 일은 없었다. 존재하지 않게 된 불사신의 아이들을 통솔하는 역할로, 직원의 입장에서 머무는 나무를 위해 봉사하기를 선택한 것이다.

배다른 남매인 두 사람은 언뜻 보기에 연령이 부모와 자식 정도 차이가 나서 사회에서 원활하게 살아가기 위해 가짜 부모와 자식 관계로 엮여 있다. 이건 참으로 기이한 이야기다.

"지금은 엄마가……."

호노카가 말을 끊고 나를 지그시 응시했다.

"엄마, 왜 울어……? 어디 아파?"

"내버려둬. 사람의 마음은 상상해 봤자 소용없어."

호노카는 인섬니아의 야유에 노려보고 일축하더니 불안한 표정으로 내 손을 잡았다. 나는 도코나시가 든 손거울과 눈씨름을 하고 있었다. 울고 있지 않은데 분명 눈물이 뺨을 타고 흘러내리는 것을 알 수 있었다.

"엄마, 불안하게 생각하면 안 돼. 불안하게 생각할 필요 없으니까."

나는 고개를 가로저었다.

도코나시가 호노카가 쥔 내 손 위로 그의 손을 포갰다.

같은 날, 19시 41분.

유리 주전자로 그가 나에게 물을 한 모금 마시게 했다. 혀 위에서 춤추는 온도의 변화가 아주 기분 좋았다.

기계가 내는 소리가 점점 느리게 들린다.

같은 날, 20시 7분.

온갖 소리가 멀어지고 있다. 이런 고요함은 처음이다.

침대 안에 파묻혀 있던 몸이 살짝 떨리고 있다.

조금 추웠다.

같은 날. 21시 21분.

의사와 간호사가 나에게 무언가 말을 걸고 있는 것을 입의 움직임으로 알 수 있었다. 의사와 간호사뿐만이 아니었다. 그가, 우리 아이가, 인섬니아가 나를 부르고 있었다.

하지만 말을 전혀 알아들을 수 없다.

하늘에 별이 떠 있었다. 그런데 세 사람은 아직 병실에 있다. 특별한 허가가 떨어지지 않는 한 이런 늦은 시간까지 있을 수 없을 테다.

아무래도 정말 '그때'가 가까운 듯하다.

모두가 필사적으로 부르고 있다.

반드시 필과 죽을 사가 합쳐진 필사(必死). 반드시 죽는 건 내 쪽인데 모두 훨씬 필사적으로 보여서 재미있다.

아니, 재미있다고 하면 안 되나.

늘 어떤 때도 떠나는 사람의 괴로움은 한정돼 있다. 지금의 내가 그런 것처럼 초등학교 시절 나에게 작위적인 미소를 지어 보였던 남자아이도 기분 좋은 포기 상태 한가운데에 있었을까. 그의 죽음은 나에게 큰 상처를 남겼다. 내 죽음 또한 누군가에게 큰 상처를 남기게 될까.

도코나시 기리히토.

내가 죽은 후에도 계속 살아갈 사람.

경련하는 그의 미소에 나는 아직 기뻐한다. 내 죽음이 그를 계속 괴롭히도록 남몰래 비는 나 자신이 있다. 하지만 정답 맞추기를 하면 분명 그 마음은 다음 단계로 나아갈 것이다.

규칙은 대체 무슨 의미였을지 조금 더 생각해 보면 알 수 있다.

나는 머릿속으로 규칙을 순서대로 나열해 보았다.

1. 규칙을 지킬 것

2. 성으로 부르지 않을 것

3. 기념일을 축하할 것

4. 과거를 추궁하지 않을 것

5. 병에 걸려도·기도하지 않을 것

6. 하루하루의 잡다한 일을 기록할 것

7. 불사신 나름대로의 사정을 캐지 말 것

8. 하루에 한 접시씩 초절임을 만들 것

9. 아이를 낳지 않거나 둘 이상의 아이를 가질 것

10. 절대 '안녕'이라 말하지 않을 것

두 번째부터 여덟 번째까지는 일상적인 내용이다. 그런데 첫 번째 규칙을 생각한다면 원래라면 아홉 번째 규칙을 깼을 때 절대 용납받지 못했을 것이다. 하카와스레 산이라는 남자가 없었다면 호노카를 영원히 감옥에 가둬 뒀어야 하는 오싹한 규칙이다.

그런데 아홉 번째보다 더더욱 중요하면서도 내내 이해하기 힘들었던 게 마지막 규칙이다.

제10의 규칙, 절대 '안녕'이라 말하지 않을 것.

이별 인사는 늘 '또 봐'였다. 나는 한 번도 '안녕'이라고 말하지 않았다.

그리고 오늘. 나는 마침내 한 가지 생각에 도달했다.

생각해 보면 당신은 내내 그 사실을 전하려고 했다. 명확하게 말로 하지 않았지만 내가 마지막에는 알아차리도록 조치해 놓았다고 지금은 생각한다.

"이건 나이면서도 내가 아니야. 여기에 나는 없고 여기에 있는 이야기도 이제는 내 안에는 없어. 이제 다른 인물이야."

맨 처음 그 컨테이너에 갔을 때 그가 한 말이다.

"과시하려고 온 거야. 질투하게 하려고 여기에 왔다고."

과거의 자신을 마치 다른 사람처럼 말하는 그를 보고 특이한 사람이라고만 생각했다.

"당신이랑 사귀기로 결정했던 그날, 이번 생의 나는 살아갈 의미를 찾았어. 그저 하루하루 몸이 나를 살아가게 하는 시간은 끝났어. 난 이제야 진정한 의미로 삶을 살아가기 시작한 거지. 알아? 불사신에게 그건 생명을 받는 거나 마찬가지야."

이번 생.

지금의 이 생.

그건 마치…… 지금이 아닌 인생이 있는 것 같은 말투였다.

그렇구나.

'달랐던 거'구나.

히무로 씨를 사랑한 그와, 에도 시대를 살았던 그와, 나를 사랑한 그는 '달랐던 거'구나.

그는 다른 불사신에게는 없는 힘을 가지고 있다. 마음을…… 새로운 상태로 되돌릴 수 있는 것이다. 그래서 하카와스레 산처럼 끝을 바라지 않고 계속 살아갈 수 있다. 그리고 그의 마음을 새롭게 되돌리는 마법은 '안녕'이라는 말……이다.

그의 몸은 결코 늙지 않는다. 하지만 그의 마음은 같이 늙어갈 수 있다.

그렇다면 열 번째 규칙은 그가 인간의 시간에 발을 새롭게 내딛기 위한 차표다. 규칙으로 얽혀 있는 동안 그의 마음은 사랑하는 사람과 함께 늙고, 마지막 순간까지 함께 할 수 있다. 그게 그가 말한 이번 생이다.

그리고 규칙을 깨면 그는 나를 잊고 불사신의 시선으로

되돌아간다. 인간으로서의 삶이라는 유한한 시간을 마치고 영원한 저편으로 돌아간다.

그건 과연 축복일까. 아니면 저주일까.

그것을 결정하는 건 나다. 나인 것이다.

내가 '그'라는 껍질을 사랑했다면 규칙은 간단히 저주로 바뀔 테다. 하지만 내가 정말로 그의 마음을 사랑한다면.

나는 그와 같이 죽을 수 있다.

'그 말'을 함으로써.

'그렇지? 도코나시?'

소리와 냄새, 피부로 느껴지던 희미한 쌀쌀함이 사라지고 어느새 시야에는 희미한 빛이 일렁이며 그가 쥔 손의 선명한 감각만이 아직 나와 이 세계를 잇고 있다.

틀림없이 그곳에서 느껴지는 건 인간의 생명이다.

내 생명과 공명하고 다 타버릴 그 순간을 기다리고 있는, 고작 80년의 마치 인간의 일생처럼 짧은 이번 생이다.

그렇다면 말해야지. 말하고서 그를 나라는 시간에서 해방시켜 줘야지.

배에 힘을 실었다. 하지만 말이 나오지 않았다. 쌕쌕쌕 숨이 새어 나오고 보기 흉하게 코에서 빠져나가기만 했다.

그런데도 나는 안간힘을 다했다. 몇 번이고 목소리를 내려고 노력했다.

　문득 조금 멋을 부린 그의 가위질이 떠올랐다. 만약 말을 할 수 있다면 '늘 나를 가장 예쁜 나로 있게 해 줘서 고마워'라고 전했을 테다. 하지만 그 감사함은 분명 이미 전해졌을 것이다. 남을 정도로 마음에 끌어안고 마를 정도로 말로 했으니 이제 괜찮다.

　그러니 나는 눈을 감고 인생에서 마지막 말을 쥐어짜냈다.

　같은 날, 21시 31분.

"안녕, 기리히토."

약속을 깼다.

급성 림프성 백혈병에 걸리기 전까지 저는 백혈병은 걸리면 죽는 비극적인 병이라고 생각했습니다. 하지만 실제로 걸려 보니 그렇지 않았고, 오히려 지속적인 치료를 필요로 하는 '오래 어울려야 하는 병'이었습니다. 또한 대학생이 되기 전까지 저는 대학생을 하나의 지위를 얻어 무언가가 된 사람이라고 생각했습니다. 하지만 실제로 되어보니 그렇지 않았고, 주변이나 저 자신도 스스로의 불안정함에 항상 두려워했죠.

저는 늘 잘 모르면서 단정 짓고 실제로 경험했을 때 예상과의 격차에 아연실색하는 일을 반복하고 있습니다. 단정 짓는 일은 시야를 좁히고 진상에서 멀어지게 합니다. 그래서 잘 모르면서 선입견을 갖고 미리 판단하는 것을 조금이나마 줄이는 것을 소설을 통해 이룰 수 있다면 근사하지 않을까 하고 항상 생각했습니다.

상업 작가로 데뷔 후 첫 장편인 이 작품은 2017년경 시작되었습니다. 아무래도 한 번 써봤던 소재를 쓰는 것이 안전하지 않을까 싶어 전작 《여름의 너에게 겨울에 내가 갈게》처럼 병에 관한 작품을 쓰겠다고 선언했지만, 담당 편집자로부터 "새로운 장르에 도전해야 해요! 닌겐 로쿠도다운 걸 보여 주세요!"라는 지시가 내려왔습니다.

그렇군요. 그런데 로쿠도다운 건 무엇일까요? 이런저런 고민을 하다가 이번 작품의 방향을 정했습니다.

연애는 두 사람이 서로의 차이를 깨닫고 그걸 서로 인정해 가는 과정입니다. 그리고 그건 서로를 잘 알기 전에 단정 지은 베일을 걷어 내는 거라고 생각합니다. 그리고 저는 불사신이 등장하는 이야기를 좋아합니다. 불사신이 되는 방법은 드라큘라나 바이러스, 초능력 등 다양하지만, 이번 작품에서는 '니시키'라는 초현실적인 약물을 만들어봤습니다. 하지만 불사신 소재는 다른 작품에서 그동안 많이 나왔기에 기존 틀에서 크게 달라지기는 어렵지 않을까 고민되었습니다.

그런데 '니시키'의 정체에 대해 궁금하신 분이 계실 텐데요. 어디서 영감을 받았냐면 〈가구야 공주 이야기〉(대나무를 팔던 노부부가 빛나는 대나무를 발견해서 잘라 보니 안에서 가구야 공주가 나왔다. 몇 년 후, 가구야는 자신이 달에서 유배 온 공주라는 것과 이제 달로 돌아갈 때가 되었다는 것을 밝힌다. 공주는 달로 가기 전 이별의 선물로 불사약과 날개옷, 편지를 전했다는 일본 전래 동화다-옮긴이)에 나오는 외계 문명과, 저의 다른 작품《뱀부 걸(BAMBOO GIRL)》에서 차용했습니다. 그 외에도 제 다른 작품과 조금씩 겹치는 요소들이 있으니 시간이 되시면 재미로 한번 찾아보시면 어떨까 합니다.

후기를 두서없이 써서 죄송합니다.

아무튼 이 책을 선택해 주셔서 감사합니다. 정말 기쁩니다. SNS에 소개해 주셔도 됩니다.

다음에도 부디 잘 봐 주시기를 바랍니다.

닌겐 로쿠도

늘 나를 가장 예쁜 나로 있게 해 줘서 고마워.

"안녕, 기리히토."

영원을 사는 너와
죽는 나의 10가지 규칙

제1판 1쇄 발행 | 2024년 6월 10일
제1판 3쇄 발행 | 2025년 1월 24일

지은이 | 닌겐 로쿠도
옮긴이 | 김현화
펴낸이 | 김수언
펴낸곳 | 한국경제신문 한경BP
책임편집 | 노민정
교정교열 | 김가현
저작권 | 박정현
홍　보 | 서은실·이여진
마케팅 | 김규형·박도현
디자인 | 이승욱·권석중
본문디자인 | 디자인 현

주　　소 | 서울특별시 중구 청파로 463
기획출판팀 | 02-3604-556, 584
영업마케팅팀 | 02-3604-595, 562　FAX | 02-3604-599
H | http://bp.hankyung.com　E | bp@hankyung.com
F | www.facebook.com/hankyungbp
등　록 | 제 2-315(1967. 5. 15)

ISBN 978-89-475-4955-4　03830